U0027917

S P R I N G

每一本好書都是一顆種子，
春天播種在你的心田夢土上。

Spring

S P R I N G

每一本好書都是一顆種子，
春天播種在你的心田夢土上。

Spring

S P R I N G

每一本好書都是一顆種子，
春天播種在你的心田夢土上。

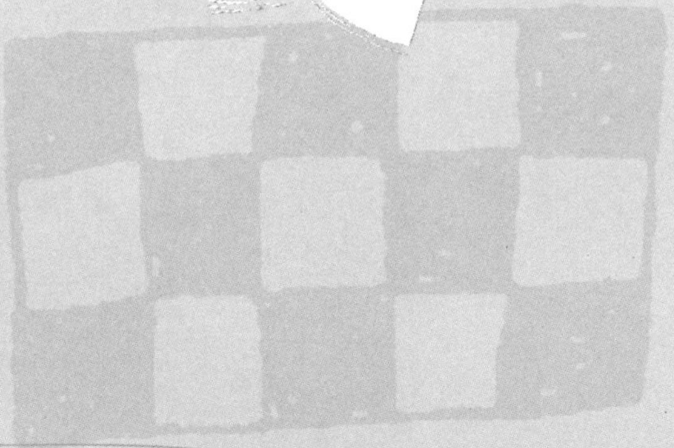

Spring

kill ³ er
殺手
夙興
夜寐的犯罪
不信正義，信命運的殺手經紀人。
看報買凶，十步一殺的大企業家。
著迷成名，殺胎送縫貓的殺人魔。
一堆活在繽紛媒體裡的瘋人，一場以天為名的狂風暴雨。
九十九，王董，貓胎人，川哥領銜主演！

推薦序 I

『幫自己的偶像寫序真的是件相當棘手的事啊！』

如果九先生不是我的偶像的話，那我就可以擺脫形象的包袱隨意的亂寫，那這個序很可能就只是個單純的序了，但……偏偏九先生又是我的偶像，跟一般的影迷一樣，在偶像面前總會想表現出好的一面好讓他多了解我一點，例如跟他來個小小的自我介紹：「您好啊！九先生，我相當仰慕您的文采喔！您的每本大作我都有拜讀跟收藏喔……喔！還有我超愛綁馬尾的、棒球也超罩呦……」之類的，但是呢，不能這樣，該做的事還是要做好，不能讓偶像覺得找一個笨蛋寫序是一件很失策的事……

所以，在好好的回想過每一本九先生的書，由引我入門的《樓下的房客》開始，到《獵命師傳奇》到《那些年，我們一起追的女孩》，這些本本都是我拍戲時空虛生活的良伴，更是我巴結導演跟製片的寶貝（真的喔！曾經有個導演為了要衝刺完《獵命師傳奇》的前六集而裝病一天，而這個秘密只有我跟導演知道）直到《殺手，夙興夜寐的犯罪》。

當我拿到《殺手，夙興夜寐的犯罪》時，比看了市面上任何一部首映電影還開心，因為我走在大家的前面，比任何喜歡九把刀的人都還要先看到他的新書，接著，找了一個安靜的角落，讓自己心無雜念的進入他的世界，　如既往的，九把刀的文字有著王家衛電影天馬行空的畫面，有著不按常規的跳躍，依然是不到最後不知道結局……看完，等待胸口的膨脹感消去後……

突然間……我不想幫他寫序了……

因為……我的序只會讓九把刀的精彩變得不精彩……

陳怡蓉

推薦序 II

首先，我一定要說，當我知道可以幫九把刀寫序，我整個人在心中尖叫了三秒，可以說是相當的開心吧！呵呵！畢竟我也是沉迷在九把刀文字魅力中小小的一份子。殺手系列也是我最愛的題材，不亞於《打噴嚏》（我逢人就推薦，但是好像沒什麼人提到）。殺手是一個很迷人的、似真似虛幻的世界，不過這集好像比前兩集更血腥，我想到之前讓我印象深刻的《樓下的房客》，血腥之餘不忘了赤裸地呈現人性的黑暗面。讚！我喜歡！但是，寫到這裡，我不經意的定格三秒鐘，腦中有很多想法閃過，一方面會覺得有些人年紀還小適不適合閱讀像「貓胎人」這樣的故事，會有人把殺人合理化跟英雄化嗎？……等等之類的，哈哈！最後我得到一個結論：其實我輕鬆看待寫這篇序，閱讀本來就是很輕鬆的事，所以我相信每個人都可以選擇能讓自己輕鬆的讀物，愛你所選，選你所愛。

正義沒有一定的標準，它自在人心。我喜歡諷刺的手法，黑色的編織故事。人性可以很脆弱，可以跟生命一樣，像個蟑螂一捏就死。這個殺手的世界裡會讓人有很多聯想跟暗喻，天馬行空但又結合時事，有點荒謬但又不瞎，這就是令我著迷的故事。

很多新認識九把刀的讀者可能會為了九把刀的狂想冒冷汗，但又不得不佩服他架構故事的魅力，而他的文字又是如此的牽引我的心（其他人不知道會不會啦）：

這個時代，每個人的耳朵都會塞兩種東西，揮灑年輕的人，耳朵裡塞著MP3的耳機，BT下載音樂是他們的人生之道；事業有成的成年人，耳朵上掛著汲汲營營的藍芽耳機，在公共場合展現隨時洽談生意的本領是他們提高身價的拿手好戲。這兩種裝置都有瞬間讓使用者變成人群孤島的潛能，藉由剝奪與周遭互動的聽覺，將人傳送到某個看似風格化，卻只是以忙碌倉促作為掩飾的孤獨裡。一旦耳朵裡塞著這兩種東西，身邊的陌生人，就永遠都是陌生人了。

現在社會的冷漠，很多人都知道但卻說不出來，九把刀的筆下總是那麼的貼近我們的生活，只會讓你讚嘆加點頭。哈哈！

這不是一篇幫作者打廣告或增加銷售量的文章，因為我沒有收任何稿費，出版社或作者賺再多錢也不關我的事，但是這卻是我成為九把刀書迷後的唯一心情告白。

最後引用音樂人在呼籲大眾不要買盜版的心情——

愛他、支持他就請買下他（笑）！

鄭元暢

殺手三大法則

一、不能愛上目標，也不能愛上委託人。

二、絕不透露出委託人的身分。除非委託人想殺自己滅口。

三、下了班就不是殺手。即使喝醉了、睡夢中、做愛時，也得牢牢記住這點。

殺手三大職業道德

一、絕不搶生意。殺人沒有這麼好玩，賺錢也不是這種賺法。

二、若親朋好友被殺，也絕不找同行報復，亦不可逼迫同行供出雇主的身分。

三、保持心情愉快，永遠都別說「這是最後一次」。

kill er

殺手

夙興夜寐的犯罪

目次 Contents

kill er
殺手 九十九
千金難買運氣好

1

「今天喝點什麼？」

「日行一殺，咖啡特調。」

看著落地窗外的嚎啕大雨，整棵行道樹都給吹歪了。

這颱風病得不輕，自以為是龍捲風來著，朝四面八方呼呼打打，飛樹走石。

我也是神經病，大颱風天在「等一個人」咖啡店，等著那一個人。

桌上放著厚厚的業務名冊，我的手裡翻著一點都不讓人驚奇的八卦雜誌。不知道嚐起來是什麼怪味道的咖啡還沒煮好，這是我今天唯一期待的驚喜。

雨一直下，一直下，一直下。

直的下，橫的下。

居然橫著下。

我的思緒隨著錶上的時針，以緩慢到偷偷摸摸的姿態爬到桌上的名冊，鑽進那些密密麻麻的數字與名字。

我想說幾個故事。

關於幾個有意思的人，關於一些穿鑿附會，關於一些荒誕的傳說。

是啊。

荒誕的傳說。

2

所謂的職業，不分貴賤，只有報酬高低。

上帝給了人自由意志，於是傻一點的人便為了榮耀他而存在，但是幹我們這一行的就知道，所謂的上帝只存在於電影裡的台詞：「我們的心中」，真真正正走在大街上的，卻是一個又一個裝模作樣的妖魔鬼怪。

幾年前，我是個殺手。

殺手九十九。

我們的工作不主張榮耀上帝，也不負責替上帝打掃這個污濁的世界。嚴格說起來，面目猙獰的魔鬼才是我們的大主顧，因為人們願意花錢將另一個人從這個世界上徹底抹除的理由，幾乎都在比骯髒齷齪的。雖然我無所謂。

最多的原因當然是為了錢。

例如我接到的第一張單子，就是要我搭乘一班前往泰國的飛機，去殺一個剛買鉅額保險的台灣觀光客，期限五天。我還記得我根本等不到飛機著陸，就在飲料裡動了點手腳，讓目標的靈魂直接在兩千呎高空飛升到天堂。半年後，幕後花錢買凶的目標妻子被逮捕了，跟我無關，一切都是她自己酒後漏了口風。

全世界警方有個共通的辦案守則：某人死後，誰能獲得最大利益，案子就往哪裡查。利益，就是真正的動機。很有道理。

其次是為了復仇。

復仇的單子，若非我是個敬業的殺手，坦白說我能不接就不接，因為單子裡的附註要求特別囉唆。比如委託人一定要我把對方的眼睛都給刨出來泡在寶特瓶裡帶走（因為目標長期鄙視委託人）；或要我把目標入珠的生殖器割下，並當著半死不活的目標的面丟進果汁機裡榨成肉汁（我可以理解被強暴的痛苦，但你可知道我因此反胃、吃了幾個月素嗎？）；或是規定我一定要在目標身上砍足一百刀，最好是在目標氣絕前、還有痛覺時砍完（抱歉我辦不到，我只能痛快地給了目標一刀，然後再隨便劃上九十九道）。

也許你會想，幫人復仇是一件正義事業，就像美國英雄漫畫裡替天行道的那一回事，能力越大，責任越大。哎，其實關於因復仇而生的買凶，常常跟正義一點狗屁關係也沒有！

我永遠忘不了那一天，前經紀人交給我單子的時候，那場錯愕的對話。

「九十九，這次的目標還請你多擔待了。」

我的前經紀人是個老女人，老菸槍，退休後從事殺手經紀已有十九年的歷史。她是死神餐廳的常客，據說也是股東之一，所以我們的委託接單大多發生在死神餐廳。

我打開牛皮紙袋，成疊的照片，都是一對可愛雙胞胎女孩的生活照。

真不尋常，看樣子才不過七、八歲大的小女孩，誰忍心殺掉她們？

「是買主的親生子女被殺掉，所以想要殺掉仇家的雙胞胎報復吧？」

「老弟啊，我原先也是這麼想，但這對雙胞胎偏偏就是買主的親生骨肉。單子上交代，你下手的時候要搞成像綁票勒贖，手段殘忍一點，別讓警方懷疑到買主身上。」前經紀人點了菸，替我倒了杯水。

「不是吧，保險金動到自己的骨肉上頭？」我皺眉。

前經紀人搖搖頭，她的魚尾紋埋在菸霧裡，深沉地不多透露一字。

「如果你不接，我可以理解。」她說，將菸撳熄。

「不，我接。」

我漠然地翻著手中的幾張照片，說：「這個世界上誰該死誰不該死，再怎麼樣也輪不到我們殺手決定。這個世界上不該死卻死掉的人實在太多，也不見得就有什麼改變。我收錢辦事，就是這麼簡單。」

但，我想知道原因。

我將照片收疊好，一言不發看著前經紀人。

這是我接下單子的小小權利。

「雇主上個月剛剛發現有錢有勢的丈夫偷情，對象是自己的好朋友。雇主氣瘋了，她提離婚，丈夫竟一口就答應，也不多作挽留，還開了一張吃穿不盡的支票給她。我能說什麼？她唯一能報復丈夫的，就剩這一對女兒。」前經紀人像是讀著蘋果日報的頭版，語氣平和卻不淡漠。

著實，是個專業的殺手經紀。

「女人真是輕惹不得。」我收起照片，將杯子裡的水喝完。

起身要走了。

「讓這兩個小孩子上了頭條，尾款多一成。」她又點了支菸。

「試試看。」我戴上墨鏡。

「保持心情愉快。」煙霧。

我沒有回頭。

「保持心情愉快。」

3

沒道理的事可多著。

幹殺手的，什麼光怪陸離的事沒見過。

就像神祕的宗教，也不知道從誰開始，殺手間有了法規樣式的職業道德。

一、絕不搶生意。殺人沒有這麼好玩，賺錢也不是這種賺法。

二、若有親朋好友被殺，即使知道是誰做的，也絕不找同行報復，也不可逼迫同行供出雇主的身分。

三、保持心情愉快，永遠都別說「這是最後一次」。這可是忌諱中的忌諱，說出這句話的人，幾乎都會在最後一次任務中栽觔斗。

除了職業道德，委託人與殺手之間也有不成文的默契。

一、不能愛上目標，也不能愛上委託人。

二、不管在任何情況下，絕不透露出委託人的身分。除非委託人想殺自己滅口，否則不可危及委託人的生命。

三、下了班就不是殺手。即使喝醉、睡夢、做愛，也得牢牢記住這點。

雖然不是每個殺手都有經紀人，但自我有了經紀人後，上面那三條不成文默契的前兩條也就形同虛設。

說到經紀人，打現代社會高度發展後，職業分化也就梳理得越發細緻，想當殺手除了靠師承關係、接收師父的轉單，就得自己發展成個體戶，坦白說接單十分靠運氣，有一殺沒一殺的日子十分辛苦。

此時借助經紀人廣接凶單就變得很重要了。

畢竟大家做的都是見不得光的工作，殺人嘛，有供給，也從不缺需求，兩邊卻不知道怎麼連結起來的時候，你就會看到報紙上滿滿的都是不專業的臨時起意殺人、拙劣的業餘殺人犯罪。你亂殺人蹲苦牢，我沒錢開工，何苦來哉？經紀人幫兩方牽線，收取佣金，也算是暗黑的功德。

經紀人跟殺手一樣，端的是千奇百怪，但我敢打賭每個殺手經紀以前也都是殺手，因為只有真正殺過人的專家，才能了解殺人專家的心理素質，與能否接單的發展性。

無關抽象的理論，你得雙手染血才能明白為什麼我們需要「保持心情愉快」。

心情愉快對我來說相當重要，我無法勉強自己去做不喜歡的事。但職業就是職業，「選人殺」這種不像樣的自由讓我渾身不自在，因為這意味著我不是殺人的人道工具，而是一個有價值判斷的人性容器……這令我覺得這個人的死在道德上我也有一份。這根本不對。

所以在執行能力範圍內，我什麼單子都接，也殺了不少人，吐了幾次。

然而當我做了九十九次惡夢之後，我就不再幹殺手了。

這是我的制約。

那對可愛的雙胞胎姊妹，就佔了其中八十七次惡夢。

制約非常奇妙。就在我以為我這輩子都擺脫不了雙胞胎姊妹的陰影時，所有的惡夢在我退出殺手那天正式結束，就像海嘯快要形成卻瞬間潮退，海水一退千里永遠不再襲岸。這個現象連天橋下紙箱國的黑草男也沒辦法解釋。

你問我不當殺手以後，我怎麼辦？

世事難料，我什麼都信。

我是存了好大一筆錢，也有一些類似環遊世界的庸俗規劃，但就在我正好完成了制約隔天，我的前經紀人在榮總過世。死因跟不得善終一點關係也沒，她很早就知道自己得了鼻咽癌，某夜在化療的睡夢中死去。

當時我正好買了束花去探望她，她的遺物給了我一點啟發。

「請問你是家屬嗎？」護士。

「不是。」我將花放在隆起的白布上。

「那麼，你是九十九先生？」

「對。」

「高老太太有東西留給你。」

我的前經紀人到底還是了解她旗下的殺手，依照遺囑，律師將她的大筆遺產扣除陰險的稅金後匯給在美國教書的女兒，而我則接收了護士轉交給我的殺手經紀記事本。

記事本裡面沒有任何一句話是真正留給我的，連一句「這東西就交給你了」之類的寒暄都沒有。

裡頭有的，盡是一些我既熟悉又陌生的數字。

幾個只曾聽過名字，卻未曾謀面的「同僚」連絡資料。

幾頁常見委託人的檔案。

如你所料，我坐在安寧病房外的藍色塑膠椅上，翻著記事本，翻著殺手職業背後一道道複雜的人際機關。摸索著我往後的人生之道。殺手經紀。

那天，也是下雨。

4

八年了。

我想聊聊我底下的殺手。

他們值得一聊。

從我正在等的這個人當作故事的引線，似乎比較引人入勝，因為他的委託相當奇特，好萊塢導演跟社會學家一定都有興趣買下他腦袋裡的想法。

大約是八個月前，我接到一通老客戶的電話。他說有個朋友想殺人，希望我能幫他解決，並用宅急便快遞了前往馬爾地夫群島的頭等艙來回機票，與一小筆出差費給我。

「弄得這麼神祕，是不是有去無回啊？」我泡在浴缸裡，看著手中的機票。

「九十九，你不是常說你的命比貓還硬，現在怕啦？你放心，他是我的好朋友，他找上你純粹是我推薦。你信用好，態度佳，辦事的方法多，除了閻羅王以外找不到比你更可靠的宰人專家了。」

「繞口令啊？」我失笑，倒也有些得意。

「總之，你一下飛機就會有人接你，享受旅程吧。」

機票的日期就在隔天，看來這個新委託人還真迫不及待想殺人。

我一下飛機，就有兩個黑人幫我提行李，幫我快速通關。

機場外，一輛並不招搖的奧迪轎車已候著，司機是個操台語口音的華人，簡單確認了我的身分後，便要載我去見神祕的委託人。我一坐進車，旁邊一身體臭的黑人想學教父電影拿黑布蒙上我的眼睛，我覺得很可笑，於是用過去殺人時的眼神冷冷打量了他，他便不敢堅持，更不敢搜身。

半個小時後，車子來到湛藍的海邊。

海鷗悠悠遨飛，委託人坐在白色的躺椅上，雙腳半泡在溫和的淺水裡。

旁邊，還有一張無人的白色躺椅。

委託人搖搖手遣走了他虛無的排場，喚我一個人走過去。

……有點意思，兩個人坐在躺椅上對著沉默的大海談殺人生意。

捲起褲管，脫掉鞋子，我踏著浪花走向他為我預留的躺椅，心想有錢人真愛裝模作樣，殺個人有什麼了不起，搞得如此鬼祟神祕。等會兒得跟他提個高於市場的高價，好搭配他自以為是的身分地位。

但我一坐下，看見委託人的臉，我不禁傻眼。

這個人，不就是前幾天驚爆行蹤成謎的鴻塑集團董事長嗎？

大約一星期前市值八千多億的鴻塑集團召開股東會議，但是一向掌控公司全球佈局的王董卻沒有出席，甚至音信全無，這一離奇的現象引起了媒體與投資法人高度的質疑，鴻塑股價連續跌了一個禮拜。有一說是王董身體微恙，在和信醫院檢查出前列腺癌。又有小道消息傳出身價百億的王董已經遭到綁架，但未經警方證實。

原來，王董是跑到這個世外桃源躲起來了。

「殺手經紀，九十九先生？」他伸出手。

「是，你是鴻塑集團的王董事長。」我握住。

他的手掌非常厚實，有了點年紀卻很有彈性，足見平時保養的功夫。

「頭一次花錢殺人嗎？」我注意到他另一隻手，小指頭用白色紗布包紮起來，指節好像略顯短小。

聽到我單刀直入，王董只是愣了一下，隨即點點頭。

「是。這輩子第一次，也是最後一次。」王董拍拍我的手，放開。

王董的精神很好，雖然已經年近六十，肥肥的肚子外凸，但紅潤的臉色讓他看起來頂多四十五，充滿了中年成功男子的雄性魅力。

事業心極強是王董在各大財經雜誌上的寫照，現在他寧可讓公司股價連續下跌也不願意對外透露他的行蹤，在此窩居，對著這片美麗的大海說話，絕對不是眷戀渡假。

而是有很濃，濃得非將自己藏起來的厚重心事。

濃得，非得殺個人。

「不必介意，每個人難免都有想殺掉的人，只是實踐力的差別。」我笑笑。這倒不是假話。

「當我知道殺手這個行業還有經紀人的時候，我真是大吃一驚。」王董試著放輕鬆，但他的呼吸速度洩漏了他的侷促：「但是，專業制度是最讓人放心的，不是嗎？」

「沒錯，殺人是結合一連串專業技術的職業：觀察、佈局、做事、清場、離開，每一個步驟都需要保持優雅的冷靜，才能避開不必要的麻煩，最重要的，當然是將委託人留在危險的界限之外。」我用經紀人一貫的專業笑容說：「把人交給我們殺是正確的選擇，百殺百死，例無虛殺。最重要的一點是，保密是我們的專長。」

王董點點頭，從他的上衣口袋裡拿出一張照片，照片後是一個名字。

「請問你跟他的關係？」我接過照片，大約是個接近四十歲的男人。

總覺得在哪裡見過？這個集團年營收達百億以上的大人物要殺的對象，多半也是個大人物吧……我大概是在哪本財經雜誌上看過。王董想除之而後快的人，肯定是某個讓他頭疼的、敵對集團的首腦人物吧？

「他是我的兒子。第二個兒子。」王董說。

「為什麼要殺他？」我沒有露出驚訝的表情，只是將照片收好。

「需要問到這麼仔細嗎？」王董皺眉。

「需要知道你殺兒子的動機，一方面是我個人興趣，一方面可以在交代殺手做事的時候，在手段上避開可能讓警方聯想到你的殺人方式。」我聳聳肩，說：「當然了，如果你不想說也沒問題，我們可以採取最傳統的高空狙擊方式把目標除掉，扳機一扣，乾淨俐落。」

「我了解。」王董手杵著下巴，微微調整身體的姿勢。

「所謂的專業就是囉唆。」我笑笑，沒有把眼睛繼續壓在王董身上。

浪靜靜來了，將我們的腳埋在帶著細沙的暖暖鹹水裡。

真是個無可挑剔的，讓人鬆懈心神的好地方，拿來談殺人，拿來說故事，都是絕佳的地點。王董果然是優秀的生意人。

「兩個禮拜前，我被綁架了。」

「應該是自己設計的假綁架吧。」

「在我遭到綁架的第二天，我的兩個兒子同時接到了綁匪的勒贖要求，跟我的半截小指頭。」王董沒有直接回答，只是晃著他包紮著紗布的半截小指。

這真是不尋常的變態之舉，我有點反感。

王董用異常冷靜的語氣說起故事：「綁匪總共有三個要求。第一，以交換核心技術為由，在一個月後將鴻塑集團底下最賺錢的五個未上市子公司的五十%股權，用極低的價錢賣給跟公司一向友好的建勤集團。第二，以產能已滿載為由，將公司剛剛接到的摩托羅拉手機零組件代工單、蘋果電腦鋁鎂合金機殼代工單、美國XBOX 360連結器代工單，一半轉讓給建勤集團底下的相關子公司。第三，簽署一份結盟合約，將鴻塑集團在大陸的通路佈局一半的資源分享給建勤集團。」

我手底下也有幾張穩健的股票，財經雜誌偶而也會買幾本，即使我對公司管理只有一知半解，但也足夠對王董剛剛說的綁匪條件大感吃驚了。

「這三個條件，等於將鴻塑集團今年的營收……一半？三分之一？拱手讓給了建勤集團吧？不只如此，以往幾年鴻塑集團在大陸辛苦佈局的成果，也不再有真正的經濟規模了？那五個未上市子公司我不清楚，但……這種買法簡直是強取豪奪啊！」我說，發現自己竟罕見地多話起來。

天啊，我在激動個什麼?不過是一件勒贖範圍牽動數百億資源的綁架案!

「你的分析大致上是對了。歹徒限期考慮一個月，這一個月也是讓我那兩個兒子有充分的時間去運作剛剛那三個條件，如果一個月以後這些動作沒有開始進行，我的屍體就會分成十個箱子寄到各大新聞媒體，屆時股價還是會應聲下跌。」王董看著我，用生意人的眼睛打量著我表情的些微變化。

鮮少有這樣的情形，讓我在接單殺人時落居下風。

仔細一想，那個建勤公司的幕後大老闆不就是打電話給我，轉介王董當我客戶的老客戶嗎?我沉吟片刻，猜測說道:「所以，這是個局。一個藉機觀察你兒子的局。」

王董滿意地點點頭，說:「沒錯。」

看來這筆單子大致上成了。

遠處，一隻海鷗在空中慢慢盤旋，突然機靈俯衝下，雙腳在海裡抓起一條魚。水花四濺，海鷗旋即高高飛起。

「你兒子身邊的策士，早就安插了你的親信，藉著這個局你可以決定誰到底才是真心對你好，而不是巴望著你的遺產。你只殺一個兒子，表示只有一個兒子辜負了你的想法。」我看著海鷗將魚摔在淺灘上，用尖銳的嘴喙啄開魚鱗，掏挖著牠的內臟。繼續說道:「一個孝順的兒子準備不計代價接受綁匪的三個條件，另一個兒子卻原形畢露，寧可犧牲辛苦養育自己的老爸也不願公司蒙受損失。考驗人性的局，殘忍，倒也不失公平。」

王董嘆了口氣。

「正好相反。」

「！」

「從小，我就灌輸了兩個兒子公司至上的霸權觀念，打他們看得懂數字以來，我就為他們講解什麼是股東權益、每股淨值、稅前盈餘等名詞，就是想讓他們早日成為我打理鴻塑霸權的左右手。」王董越說越激動，握緊沒有受傷的那隻手說：「要知道，鴻塑集團去年的全球營收破兆，是台灣目前市值最高的公司，我們的專業幾乎橫跨所有的領域，今年底還打算發展炙手可熱的太陽能矽晶電池，明年還會轉投資晶圓代工，按照我的計畫，五年內台灣所有的關鍵產業都將被鴻塑集團吞併，所有的公司想要接單都得看鴻塑臉色。到了第十年，鴻塑集團將成為全世界前三十大公司。」

我聽著聽著，漸漸明白了王董深沉又可怕的思惟。

「我不過是鴻塑集團的首腦，一個每年領取數十億股利分紅、終有一天會遲暮老死的首腦——鴻塑兩個字，才是永恆不滅的偉大圖騰。心軟的人是無法接替首腦的位置，尤其心軟到要將公司巨大的利益與產業前景拱手讓人的人，更是鴻塑成長的絆腳石。」王董深深吸了一口氣，看著天空頓了頓，接著說：「尤其當我死後，公司的經營權將由兩個兒子平均繼承，這種將公司實力分裂的做法只會讓集團的成長腳步遲緩許多，所謂的策略結盟，永遠比不上一人獨大。」

我全部都懂了。

王董要殺的，竟是為了拯救父親不惜犧牲公司利益的孝順兒子。殺了他，鴻塑集團就沒有分產切半的隱憂，資源集中一子之手，盡情伸展全球佈局的鷹翅。

「愛我，就應該知道對他們的父親來說，鴻塑集團的圖騰才是家族的夢想。」王董淡淡說道，從上衣口袋又拿出一小串名單，交給了我。

上面有三個名字，還附著一張支票，上面的數字正好是我接單公定價的兩倍，看來這個王董真是一流的生意人，既給我期待的甜頭，又不讓我有大敲竹槓的機會。

「這是贊成我兒子要保全我性命為優先的三個公司主管，他們留著也沒什麼用處，我連兒子都可以不要，這些只懂拍馬屁的老臣也沒有理由活著，你說是吧？」王董冷冷地說。

「大生意上門，我該向你鞠個躬才是。」我莞爾，將名單與支票收下。

許久我們都沒有說話，規律的海潮沙沙聲適時地填補了殘忍的空白。

海鷗享用完牠的鮮魚大餐，再度拍翅飛上天空。

我站了起來，拎起鞋子，也該走了。

王董用很低很低的聲音說了幾句話。

「請讓他毫無痛苦地離開這個世界。因為，他是我深愛的兒子。」

「這點請放心，我們有最好的殺手，包準你的兒子走得非常突然，只有一眨眼的時間，他的死法絕對不會影響到股市。」我露出訓練有素的專家笑容。

那是一種讓你放心把人交給我殺，亦不知不覺同時將罪惡感交給我，令你如釋重負的，千錘百練的笑容。

我走了幾步，將褲管捲放下來，突然想起一件事。

「對了，其實你只要匯錢給我，郵寄給我照片與名字，我就可以幫你殺掉你的兒子跟這三個家臣，你又何須冒著讓我知道委託人是誰的道德風險？」我問。

「我想看看，來的人是誰。」王董沒有回頭。

「有意義嗎？」我看著躺椅上，王董的背影。

「知道殺掉自己兒子的陰差模樣，難道沒有意義嗎？」王董搖搖手。

我笑笑，帶著一筆大生意離去。

飛回台灣的兩千呎高空上，我看著萬里無雲的平流層回想兩小時前的對話。

我很想跟王董說，這中間所有的企業與家族危機都是他一手製作出來的，人生最重要的哪裡是錢，有這種關心他的兒子才是前世修來的福氣，在我的想法裡，只要多替孝順的兒子找全幾個心狠手辣的家臣輔佐他併吞天下也就是了，況且寧願犧牲父親也要保全公司的那個兒子，有的也許只是一副鐵石心腸，未必謀略經營的本事就高。

但，勸人別殺人不是我該做的，那是慈濟大愛台的工作。

我只知道，世事難料。

於是我什麼都信。

5

一回台灣，我就著手進行。

王董給兩個兒子的抉擇期限是一個月，現在過了兩個星期半，只剩下十天的時間。扣掉宣傳用語，實際上從沒有天衣無縫的殺人佈局，如果要做到全身而退、線索幾乎不留痕跡的地步，也最好有一個月的準備期。

十天的時間對準備殺一個人來說是倉促了些，但這次我的收款足以讓我扣掉酬庸後，還有充沛的資金去尋找能夠在期限內稱職殺掉目標，並達成委託人「毫無痛苦死去」囑咐的高級殺手。

是啊，真正高檔的殺手。

如果G是排行榜裡號稱誰都殺得死的頂級殺手，而月是正義獨行的全民英雄，那麼，藍調爵士就是最被低估，收費卻是最昂貴的智慧型殺手。

殺手是很極端的職業，從事其中的人難免有些怪癖，所以每個殺手都有不同的聯繫方式，這些聯繫方式可以說是除了殺人風格之外的、更重要的辨識系統。我相當尊重，我從前的怪習慣也不少。

要見藍調爵士，就得去信義區最貴地段的私人精神科診所，掛憂鬱症的下午門診。那天下午，我在優雅寧靜、滿室書香的候診室裡翻了兩本八卦雜誌、一本財經雜誌、兩本漫畫，才終於輪到我的看診。

偌大的診間像個格調高雅的總統套房，落地窗外是個綠意盎然的花圃天台。黃昏時分的陽光少了點溫度，多了點重量，灑進診間的角度非常適合把我脖子上的領帶解開，然後把皮鞋給踢掉。

知名的精神科醫生為我倒了杯水。恕我無法透露他真正的名字。

「藍調爵士，看樣子你不殺人也可以過得挺好。」我躺在病人專屬的柔軟沙發上，整個身子陷入備受呵護的醫療機制裡。真夠舒服的。

「沒辦法，我的制約可是窮凶惡極啊。」藍調爵士笑笑，將香精重新換過。

藍調爵士的腦子裡被埋了一個記憶炸彈。這是他的師父為他特別安置的。

如果藍調爵士停止接單殺人，無法解除的自殺系統就會啟動，把他送進地獄的火焰山。藍調爵士的人生很愉快，見識過他師父怎麼玩弄、扭曲他人的人生，藍調爵士可不願意喪生在怪異恐怖的死法下。

他的制約從來不是祕密，藍調爵士把我當成他的好朋友。

「這次是誰活得不耐煩啊？」藍調爵士坐在我身邊的軟椅。

「我有個單子，單子上有四個人，其中有一個人必須在十天內解決，當然越快越好，五天內解決的話我多付你兩成的報酬。」我將一疊自己整理的資料交給他，說：「這是我隨便從

Google上查到的資料，只是幫你快速了解這些人的背景，至於做事應該取得的資料，就是你份內的工作囉。」

藍調爵士隨手翻著那些資料，不到半分鐘他便將資料送進一旁的碎紙機，將微不足道的「證據」切成意義不明的垃圾。

操縱人腦是他的拿手好戲，速讀能力只是他與生俱來的小才能。

「九十九，是筆大生意呢。」藍調爵士伸伸懶腰，看著碎紙機吐出垃圾。

最近才剛滿三十歲的他發表對此次任務的看法時，照例露出不該有的疲態。這可是年輕有為的流行象徵之一。

「可惜對方摸清了這行的價錢，你也別藉機漲價了。」我笑笑。

「嘖嘖，我什麼時候跟你漲過價？」藍調爵士為自己倒了水，也為我添了些。

我看著豪華卻不失格調的診間，想起在我之前那位頗標緻的女病人，滿臉笑容走出房門的樣子。她的高跟鞋精神奕奕地踩著大理石地板，美麗的小腿線條逗得我心情大好，忍不住多看了幾眼。

「對了，像你這麼陽光幽默，存款跟聰明秤起來又一樣多的青年才俊，女病人是不是特別多啊？」我看著牆上的畫。達利的仿畫。

「當然。」他爽快回答，坐在桌子上翹腳喝水。

「說真的，你跟女病人發生過關係嗎？」我瞥眼觀察他的表情。

「小日本拍的片子看太多了，導致在影片與現實之間無法理性地理解落差，這種症狀在精神病學的教科書裡至少可以找出十個病名。」他沒有生氣，還很認真。他一向是不生氣的。

「剛剛那個女病人，一臉就像是被你好好安慰過的樣子，春風得意呢，尤其從她走路的姿勢，兩條腿岔開的角度比常人還要再開五度這點，就足以……」我沒放棄。

「第一個病名起源自佛洛伊德的精神分析，叫……」藍調爵士打斷我的話。

「停，別替我分析。我最大的毛病是殺人跟教唆殺人，別的症狀比起來都是屁。」我哈哈大笑，猛力揮手。

「不看診的話，就讓我清靜清靜吧。」藍調爵士看著門，又看了看我。

我失笑，搖搖頭。

「喂，我可是付了你貴得要死的門診費，我還有四十一分鐘可以在沙發上睡個覺吧。」我看著牆上的時鐘，疲睏說道：「要嘛退費，要嘛時間到了叫醒我。」

「你不怕你睡著的時候，我從你的腦袋裡掏出什麼鬼鬼祟祟的祕密？」藍調爵士笑笑抖抖眉毛，挑戰似地看著我。

我懶得理他，逕自在舒服要命的大沙發上睡著了。

睡夢中，我彷彿走進了蟬堡裡描述的樸素綠石鎮，走進了位於沙漠裡冰冷的煉獄，走進了那一雙湛藍明瞳裡的深海，然後整個身體浸泡在無數道像是液體、又像是棉花糖的藍色裡。非常舒服。

四十分鐘後我一睜眼，發現自己正對著一面落地大玻璃，看著忠孝東路熙攘的下班人潮，這些人潮以規律的節奏上下震動著，而我聽見從嘴巴裡忽進忽出的巨大喘息聲。

是的，我正喘得要命，雙手緊抓著欄杆似的東西，兩隻腳抽筋似地原地跑步……

等等，跑步？

定神環顧四周，我發現自己竟然在健身俱樂部的跑步機上慢跑，連衣服都沒換就這麼西裝革履地跑得滿身大汗，鼓鼓的口袋裡還塞著剛繳費的入會收據。

旁邊跑步的人全都用異樣的眼神打量我。氣喘如牛的我唯一做對的事，就是把領帶鬆了。

「缺乏運動容易產生不正常的性幻想，來，這是你的處方箋。」

不是紙條，而是我腦中浮現出來的預錄聲音。

我漲紅著臉，趁我還沒摔倒前按下了跑步機停止鍵。

……去你的。

6

藍調爵士真該開個懶人減肥門診的，比起憂鬱症，那裡才是真正的錢坑。

想想，一個大胖子睡一覺醒來，發覺自己滿身大汗躺在仰臥起坐專用的斜板，腹痛如絞，因為剛剛已經連續做了一千下的仰臥起坐，這不是相當迷人的健康瘦身嗎？又例如在恍惚的人群中驚醒，發現自己不可思議地完成了馬拉松大賽，有比這種催眠療法更能對抗懶惰的肥胖處方箋嗎？

想著想著，我拖著運動後疲憊卻又出奇清爽的身子走到熟悉的咖啡店。

等一個人咖啡。

一間在任何美食雜誌、城市地圖裡都遍尋不著的小咖啡店。

只存在熟客記憶裡的古怪傳說。

來到此處，想說點話的意思大過於想喝杯東西。

想亂點東西的慾望大過於你真的喝掉它。

「今天來點什麼？」老闆阿不思隨口問，將一塊我沒點的蛋糕遞給我。

「來一杯血流成河之殺手特調吧。」我坐在老位子，不客氣吃著免費招待的蛋糕。

這間店，每個人都有自己的老位子。每個人都在尋找獨屬自己的座標。

也所以，所有的老客人每天都在亂點咖啡，算是證明自己的獨一無二。

「要加子彈嗎？」阿不思冷冷地問。

「……加兩顆好了。」我皺眉，很懷疑又很期待等一下會看到什麼東西。

阿不思轉身去調弄我的血流成河特調，態度還是那麼的酷，我忍不住讚嘆，如果她去當殺手，一定也是極有個人風格的高手吧。

我逕自走到櫃檯跟工讀生小妹打招呼，向她要了一大杯冰水。

工讀生是兩個月前報到的大學生韋如，紮著裝可愛的馬尾，她的特色是老在笑，這是好的習慣，因為無論是我的委託人還是我的目標，鮮少在看到我的時候還笑得出來。

我大概是喜歡看她一直笑，所以老愛找她講話，一改我總是在咖啡店裡翻雜誌嚼空氣的習慣。

在上一次閒談中我知道她家是在賣馬桶的，韋如還很殷勤地向我介紹了好幾組適合不同大便風格的馬桶，要不是殺手時期遺留下的警覺調調，使我不想讓人知道我住在哪裡，向韋如買一座免治馬桶倒不壞。

「怎麼衣服皺成那個樣子啊，還流那麼多汗？」韋如看著我推回空杯，再幫我倒了一次冰水。

「剛剛在街上有個老奶奶皮包被搶了，日行一善是我的家訓，我只好義不容辭衝去追歹徒，後來追累了，就進來喝杯咖啡。」我這次喝得慢些。

「那老奶奶呢？」韋如歪著頭。

「什麼老奶奶？」我瞪眼。

「你都亂講。」韋如哈哈笑。

「你們不也亂調咖啡。」我彈了彈馬克杯。

我們隨便聊著韋如的大學生活，討論她到底應不應該退選一個機掰老學究的通識課，以及該怎麼和一個老是偷用她洗髮精與潤髮乳的小氣室友相處。

阿不思端來我的殺手特調。

深紅色的液體裡飄浮著半片荷葉，底下沉著兩顆花生米。放下就走。

「……」我深呼吸，憋氣喝了一小口。

味道當然百味雜陳，但比起之前的經驗還不算太壞，只是不曉得幾個小時後會不會讓我鬧肚子。

「蔓越莓？」我閉上眼睛，感覺殘留在舌尖上的滋味。

「蔓越莓，加上微酸的藍山咖啡。」阿不思坐在蘋果電腦前上網，連頭都沒有抬起來。

韋如好奇地研究我的表情，我故意裝出非常難喝的模樣，逗得她咯咯發笑。

「對了，九十九先生，你到底是做什麼的啊？」

「算是城市運氣系統規劃吧。」我認真道。

「啊？什麼？」

「城市運氣系統規劃，是最近立法院剛通過在行政院經濟部底下的專案，一共編列了十年的預算。簡單說起來，就是研究各個鄉鎮城市的民間運氣是如何自然運作的，通過大量數據的計算去標示每個行政區域、甚至小街小巷的運氣指數，最後得知哪些地方是所謂的福地。」

「統計運氣？」韋如疑惑的模樣，像隻貓。

「妳不相信運氣？」

「相信啊，只是聽起來好神喔，工作內容是怎麼一回事啊？」

「妳覺得運氣的指標是什麼？一個人發生了什麼事可以說他運氣好？」

「撿到錢啊，蹺課沒有被點名啊……」

「還有？」

「中樂透！」韋如吐出舌頭。

「冰雪聰明喔。透過台北銀行的保密資料，我們把每一期的樂透與大樂透的頭彩、二彩、三彩得主的居住地與彩券購買地點統計起來，然後納入獎金金額為主要參數，這還不夠，我們還會統計獎金超過十萬元以上的各大活動獎金得主，將這些幸運兒一網打盡，用實際探勘的方式詳實側寫每個地段的運氣值，最後交給中研院建立模型。」我扭動脖子，擺出中年男子特有的事業滄桑，說：「呼，我們公司承包下大台北地區的所有路段，這陣子可真夠累的。」

「好奇怪喔，知道運氣以後可以做什麼啊？」韋如傻傻地笑。

「哈，當然是拿來作都市重劃的科學依據啊，知道哪些地段的運氣指數高，就可以將重要的金融大廈、電影城、貿易商圈、百貨公司、立委服務處，甚至是政黨指揮中心設在那些地段，將有限的資源做充分的發揮啊。」我露出神祕的笑，嚼著咖啡裡的花生米：「這些資訊可值錢得很，不少財團打算從我們這裡挖到第一手的資料，好提早標購土地呢。」

韋如一時沒有接腔，我也沒有說話，只是盯著她的臉看。

「屁咧。」她突然大笑。

「哈哈。」我聳聳肩。

說著說著，我的血流成河殺手特調也喝完了。

真是愉快的夜晚，我吹著口哨離開等一個人咖啡，攔下計程車回家。

坐在後座，我研究起自己。

我從沒問韋如交了男朋友沒。雖然對我來說她年紀太小，追求交往這類的念頭壓根沒在我腦子裡出現過，但如果事先知道正妹名花有主了，聊起天就會少了那麼點興致。

乾脆不問，樂得欣賞她沒有主人的笑。

「司機先生。」我脫下鞋子，橫躺在後座。

「？」司機看著後照鏡。

「隨便繞，花半個小時再到我剛剛說的地方就好。」

我閉上眼睛。

7

四天後，我打開報紙，頭版登著鴻塑集團的當家二少爺意外死亡的消息。

由於車速過快，鴻塑二少的藍寶堅尼跑車在濱海公路失速打滑，衝破柵欄摔落懸崖，第一時間死亡。初步勘驗死者體內並無酒精反應，不排除有自殺可能。據悉，並沒有人知曉鴻塑二少開車原本的目的地到底是哪裡。

第五天，報紙的頭版出現鴻塑集團的王董事長從國外飛抵台灣處理兒子的後事，多日未明的行程終於曝光，原來王董在歐洲祕密進行了一筆手機晶片代工的大生意。

可歎的是，再多的錢也無法喚回兒子的生命。

「然後，股價漲停板呢。」我看著手機裡的即時股票資訊。

貪財。我前天一口氣在鴻塑股價位於低點時買了三十張，我想依照王董再度出現的時間，這一筆利空出盡的跌多漲回還是要賺的。而且，鴻塑可是連兒子都可以宰掉的強人所精心豢養的企業怪獸呢。長期持有這頭怪獸的股票，可以拿來當我的養老金。

「鴻塑還得再死幾個人，但那應該無關痛癢吧？」我胡思亂想著，走到便利商店，用ATM匯了一筆漂亮的款項給催眠殺人神乎其技的藍調爵士。

原以為事件就此落幕，卻沒想到這只是失控的開始。

已有三天，我發覺自己被盯上了。

這是一種很奇怪的盯擾感，我並沒有看見任何可疑的人出現在附近，或是有什麼具體的證據顯示我被監視了。我只是偶而聽見非常細微的拍照聲，卻也不很確定。我沒有G的貓耳。

身為殺手，或殺手經紀人，我必須多疑，但我的資歷讓我與歇斯底里這四個字保持距離。我反覆推敲最近發生的事，歸納了幾個可能並排除剩一。難道是王董想要殺我滅口，所以派了另外一組殺手等著取我性命？一想到這裡我頭皮發麻，我並不是殺手神話，我是一個會死掉的人，尤其我知道絕對不能看輕殺手這一行裡的任何人。

這種被監視的無名壓力持續到第五天，我終於找到了原兇。

那天早上，我在等一個人咖啡裡看報紙吃早餐，王董突然精神奕奕走進店裡，一屁股坐在我對面，手裡還拿著一個大皮箱。

「九十九先生，這裡安全嗎？」王董快速伸出手。

我一愣，手才伸到一半，王董就不耐煩地轉手拍拍我的肩膀，力道沉猛。

「我想是安全吧。」我的腦子裡迅速轉了一些東西。

比起我們上一次見面，王董這次出場沒有任何噱頭陣式，甚至連一個特助也沒，讓我大感驚訝。但我腦子裡轉出來的東西，讓我非常火大。

這裡不該是王董出現的地方。

「王董，你派人監視我？」我瞪著他。

「是。」王董答得很乾脆，甚至有一種「果斷」的硬氣。

「說。」我冷冷道。

「我必須觀察你這個人，確定你是不是足以擔負我所交代的任務。你放心，我覺得你的確是個能保密的專家，任務之外的生活也很單純。某種意義上，你就如你所言，是個非常優秀的經紀人。」王董用老闆對員工的態度說話。

「這次是什麼單子？」我有點不快，但還是保持業務的風度。

「不是單子，是任務。」

「Well，任務。」我放棄。

「九十九，你對正義的理解是什麼？」

「沒有特殊的見解，跟一般人一樣吧。」

「很好，我對正義也沒有獨特的見解，一般說來，獨特跟偏頗常常是一體兩面，都很危險。」王董毅然決然找到我們之間的共識，略顯亢奮說：「如果把正義比喻成市場，找出最多人對正義的共識大區塊，就是正義真正的定義。」

「我們家殺手賣的，並不是正義。」我察覺到王董話中的隱意，趕緊說道：「殺人就是殺人，理由不是我們找的，所以即使有正義這種報償，我也不想拿。錢，錢才是殺手正當的報酬。」

「這你放心，錢我有的是。」

王董根本不必拿出支票，嘴巴裡的數字就很有效力。王董從皮箱裡拿出好幾本八卦雜誌，以及成疊的報紙剪報，示意我翻看一下。

我一邊看著王董拿過來的資料，一邊覺得納悶。

王董在跟我說話的時候，完全看不到一絲兒子新喪的悲傷，這讓我有點毛骨悚然。某種聯繫上，我也算是殺害他兒子的共犯環節，而他的愛兒才死沒幾天，王董看著我時就能如此滔滔不絕，真的不同凡人。

至於資料，還真是一點都沒特色，主要就是最近弊案纏身、被在野黨猛烈炮轟的前總統府秘書長汪哲南一連串的負面報導。汪哲南被某週刊拍到在曼谷賭場接受廠商招待一擲千金的畫面後，纏在他身上的弊案就像沾在鞋底的爛口香糖，怎麼也刷甩不掉。

我假裝仔細翻看，等待王董自己開口。

「這個人，身為國家器重的權謀人物，現在卻被弊案打得千瘡百孔，差點連執政黨整個信譽都給拖垮，今天早上總統最新的民調已經降到了百分之二十，這樣國家機器還能順利運作嗎？做官跟做生意不一樣，做官要對全民負責，做的事得對得起老百姓。結果，你看看？」王董從激動轉為嘆息，身子後仰靠著椅子，我真怕他肥大的身體把椅子給坐垮。

「嗯。」我應道。

「九十九先生，你看財經雜誌吧？」

「看。」

「那你應該知道，我是一個白手起家的平凡人，努力奮鬥了二十多年，才打下了鴻塑集團的基礎。汲汲營營，就是想讓鴻塑集團成為世界級的企業。」王董看著左手的斷指，說起自己的心路歷程

「你做得很好。」我翻著雜誌，偷看裡面的比基尼女郎。

「但，最近我其中一個兒子出意外死了。」王董深痛地說。

我猛然抬頭。

好一個，出了意外死了。

「這讓我想到人生變幻無常，活著的價值是什麼？一個人過世之後，除了帶給家人傷心之外，到底有沒有改變了這個世界什麼？他在世的時候，有沒有讓這個世界變得更美好？」王董像是唸著心靈雞湯系列的低喃，說：「坦白說，我很羞愧。一個富可敵國的人，竟然沒有真正做過一件好事。」

王董左手的斷指顫抖著。

「等等，我記得上個月的今週刊才刊登過你捐了一大筆錢，給大陸偏遠地區蓋小學的報導不是嗎？還有你不是計畫要捐一筆鉅款給門諾醫院……」我不解。

「九十九先生，我們做生意的要正當報稅，你們殺人都是收現金的懂個什麼？捐錢捐地捐字畫，還不都是扣抵稅金的手段，對鴻塑集團的名聲也是大有幫助，只要丟錢在大陸蓋學校，工廠流出去的廢水就沒人敢多一句廢話。」王董的語氣一轉變得很嚴厲，好像我做錯了什麼事。

我只好點點頭。

「我這輩子從沒做過真正的善事，所作所為全部都是為著自己、為著鴻塑著想。更別提我那早夭的兒子，他的死，一點價值也沒有，他哪來得及做些什麼好事？」王董又變得很感傷，搖搖頭說：「我想替他積點陰德，也想讓自己將來嚥氣的時候，棺材裡不要盡是一身的銅臭。」

我了解了，但也更迷惘了。

「我有的是錢。錢沒什麼，但錢一多，團結就是力量。」王董努力從悲慟中掙扎爬起，有點亂用成語說道：「有些人活著對國家社會好，有些人，則是死掉了對國家社會好。我想了很久，失眠了好久，終於下了這個決定。」

「……你打算？」我拿起雜誌，將汪哲南一擲千金的照片對著他。

「為民除國賊。」王董像是個慷慨赴義的烈士。

我的天，這個台灣境內最有錢的企業家，居然坐在我對面硬生生成了為國為民、俠之大者的烈士。

而我，一個殺手經紀，真的要淌進跟政治有關的醜聞裡，讓原本就濃得化不開的醜聞加上血腥的企業暗殺嗎？

「王董，你這個想法什麼時候開始有的？」我用說話掩飾我的心煩意亂。

「五天前。」王董想都沒想。

是啊，你也足足派人盯了我五天，搞得我心神不寧。

我說過，我是一個殺手經紀，上門的生意沒道理雙手推擋回去。但要命的是，我的委託人的腦子似乎不大清楚自己在做什麼。

牽涉到政治的暗殺後果往往讓人難以忍受。幹掉尋常的無良立委也就罷了，總統在上次大選前挨的那一槍不知道是哪個腦殘白癡幹的，國安局沒日沒夜監聽打探，差點把整個職業殺手界翻了過來，險些查到我頭上。

「王董，你有兩件事情必須知道。」

我無法推單，但總能迂迴提醒一下我義憤填膺的委託人。

「說吧。」

「對你來說，這世界上最重要的東西是什麼？」

「鴻塑集團。」

「你知道如果你買凶殺死前總統府秘書長這件事曝光，對整個鴻塑集團的打擊有多大嗎？」

我隨便說道：「股價起碼連跌一個月，這是不是危言聳聽王董比我更清楚。」

「不可能。」王董斬釘截鐵。

「喔？」

「我相信九十九先生，一定不會讓我身處險境。」王董非常嚴厲地看著我：「若非看中你的專業，我也不會把這麼艱辛的任務交給你。」

好吧，我只能舉雙手投降。

這個父親想要替死去的兒子做點好事，於是把小愛昇華成大愛，為台灣除國賊。好，真是好得呱呱叫、別別跳。

你精神失常，我也沒好到哪去。

我嘆了口氣：「第二，汪哲南已經被檢調單位帶走，你知道要殺掉汪哲南有多困難嗎？」

「派幾個不要命的殺手去看守所幹掉他，或是買通幾個卡債高築的警察在看守所把他吊死，雖然過程辛苦了點，但想來行得通。」

這種做法，真的是非常正義啊……真想這麼挖苦他。

「沒有不要命的殺手，也沒有那麼白日的警察。」我循循善誘，說道：「壹週刊不都寫了，調查局聲稱要拿汪哲南的名字重新擦亮調查局的招牌，你想，汪哲南身邊現在有多少個調查局的幹員，正拿著桌燈照汪哲南的眼睛，照得他眼睛都快瞎了，什麼都要招了。」兩手一攤，補充道：「我從事犯法的行業，但我也從不藐視法律偶而發揮的那些作用。」

「九十九先生，你太天真。」王董很不爽。

「啊？」

「依我看，汪哲南現在在看守所裡多半是在吃魚翅，啃鼎泰豐的小籠包——那些東西還是調查局局長跪在地上餵他的宵夜！」王董怒目而視，彷彿汪哲南就坐在他面前。

「總之這個案子全國矚目，不是說幹就幹的。」我苦笑。

「葉素芬那個案子不也全國矚目，還不是照樣被月給殺了。」王董雙手抱胸，眼睛上飄。

「說的好，其實汪哲南如果繼續再禍、國、殃、民下去，遲早會排上月的獵頭網站，你又何苦自己花錢把這種人、人、得、而、誅、之的國賊給幹掉？不必嘛！」我已經數不清自己苦笑了幾次。

其實我很清楚，汪哲南這種程度的敗類，要排上月的獵頭網站還差了一百光年。即使是在野黨的死忠支持者，也沒有被洗腦成集資除掉一個貪官的程度。

「遲來的正義，不是正義。」王董用拍板定案的語氣說道。

我也不想爭論了。

沒有殺不死的人，只有付不起的價錢。我們的行話。

「這個單子我接了，不過做生意要撥算盤，王董，多久以內成局？」

「兩個禮拜。」

我閉上眼睛，快速在腦子裡將旗下的殺人高手快速瀏覽了一遍。

太艱難了，兩個禮拜的時間根本不夠。

每個殺手都是人，都有極限，要在這種困難的環境殺掉汪哲南簡直不可能。即使是月，也得花上好幾個禮拜觀察葉素芬的縫隙，還有傳言月在那次行動中受了重傷——每件事都有他的代價，引述自歐陽盆栽的經典名言，絕對不假。

倒吊男？不行不行，他太膽小，也太保守。

三個月小姐？唉，我看不出美人計在這種情況能派上多少用場？

鬼哥？不行，他太老了。他雖然有大分，但畢竟還是個生手。

龍盜……絕對不行。他老覺得自己是藍波，才會把線上遊戲上俗爛國中生等級的命名拿來當藝名。把這個單子交給他，肯定一大堆無辜老百姓一起送命。

將軍……NO WAY！他是著迷大爆炸的瘋子，會想到他我真是瘋了。

不夜橙？他是很可靠，但殺得了目標，卻不見得有逃出去的方法。

隱藏在記事本裡的所有名字跑馬燈在我心底轉了圈，各有各的優秀與缺點，但重點是，他們的極限都不足以跨過重重封鎖，抽乾汪哲南的呼吸。

還是玩組隊？像Mission Impossible一樣將幾個不同才能的殺手湊在一起，團隊合作想辦法殺死汪哲南？沒有意外，我的腦中閃過藍調爵士以壓力輔導的角色進入看守所，與汪哲南私下面談的畫面。

說來說去，還是只有藍調爵士才有辦法、或者是有身分做到。如果藍調爵士需要幫手，我再提供人選吧。

「也行，不過我需要一個月。」

我在雜誌上寫下一個數字，倒轉給王董看。

「不行，汪哲南這種垃圾多活一天，台灣就會多亂一天。」

王董連看都不看。

我有點火大。

「兩個禮拜也行，只要你開一張一億元的預付支票給我，我花十天從中東走私肩負式油氣彈過來，再花三天請高手操作飛彈，抓時間從附近高樓直接毀掉整間看守所，碰！一下子幾十個調查局幹員、警察、受刑人，全跟著汪哲南碎得到處都是。」我瞪著王董，這是我第一次跟客戶這麼說話。

王董本來就要出聲答應，但看我的臉色不對，終於還是按捺住，勉強說道：「好，一個月就一個月。你要的數字我立刻填給你。」

拿出支票，王董寫了一個大約兩倍的數字。

我收下，將塞滿報章雜誌的皮箱闔起，回給正義感十足的王董。

鴻塑集團想要成為世界級企業要忙的事可多，大忙人王董卻沒有立刻起身就走。他的眼神透露出他很介意我剛剛的態度，實際上我也在反省自己的失態，尤其是看到王董在支票上寫的數字後。

「殺了執政黨的貪官，你一定以為我是傾向在野黨的吧？」王董皺眉。

「不。」我失笑。

「所以，再給你一張支票吧。」王董又掏出一張支票，隨意寫了個數字。

我看著支票，一時之間不知該不該收。

「在野黨的爆料王邱義非，也請你多多關照了。」

王董非常認真地說：「這次國賊汪哲南栽跟頭，爆料王邱義非功不可沒，但我也徹底研究過了，台灣政壇的是是非非塞滿了整份報紙，搞得老百姓對政府失去信心、股市一蹶不振，這個爆料不經嚴格採證的政客要付一半責任。」

我都說不了，你想宰了一隻老虎我也不會認為你是在替羚羊出頭啊。而且，你對殺掉汪哲南的理由與採證也沒有高明到哪去。

不過我會點頭。

於是我點點頭，又點點頭。

然後又點點頭。

「有句話說得好，政治無賴漢最後的堡壘，就是愛國。現在爆料王可以鞠躬盡瘁了，他唯一還能報效國家的方式，就是提早進拔舌地獄。」王董振振有辭，正氣浩然的模樣完全不容我質疑。

「的確如此。」我欣然。

我說過一百次了，上門的單子沒道理不接，該拿的錢沒拿，運氣會變差的。重點是，這個自以為是的爆料王好殺多了，一天之中隨便都有五六十次待宰的縫隙。

「為了避免汪哲南的事情變得更複雜，我會把爆料王排在汪哲南之後。」我收下支票，笑笑：「王董慢走，一個月後等著看報紙吧。」

王董滿意離去，我看著他肥大壯碩的正義身影打開門，突然想起一件事。

「王董！」我站起來。

他一手扶著門，一隻腳踏著門檻。

「如果我發現自己被監視了，我會撕掉你的支票。」我微笑，但嚴肅。

王董微微點頭，氣宇不凡走了出去。

我坐下，將最後一口三明治塞進嘴裡。

燙手山芋。

真的是燙手山芋。

8

我嚼著冷掉的三明治，凝重地摸著口袋裡的記事本。

唯一的安慰，就是那兩張臠像樣的支票。

但錢這種東西，說起來還真可笑，實在話我根本不需要這麼多數字。我只是在克盡我的職業道德罷了。

我想起了歐陽盆栽。

他是個專靠黑心騙術宰人的殺手，為了騙盡任何不可能被騙的目標，他看的書比我看的報紙還多，博學多聞相當有名，說話也很有趣。為了常常跟他聊天，我多次想延攬他為旗下的特約殺手，但他總是百般推辭。

不過我們很投契，因為不同於將蟬堡當作私密個人經驗的殺手，歐陽盆栽與我會大方分享彼此拿過的蟬堡內容。

對了，得提提蟬堡。

蟬堡是殺手的神祕報酬。邪惡，珍貴，絕對的古怪。

蟬堡是一篇題材詭異的小說，沒有人知道蟬堡是誰寫的，只知道每一個殺手做完事後，都會在信箱、門縫、窗沿，甚至抽屜，收到一只信封，信封裡裝了蟬堡裡的某一章節。不強迫你閱讀，但絕對包準你收到。據我所知沒有殺手不對蟬堡的內容著迷的。

就像祕密結社的內在連結，只有殺手才能得到蟬堡，卻沒有一個殺手能夠追蹤得到蟬堡的出處，與投遞的方式。殺手沒有公會，因工作關係幾乎個個都是獨行俠，但蟬堡的存在卻讓殺手有種共同的默契，共同印證的存在感。

每個殺手終其一生都不會收到重複的蟬堡。

每個殺手收到蟬堡的次序都不會一樣。斷簡殘篇，跳脫倒置。

離題了。

有一次歐陽盆栽在酒吧裡東拉西扯，提起了西方資本主義的興起。大概是看我聰明，他講的東西非常生硬，硬的程度大概是這樣的：

基督徒在上帝面前是非常渺小的，對於能不能進入天堂這件事大家一直非常惶恐，某人如果拼命做了許多好事，完全不能保證他就能夠獲得上帝的垂青，因為「做好事→上天堂」這樣的連結意味著能否上天堂並非由上帝決定，而是由個人的行為決定，這種想法實在是太藐視上帝了。

「水到渠成，預選說就跑出來了。」歐陽盆栽又叫了杯馬丁尼。

十六世紀的宗教家喀爾文提出了預選說，認為一個人能否上天堂，英明的上帝早就事先決定了，也就是「選民」。所以某人終其一生做盡好事，未必保證能舔到上帝的腳趾，因為你的所作所為並無法改變你的命運。如果上帝並沒有給你門票，你不過就是一個日行一善的好人，而非一個得到眷顧的選民。

既然命運早定，就表示大家都可以胡作非為了嗎？不，正好相反。

每一個人，都必須假定自己是上帝的選民，並且努力地證明自己具有選民的資格，因為得到眷顧的選民天生就有想要榮耀上帝的慾望，並因此具有榮耀上帝的能力。於是榮耀上帝不再是口號，而是一種很實際的「自我驗證」。如果你不自我驗證，就等同你自己都不認同自己是上帝選民，那麼你也就真不會是……

「不能上天堂，多可怕！」歐陽盆栽笑笑。

「我可從沒想過去那種地方。」我才不在意呢。

自我驗證的過程充滿了宗教邏輯跟複雜的文化因素。

原本「賺錢」這件事充滿了罪惡的特質，於是人們工作只是為了溫飽，食物夠吃了人們就不再下田，生活悠閒比什麼都重要，某種層面賺錢就等於是貪婪的表徵。

但因為睿智的上帝必然賦予選民優秀的能力（為什麼要給優秀的能力？當然就是為了讓選民用這種能力宣揚上帝的偉大），所以新教徒認定要用優秀的能力不斷勞動，並發展出有效的工作能力，理性經營事業，並在過程中節制個人的慾望，將所有的工作獲得再投入生產的環節，以期望更大的獲利。

而「賺錢」，就順理成章成了非常客觀的「成果」。

「結論是，新教徒認為在塵世間的最高表現，就是在經濟上獲得最大的成功，錢賺得越多就越能證明自己就是上帝的選民，從此人們賺錢有了強大的、正當的理由啊！於是資本主義一飛沖天，變成一頭吞食世界的大怪獸。」配合誇張的手勢，歐陽盆栽說得眉飛色舞：「這當然是新教徒始料未及的演化！」

「喔。」就這樣啊，我笑笑。

歐陽盆栽要說的，還不僅於此。

「九十九，你不覺得殺手的工作，很像新教徒嗎？」他有點醉了。

「殺手是活得很命運，但跟拼命想證明自己可以舔上帝腳趾的新教徒，比起來還是天差地遠吧。」喝著酒，我輕易地反駁：「新教徒想榮耀上帝，但我可不認為我的工作是為了取悅魔鬼。」

歐陽盆栽趴在桌上，看著手中搖搖晃晃的空杯。

「九十九，這幾年宰了好幾個人，我真他媽的不缺錢。」歐陽盆栽的話裡冒著酒精泡泡。

「我銀行裡的數字也夠了。」我同意。

「所以，你說，我們他媽的繼續殺人是為了什麼？」他的額頭頂著桌。

「不是賺錢？」我有點迷惘。

「當然不是。對新教徒不是，對殺手也不是。」歐陽盆栽閉著眼睛，迷迷濛濛地說：「我們繼續殺人，就是因為殺人是我們的職業，殺人殺得準時、收費又公道就是我們的職業道德，這人一殺就他媽的停不了，在制約完竟之前，我們都得克盡職守。」

「那我們到底在為了誰殺人？魔鬼？還是殺手之神……有這種東西嗎？」

「九十九，你就是一個傻。」歐陽盆栽嘲弄。

「說清楚不然我殺了你。」我恐嚇，手比著槍形壓指著他的背。

「我們殺人，就是為了有一天不殺人。」他哈哈笑。

「啊？」

「不然制約存在的意義是為了什麼？」

他說完，就睡著了。

每個殺手從殺死第一個人那天，就在等待制約來臨。

殺人，就是為了有一天不殺人。

歐陽盆栽，你真他媽的喜歡把話說得亂有哲理。

……害我覺得自己以前殺人的時候真像個詩人。

韋如這個時候像兔子般跳了過來，幫我收拾桌面，並幫我添了點水。

「九十九先生……」韋如怯生生問道。

「嗯？」我精神一振。

「剛剛那個人是不是大企業家啊？我好像在哪本雜誌看過。」韋如抓抓頭。

「對啊，妳沒看錯，他就是鴻塑集團的王董事長。」我裝作沒有什麼。

「對對對！就是他！九十九先生好酷喔！跟大人物講話耶！」韋如睜大眼睛，語氣非常興奮。

「哈哈，哪有什麼，你沒看我們兩個臉色都不大好嗎？」

「對耶，所以我都不敢過來問他要吃什麼，不過他那種大人物找你做什麼啊？偷偷告訴我喔！」韋如自己坐了下來，滿臉期待。

「妳這麼聰明，妳猜？」我逗著她。

「我猜不到。」她搖搖頭。

「當然是為了那個城市運氣系統規劃的大案子啊。」我嘆氣。

韋如的表情很嚇，完全就是看見河馬逛大街的模樣。

「真的假的！我還以為你騙我的！」

「事情的起因是，王董的兒子前幾天出意外死了，新聞刊得很大。」

「我有看我有看。」韋如充分表現出一個好聽者的本色。

「世事難料，千金難買運氣好。所以王董開始重視起風水這類的事，想要買下一些財氣十足的黃金地段蓋工廠。他這種人財大勢大，想要比政府更早取得我們公司的資料還不簡單？只是我們跟行政院簽下了保密條款，王董的強勢作風讓我非常為難哩。」我愁苦地說。

「嘻嘻，可是我有看到你收了他支票喔！」

「噓。」我像是做賊一樣，使了個得意的眼色。

韋如猛力點頭，舉起手：「我發誓我不會說出去的。」

我心一動，想起我還沒有摸過韋如的手。

「打勾勾。」我伸出手。

「打勾勾。」韋如表情堅定。

手指勾手指。

比起為民除賊……跟漂亮女孩之間的約定，才是真正價值連城的交易啊。

9

第二天，我又掛了藍調爵士的憂鬱症門診。

事實上我也很憂鬱，因為我從來沒有在一個月內找過藍調爵士兩次，他並不是這麼熱衷殺人，他有高雅的「兼差」，還有很具品味的舒適生活。我覺得自己是來帶給他困擾的。

輪到我的時候，診間門打開，走出一個穿著入時、模樣甜美的女人。

女人通紅的臉上帶著曖昧的笑，讓我站在走道上，忍不住把頭看歪了。

「還不進來，上次的處方籤下得不夠重嗎？」

藍調爵士站在門後，吃著手裡的蘋果。

「有你的，怎麼這麼會挑病人啊。」我嘖嘖，將門帶上。

藍調爵士吃著蘋果打量我，滿臉狐疑。

我是有點不好意思，但我畢竟是帶著一大串數字來訪，還有些氣勢。

「上次你做得很好，真好，無懈可擊。」我讚許，屁股往大沙發摔下。

「等等，上次的單我還有三個人沒宰耶。」藍調爵士瞪著我，說：「你該不會是忘記了吧，那幾個人可不能同時意外死去，太顯眼了。」

「暫時忘了那些人吧，我這裡有個十萬火急的快單。」我吐吐舌，看著達利的仿畫。

「有多急？死辰是明天？」他嚼著蘋果，清脆的聲音在他的嘴裡咯咯響。

「一個月。」我深呼吸。

藍調爵士皺眉，看著手中半顆蘋果說：「有這麼難殺？」

我從外套口袋掏出一架用報紙折成的紙飛機，滑手射了過去。

他輕輕接住，拆掉紙飛機，看著上面的新聞。

藍調爵士瞪著我，狠狠地瞪。

然後他將手中沒吃完的蘋果丟進了垃圾桶，將皺掉的報紙壓進碎紙機。

「你明知道我不能拒絕殺人的單。」

「這個單子只有你辦得到。」我非常坦白，說：「如果你需要幫手，我會提供你幾個優秀的人選，就看你怎麼取捨。我的手底下有爆破專家，有用眼神就可以殺人的美女，有擅長放病毒走後門的電腦天才，有可以輕易殺死空手道黑帶的搏擊專家，當然還有神槍手。」

「抱歉，我並不想讓別人知道我是誰，尤其這些『別人』還是一群殺人專家。」藍調爵士冷冷地說：「我一點風險也不想冒。」

也是，所以你才選擇用柔軟的催眠當作殺人的武器。

我還沒提價格。聰明的人都該知道，在此時提起價錢，反而會觸怒對方。

於是我靜靜地等，看著藍調爵士坐在辦公桌後的躺椅上，閉目冥思。

他還是不願推掉單子，可見他師父在他腦子裡深埋的記憶炸彈有多可怕，搞得藍調爵士寧可走進看守所殺掉汪哲南，也不願意嘗試自行解開他腦袋裡的機關。

「九十九，如果我認識更好的殺手經紀，我一定宰了你。」他開口。

「你想知道這個單子背後的故事嗎？」我試著緩解緊張的氣氛。

他沒說話，依舊閉目冥思。

大概在藍調爵士的腦袋裡，一場暗殺行動已經開始模擬種種可能了。

通常我是不會主動提起雇主的資料，因為守密是我的責任，殺手只需要做好他份內的事。但殺手不可一概而論，如果非得要我選一個殺手揭開雇主之謎，那便是藍調爵士了。而且有的單子實在可疑，例如這次的目標汪哲南，如果我不說清楚雇主，藍調爵士一定會往政治黑暗角力的方向揣測，例如懷疑雇主是國安局、調查局，甚至是總統府，無疑會增加他的心理負擔。

「你有這個權利知道。」

我開始說著王董帶著一箱八卦雜誌找我的事。

我的記憶力好，將我們之間的對話鉅細靡遺重複一遍。牆上時鐘的秒針滴滴答答刻著我的話，真有一點我看病掏心掏肺的氣氛。

藍調爵士聽完終於笑了出來。

「原來是個正義過度成癮症的患者。」他睜開眼睛，笑罵。

「這個病名恐怕是你剛剛發明出來的吧。」我不敢苟同。

「謝謝你告訴我，坦白說我有種如釋重負的感覺。」藍調爵士吁了一口氣，說：「現在我知道行動的時候，可以將所有人都視為阻礙，不需特別辨識哪一個勢力居中圖謀這場暗殺。」

「我不說，你不也會自己從我的腦袋裡挖出來？」我聳聳肩。

「九十九，你是個非常好的殺手經紀。」藍調爵士淡淡說：「我幾次趁你睡著的時候，想從你的腦袋裡挖出雇主的祕密，但是你從來沒有洩漏過半個字，盡說一些不著邊際的笑話。甚至，你也徹底否定自己的職業，非常專業。」

原來我是如此專業啊，我有些得意地笑笑。

「不過，」

「不過？」

「戀愛方面就要多加油了。」

「呿，不用你教。」

我們哈哈一笑，隨後又回到了正題。

「這個單不容易，你需要一筆特別活動金連結你需要的管道，看是要打通人脈還是要疏通什麼，好幫助你走到汪哲南面前說幾句話。」我看著架在沙發上的雙腳說：「我剛剛來之前已經將特別活動金匯進了你的帳戶，當然這筆錢是額外支付給你的，並不算在你的報酬內。」

「我不需要。錢有紀錄，假的記憶不會，也不花錢。」藍調爵士微笑，又咬了一口蘋果說：「但活動費我是卻之不恭的。你了解，收下的錢如果吐了出來，運氣會差的。」

「當然。」我看了看鐘。

這次只剩下兩分鐘，沒時間讓我睡覺了。

我起身，把剩下的水給喝完。

「對了，這次價格，我多給你兩倍。」我打開門。

「看來你賺得不少嘛。」藍調爵士拋著咬到一半的蘋果。

賺？我想起了那些執著於賺錢卻又不花錢的新教徒。

「藍調爵士，你覺得殺手不斷殺人的意義是什麼？」我站在門邊。

「比賽看看誰能看完所有的蟬堡吧。」他指了指時鐘。

好答案。

可惜我已經好久沒有看過蟬堡了。

「真是刺耳啊。」我莞爾，關上門。

10

美國的電視台現在很流行，用媒體直升機在高空，將高速公路上的警匪飛車追逐畫面放到電視上，直播給整個洛杉磯甚至全國看。

由於那些畫面既刺激又真實又無法預測結局，所以大大堆高了收視率。甚至有人直接跟電視系統業者簽約，如果電視台開始直播這樣的警匪飛車追逐新聞時，必須用手機簡訊通知他回家看轉播，一個鏡頭也不放過。不知是不是惡性循環，很多人愛看那些飛車畫面，於是實際飛給警察追的狂徒也就越來越多。

記者問洛杉磯警局的警長，為什麼獨獨洛杉磯的飛車追逐事件居高不下。

「你知道的，洛杉磯的瘋子特別多。」警長冷冷回答。

他說得好，一點也不拐彎抹角，瘋子就是瘋子。

這個世界上，瘋子多得不像話。

各式各樣的瘋子。

而最近最紅的瘋子，當推把活貓縫在被害人肚子裡的那個大變態，自從他出現在各大報紙後，我就懷疑是不是某個職業殺手因故失控，變成一台瘋狂的屠宰機。至於他的經紀人，如果他有經紀人，現在肯定演出大逃亡。

「比起人皮面具魔，貓胎人才是真正的瘋子。」她蹦蹦跳跳。

「我不能同意妳更多。」我說，走在電影散場的人潮裡。

等等。

她？韋如？……電影散場的人潮？

我們……剛剛看了一場電影？

「雪碧說，順從你的渴望。挪，這是你的處方籤。」

依稀，從腦袋裡直接鑽出來的話。

真夠我傻眼的。

我若無其事地從口袋裡摸索票根，瞥眼一看。

原來是德州電鋸殺人狂的前傳電影，我記得昨天才剛剛上映。

「那個……現在要去哪裡啊？」我看了看錶，心中莫名的緊張。

十點半。

距離我告別該死的憂鬱症門診，已經有五個多小時。

五個小時！

「當然是送我回家啊，難道要被你拖去灌醉啊，看你一臉好像在醞釀什麼壞主意。休想。」

韋如哼哼，用手肘拐了我一下。

「哈哈，我哪敢打壞主意啊。」我吃痛，腦子裡一片嘉年華似的混亂。

我看著韋如的打扮，愛心格子襯衫加上淺藍牛仔褲，跟平常穿著相去不遠，十之八九跟我一起從等一個人咖啡店裡走出去，而非先回到家裡再刻意換過的打扮。但事實真是如此嗎？我們是怎麼開始約會的？

混帳，我真想知道在這謎樣的五個小時裡，自己除了約韋如看電影之外，還做了什麼。有牽手嗎？有亂講話嗎？有超過連續七秒鐘的雙眼接觸嗎？我們一起吃了晚餐嗎？是誰開口約誰的？我嗎？我在開口邀約的時候有臉紅嗎？

藍調爵士，去你的。

這次門診我完全沒有闔眼，卻一點都沒有印象自己是在什麼時候遭到催眠。最後的記憶，並非停留在打開門一腳踏出門診的瞬間，而是在等一個人咖啡點餐的時候。這中間在忠孝東路漫走、到便利商店買礦泉水、叫計程車到咖啡店的過程，我都還有印象。計程車費是九十五塊，清清楚楚。

接著我向阿不思點了一杯「七步成屍之殺手特調」，然後我就呆呆看完一場電影了。不著痕跡地被催眠，感覺真有說不出的奇怪。

雖沒計畫過但既然跟正妹約會了，卻沒有一點記憶，真是太不甘心。

「叮咚叮咚。」

我回過神。

「九十九先生很沒禮貌耶，怎麼可以在約會的時候發呆？」韋如瞪著我。

「啊，對不起。」我看起來一定很失魂落魄。

「你在想什麼啊？電影一看完你就變得怪怪的。」韋如的眼睛骨溜骨溜。

「嗯……我剛剛一直在猜妳身上的香水是哪個牌子。」我搔搔頭。

「香水？我沒有用香水啊？」韋如愣了一下，嗔道：「你從哪裡抄來的台詞啊！只有老人才會用這種台詞啦！」用力搥了我一下。

「是嗎？原來是老梗了喔。」我爽朗地哈哈大笑。

走出華納影城，這城市因夜晚顯得朝氣蓬勃。

這大概是所有國際都市共同的形貌。白天有白天的節奏，晚上有晚上的靈魂。白天的人忙碌，晚上的人歡愉。然後晚上的人用忙碌的方式尋找歡愉。

可惜我與正妹的約會，在我還弄不清楚是怎麼一回事以前就要結束了。

「九十九先生，你真的還好吧？」她小心翼翼地問。

「……」我摸不著頭緒，但笑笑說道：「哪有什麼問題。」

我招來計程車，韋如像兔子一樣蹦了上去。

「住哪？」我坐在她身邊。

「往羅斯福路。」韋如對司機說。

知道正妹住的地方實在是讓人愉快的事。我很難說當過殺手的人還是正人君子這種話，但我的確沒有想過要對韋如做出什麼色色的舉動。

我們差了十五歲，能偶而約個會已經很好。

計程車上，韋如繼續談論著剛剛的電影，我則冒著冷汗硬是回應她的看法，並試著把話題從虛構的人皮面具殺人狂，拉到真實新聞裡的貓胎人，好讓自己別出糗。說著說著，我習慣性的多向思惟早已暗暗啟動。

「對了，他手中的蘋果。」我突然想了起來。

「蘋果？」韋如頭又一歪。

「明明就丟進垃圾桶了，怎麼還會出現在他手裡？」我猛拍著自己的腦袋，恍然大悟道：「原來根本就是兩顆不同的蘋果！」

原來我被催眠的時機，就是在我陳述受王董委託的故事時，不知怎麼地被藍調爵士下了暗示，失去了幾秒、甚至是幾分鐘時間的意識。這一切就在我聚精會神說故事的時候……太可怕了，藍調爵士。

唯一能夠殺掉G的人，實非你莫屬。

「你在說什麼啊？什麼蘋果又垃圾桶？」韋如歪著頭，皺眉瞪我。

「哈哈，沒事沒事。」我感到非常不好意思，接受了韋如飛來的一拳。

計程車停了，已經到了韋如的學生租屋樓下。

韋如下車，我將車窗拉下。

「謝謝你送我回來，九十九先生。」她彎下腰。

「不客氣，今天很高興，下次我們再一起出去。」我是說真的。

「我也很高興在咖啡店以外的地方跟九十九先生見面呢。」韋如笑嘻嘻。

真是無懈可擊的笑容啊，正妹燦爛的笑可以拯救全世界。

我揮手說再見，計程車慢慢駛離，我意猶未盡地癱在後座。

「先生去哪啊？」司機看著後照鏡。

「回剛剛的影城吧。」我摸著身旁微熱的空位。

記得嗎，我還得把電影「再」看過一次。

11

就在我迷迷糊糊與韋如約會後，每次我去等一個人咖啡，都抱著特別愉快的心情。韋如跟我說話的樣子有一點點改變，我說不上是哪裡不一樣，但這種轉變似乎是好的，因為她臉上的笑越來越有顏色，而我也一直注意著報紙上最新恐怖片上映的時間——韋如可是非常重度的恐怖片迷。

期間我接了一個迫不及待想繼承家產、只好請我殺掉他父母的兇單委託，但沒有影響到我的好心情。鬼哥是個傑出的新手，我決定把這張單子交給他。

要見鬼哥，就得去林森北路某地下道，走進乞丐、不知所謂的街頭藝人、擺滿過期色情雜誌的舊書報攤、算命騙子共同呼吸污濁空氣的城市腔腸裡。

我在一個破爛的傳統算命攤前坐下。

「鬼哥，有事給你做。」我看著低頭沉思的算命師。

算命師約莫五十多歲，個子瘦長皮膚黝黑，魚尾紋在老式墨鏡邊散播開，與他刻意留長的鬍鬚相得益彰，非常典型化的街坊人物。他假裝低頭沉思，實則在看膝蓋上壹週刊的明星走光照。

我叫他，他卻沒什麼反應。

「七步成屍，刀叢走。」我只好說。

「一語成讖，萬劍穿。」鬼哥抬起頭，推了推墨鏡。

新人就愛裝模作樣，這種老掉牙的暗號拿出來都不會害羞。

鬼哥假裝乾咳了兩聲，菸黃的手指敲了敲桌上的手機。

既然如此，我也只好拿出手機，把凶單上的目標檔案用藍芽無線傳送到鬼哥的手機裡。真是多此一舉。鬼哥似乎還很沉迷殺手是種特殊職業的幻覺裡，把自己看成高級特務了。

我若有似無地翻著桌上的農民曆，鬼哥則審視手機裡的檔案。

「難度不怎麼高啊。」鬼哥開口，語氣頗有抱怨。

「是不高，但凡事都講循序漸進嘛鬼哥。」我市儈地笑笑。

「我說九十九啊，其實我也想嘗試一點困難的任務，你看我，年紀也老大不小了，這麼老才當殺手，不多殺點人怎麼比得過年輕人？幾年後又有誰會提到我？」鬼哥埋怨，削瘦的身體微微前傾。

不殺人的時候，鬼哥終日困在這陰暗的地下道裡幫人算命，不管客人是剛下班的酒家女還是提著菜籃的歐巴桑，鬼哥的生命就是活在自己的胡言亂語裡。比平凡還要再平凡一點。

比起算命，取走別人的命的人生，實在是多采多姿吧。

「殺人就殺人嘛，哪有什麼殺手名人堂這種東西，那些虛名不適合我們，別忘了，我們見不得光。」我拍拍鬼哥的肩膀，笑笑保證：「但我是你的經紀人，你的想法我會尊重，先殺幾個好殺的熟練熟練，以後你想揚名立萬，還怕我不把大單交給你嗎？到時候你可別嚇得腿軟不接啊！」

鬼哥這才勉強露出微笑，算是接下了單子。

「下次一定啊，有點挑戰性，就算遠一點也沒有關係。」他推了推墨鏡。

「哈哈，沒有問題。」我起身離去，忍不住回頭多加一句：「小心點啊鬼哥，可別把自己給賠進去了。世事難料，千金難買運氣好。」

他點點頭，算是收到了。

至於鬼哥的報酬，按照慣例我都放在台北火車站地下B區的行李寄放櫃，選好櫃子、放妥編號不連貫的鈔票後，我會傳封簡訊給鬼哥請他去拿。

把簡單的事情弄複雜，是鬼哥的專長。

對於一個殺手來說，鬼哥的狀況實在蠻讓我擔心的。

12

話說，藍調爵士得手了。

某天我坐在計程車上跟司機哈拉時，看到車內電視播著汪哲南在自家陽台上吊身亡的新聞，幾十個記者圍在汪家樓下搶拍，與忙亂的檢警單位堵成一團。乖乖，藍調爵士果然避開了在看守所下手的高難度，轉而朝前天汪哲南暫時釋回的時間著手。

不過即使離開了看守所，汪哲南還是被檢調單位嚴密地監控，如何從中取得與汪哲南接觸的機會，我猜想藍調爵士的手法可能有……

一、在汪哲南回家後，用催眠的手法支開檢調單位一段時間，獨自深入汪哲南的住處下手；但這個做法要冒的風險太高，我也懷疑藍調爵士有沒有這麼直截了當。

二、既然汪哲南太難直接接觸到，迂迴地催眠汪哲南的律師或可以自由出入的家人，讓他們對汪哲南執行殺刑；這個做法避開了最困難的部份，卻有最高的失敗率，因為被催眠的人不見得真有辦法殺死汪哲南並故佈疑陣成自殺。一個無法評估風險的算盤對殺手來說都是不可靠的。

三、藍調爵士老早就用特殊身分進入看守所與汪哲南短暫接觸，對汪哲南下了特殊的催眠指令，等到條件滿足後汪哲南才會自殺，而所謂的條件很可能是汪哲南遭暫時釋回後才能滿足，藉此避開在看守所時的重重監視。這個做法還蠻優雅的，下手催眠的地點又避開目標自殺的地點，風險大大降低，我投這個做法一票。

但更可能的是：四、以上皆非。

真正的答案我永遠也猜不著，就算我去問藍調爵士他也不會跟我說。沒必要，且不適當。每個殺手都該保留自己做事的祕密，保護自己也保護吃飯的碗。

「做賊心虛，死得好。」司機看著小電視上的新聞，不屑道：「官越做越大，錢越黑越多，結果現在是什麼下場？被逼到走投無路，就剩一個死字！」

「對啊，每件事都有他的代價。」我看新聞，引述歐陽盆栽的老話。

「這樣講就對啦！沒那個屁股就不要吃那個瀉藥！」司機嚼著檳榔，按著喇叭說：「啊不過要照我看喔，說不定還是總統府叫國安局特務下的手，喀擦！把老鼠屎清一清民調才爬得起來啦！」

「哪可能這麼複雜。」我失笑。

「啊你不懂政治啦！」司機頗自信地笑了笑，拉下窗戶吐了一口檳榔汁。

在台北，每一個計程車司機都是重度的政治迷，個個都充滿了有趣的想像力。每次選舉前一個月，任何人都可以在計程車後座嗅到誰會當選。屢試不爽。

無論如何我很欣慰這件麻煩事終於告一段落，馬上叫計程車轉個方向到等一個人咖啡，心中盤算著也該約韋如去看場電影了。這次我神智清楚，一定要好好享受跟正妹約會的氣氛。

「司機啊，最近有什麼好看的電影？」我隨口問。

最近有什麼恐怖電影呢？我翻著計程車後面的八卦雜誌電影介紹。

「跟女人約會喔？」

「對啊。」

「唉哪要這麼麻煩！約會？還不就是為了要去開房間？看什麼電影？年輕人要懂得重點！把錢省下來住好一點比較實在啦！看電影實在是太假仙啦哈哈哈！」司機滿嘴紅汁地亂講話。

等一個人咖啡到了，我神清氣爽地走下計程車，推開門進去。

我還沒想好邀約的幽默台詞，就看見王董坐在我慣常的位子上吃著排餐，精神抖擻地看著站在門口的我。

該死。

13

「九十九先生，今天要點什麼？」

興奮的韋如兔子般跳到我旁邊，我看著坐在對面的王董，一言不發。

王董細嚼慢嚥著，頗為滿意地打量著我，我有點不自在，滿肚子的問號。由王董吃東西的速度與餐盤剩下的食物估計，王董只比我早到不到半小時。也就是說，汪哲南自殺新聞一曝光，王董就趕到等一個人咖啡堵我。

為什麼這個首屈一指的大企業家要迫不及待到這間小餐館堵我？不可能只是想告訴我他很滿意吧？

我的眼睛，不由自主注意到王董身旁，微微鼓起的黑色皮箱。

「九十九先生？」韋如提醒我。

看她滿臉通紅的樣子，就知道韋如正覺得新奇有趣，而且興奮……這個赫赫有名的大企業家，再度出現在小小的咖啡店。

「來一杯冰拿鐵吧，再給我幾塊妳做的餅乾。」我。

「就冰拿鐵啊？」韋如的語氣好像有點失望，還偷偷注意著王董。

唉，實在是不想在王董面前喝怪東西。

但比起韋如生怕王董不解此店風格的失望，我還是冒點險好了。

「當然不是普通的冰拿鐵啊，我要的是殺聲震天之殺手冰拿鐵。」我笑笑，手指輕輕敲著桌面。

「馬上好！」韋如豎起大拇指。

韋如離開去忙，我立刻沉下臉，等著王董自己說明來意。

我非常討厭，自己的行蹤被鎖定的感覺。我非常非常的，不爽。

「九十九，你是個非常值得信賴的人。」王董完全忽視我的不爽，對我相當稱許：「就連我底下最好的執行長也沒有辦法這樣滿足我的要求，不，是正義的要求。」

「過獎，我只是把適當的單子交給適當的人。」我淡淡說道。

「我知道殺人終究令你難以接受，即使你的工作本身要求你必須如此。」王董安慰我道：

「但這個世界上沒有一種正義是不需要付出代價的，你知道這個社會肯付出這樣昂貴代價去執行正義的人還剩下多少？如果沒有人願意承受罪惡、剷除寄生在這個社會裡的害蟲，我們居住的世界將會以讓人沉痛的速度腐爛。你跟我做的是對是錯，就留給上帝審判吧，九十九先生。」

對於我的冷淡反應，王董表達出他錯誤的理解，令我啞口無言。

王董打開他的黑色皮箱，從裡面拿出厚厚一疊報章雜誌的剪貼文件。

「這是……」我還來不及反應。

「自從上次見面後，我想了很多，反省了很多。」王董自顧陷入回憶，說著：「說起來可笑，我一回到辦公室裡，就有一種很不真實的感覺，我看著滿桌子要我蓋章的機密文件，心想自己到底是不是瘋了？怎麼好好一個大企業家會想到買凶殺人呢？怎麼會想到要去殺一個跟自己根本沒有關係的陌生人呢？或許我該把單子取消？或是去看個精神科醫生？」

是的，我可以幫你介紹一個。

「我反覆思量卻沒有答案，但一看到這個新聞我還是忍不住忿恨起來，為什麼人可以這麼邪惡？為什麼這麼邪惡的人沒有得到懲罰？是誰在姑息養奸？」王董沉重地嘆息：「每個漠視邪惡發生的人，都在姑息養奸。」

王董今天還蠻多話的，趁著他的多話我很快翻看了他提供的剪報資料。

約莫半年前，一間私人幼稚園的娃娃車司機，在娃娃車抵達幼稚園後失職將一名幼童留在車上，沒有察看就走了。據說烈日底下的車溫高達五十幾度，幾個小時後，幼童被活活地烤死，期間無人聞問。

慘劇爆發後，家屬哭到崩潰，幼稚園的負責人翁秋湖夫婦一面假意道歉，一面火速脫產逃避賠償。最後翁秋湖夫婦腳底抹油跑到花蓮躲了起來，半年後遭媒體爆料行蹤才曝光，但翁秋湖夫婦不僅沒有一絲悔意，還對著鏡頭惡言相向，讓當初枉死小孩的父母情何以堪。

坦白說，這對夫婦根本就是無賴兼惡棍。

「在電視上看到這些讓人作嘔的新聞後，我不自覺蒐集了一大堆資料，卻還是下不了決心，你在財經雜誌上已看過很多關於我的報導，該知道我不是個心意不定的人。」王董平靜地說：「遲疑了，就代表我不是那麼忠於自己的想法，站在需要殺人才能得到平復的正義面前，我還是感到怯懦了。怯懦，讓我開始懷疑自己花錢買凶到底對或不對。」

我點點頭，簡單說：「人之常情。」

「但一個小時前，我看到了汪哲南自殺的新聞。」

王董露出非常滿足的微笑。

他的話還沒說完，我的頭皮已經發麻。

「那一瞬間，我流下了眼淚。」王董握緊拳頭，微微發抖道：「真正看到正義伸張的時候，我才明白我所作的都不是沒有意義的，於是我立刻就趕到這裡等你，一刻都沒有辦法等待……你知道嗎，我連自己的兒子死掉都沒有掉過一滴眼淚！」

我胸口有些沉悶，王董所受的感動讓我非常想一走了之。

但我的職業，就是坐在他的面前。

然後聽他好好說話。

「看到這對夫婦，九十九，難道你不覺得義憤填膺嗎？」王董看著我手上的雜誌，真不曉得他是哪來的時間蒐集。

「他們是很壞，但罪不致死吧。」我皺眉，已猜到了王董的意思。

「審判他們是上帝的責任，我們能做的，就是儘早把他們送到上帝面前。」

王董此話一出，殺過好幾十人的我，背脊竟然隱隱發冷。

這是什麼邏輯，可怕得讓人無法玩笑視之。

說實話我殺過不少人，在社會認可的道德上完全站不住腳，也沒有立場說別人閒話，當了殺手經紀後更沒挑過一張單子，一張也沒有，因為我從不認為自己做的是好事，當然也不必做金錢之外的任何判斷。但王董腦袋裡盤根錯節的正義思惟讓我感到暈眩，我真想用吼叫回敬：

「別鬧了！」

此時韋如笑嘻嘻拿著我的奇怪冰拿鐵跟一盤手工餅乾，走過來遞給我，動作慢吞吞的似乎想偷聽些什麼。

讓正妹失望的人，一定會下好人地獄。

「王董，我能夠透露的資料就這麼多了，其餘的我們還得保留給市府的都市計畫，不然這些地段都給你買走了，你不也會遭到檢調調查？」我嘆了口氣，技巧性將王董提供的雜誌蓋在手下。

王董愣了一下，但以他的聰明已隨即理會。

「你不再考慮看看？」王董用最簡單的句子丟了球。

「你這麼說實在讓我很難做，世事難料，千金難買運氣好，把一些好運留給廣大的市民吧，也算是替後代積德呢。」我喝了一大口冰拿鐵，完全嚐不出裡頭摻雜了什麼。

韋如偷偷聽了幾句，此時也識相吐著舌頭走了。

王董看著我，正要開口說話就被我打斷。

「記得嗎王董？我還有個爆料王的單子還沒結清呢。」我認真道，希望能夠緩一緩王董的殺人衝動：「收人錢財與人消災，我得先替你清理掉你心、頭、上、的、不、快，才能再接你下一張單子。就算是見閻王，也總有個先來後到。」

我話中的意思，王董難得地又忽略了一次。

「那個爆料王稍緩吧，他正在爆總統府皇親國戚利用內線交易謀取暴利的料，料還沒爆完，他活著就還有點用。」王董嫌惡地揮揮手，像是趕蒼蠅：「九十九，你就算兩個月後才殺了邱義非我也不會怪你，反正我錢已經付了。重點是眼前的邪惡，我簡直無法忍受翁秋湖夫婦多活一天。」

說著說著，王董又從口袋裡拿出一張支票。

我放棄。兵敗如山倒。

「比起汪哲南，這次的目標太簡單了。」

「接是不接？」

「接，當然接。好人都可以殺了，何況是公認的壞人。」我吃著手工餅乾，對著櫃檯後的韋如笑笑，說：「不過在我接單之前有個問題一定得問。」

「你問吧。」

「除掉汪哲南是除國賊，宰邱義非是安定社會，我都可以勉強理解，畢竟這兩個人名聲都很響亮，但王董你這麼一個大人物，怎麼會想到要殺了翁秋湖夫婦這兩個小小害蟲呢？」我納悶，但笑笑吃著餅乾：「這就像用大鐵鎚砸死兩隻小螞蟻一樣，有點勞師動眾的感覺。」

「害死了一個無辜小孩，之後又脫產逃逸，這種人渣只怕壞過於汪哲南。汪哲南東收回扣西搞掏空，可也沒害死過一條人命。」王董完全沒有不悅，正色道：「邪惡到處寄生，不是名氣大的惡棍就是最大的邪惡，汪哲南今天死了絕對不是因為樹大招風，而是他的邪惡。翁秋湖夫婦也不會因為名氣小，明天就不會因邪惡而死。」

真是四平八穩的作文，連起心動念殺人都能做出這樣一篇文章。

「身為一個企業家，對這個社會能夠做出的貢獻少得讓我吃驚。」王董認真說道：「直到今天看到汪哲南上吊自殺，我完全被即時的正義深深感動……沒有比『報應』這兩個字更能帶給這個社會善良的啟示，這才是我賺了大半輩子，所能留給這個社會的真正財富。」

所以，你該成立一個殺人慈善基金會，幫你運籌帷幄一切啊。

「我沒有問題了，你開支票吧。」我微笑。

「期限是一個禮拜。」王董寫了一個數字，但筆卻停在最後的零上，有些猶疑地問：「可以指定死法嗎？」

「某個範圍內的死法，可以。」我公式般回答：「但限定死法的話，期限可能就要拉長了，就像貴公司接單生產，若顧及產品良率的話就得延長交貨一樣。」

王董沒有理會我，逕自揉掉支票重開，把方才的數字提高了兩倍，把新支票交給我，鄭重交代：「期限仍然是一個星期，死法當然是夫妻倆雙雙悶死在高溫的汽車裡，才能製造出現世報的效果。」

「……」我有些傻眼。

「上面的數字，應該足夠你找箇中好手在期限內完成。好好幹，九十九，我以後一定下更多單子給你。」王董說，拍拍我的肩膀鼓勵。

就好像，我是鴻塑集團裡勤奮工作的員工似的。

「交給我，你放心。」我無奈但還是報以專業的微笑。

王董的手機適時地響起，一接起電話就回復到日理萬機的大忙人，王董一邊講電話一邊在口袋裡翻找著鈔票，我微笑搖手示意買單，王董也就不客氣匆匆離去。雖然投身於買凶造福社會的慈善事業，王董可也沒忘記他要把鴻塑集團推到全世界大舞台的理想。

我坐在位子上，看著咖啡墊旁的支票。

這筆錢，這個期限，這種死法，真是匪夷所思。

如果我是警察一定會很困擾吧。王董的單子，根本不是尋常檢警所能勘破，因為這些單子最大的特色，就是缺乏實質的動機。一個人毀滅掉另一個人，不為了利益，而是為了見鬼了的正義，這要從何查起？

「在煩惱嗎？」韋如走了過來，收拾著王董吃剩的餐盤。

「是啊，他留了一個大煩惱給我呢。」我苦笑。

「哇，好多錢喔，真的是千金難買運氣好呢！」韋如張大嘴巴，看著桌上的支票嘖嘖稱奇：「要是我收到這麼多錢，再多的煩惱也不見了。」

「可惜這張支票不是只給我的，要不然說不定就像妳說的，我的煩惱也會煙消雲散呢。」我看著韋如收拾桌面，一面想著該怎麼開口邀約她看電影。

韋如慢條斯理收拾著，我眼睜睜看著她把盤子疊好，把杯水添滿，許多不成句子的話卡在嘴邊。

殺手下了班就不是殺手，默契之三。但我的腦袋已被翁秋湖夫婦坐在車子裡活活熱死的畫面給塞滿，沒有辦法回想起任何雜誌裡提過的當期恐怖片。直到韋如摸摸我的頭離開，我還是只能笑笑。

我殺人時從沒手軟過，區區一個邀約卻讓我裹足不前。

也許我該去找一下藍調爵士。

14

我當然沒有去找藍調爵士。

論「條件殺人」，沒有殺手比藍調爵士更適合出擊，尤其是這麼困難的「在車子裡活活悶熱死」，他不可思議的催眠技術正好派上用場。

但我是經紀人，不是上帝，汪哲南那個單子藍調爵士一定費了很多精神，如果我現在再把翁秋湖夫婦的凶單交給他，下一次我從藍調爵士的診間出來，肯定會突然站在車水馬龍的十字街頭，傻傻地看著輪胎壓過我的腦袋。

「這次該找誰好呢？」我翻著記事本，走在沉浸夜色的天橋上。

活活悶死啊……還得一次搞定兩個人。又，既然是活活悶死，就得在白天做事，光天化日的人來人往，難度實在不低。或是若在晚上下手，至少要讓兩個人撐到白天的時候還活著等死，只是全身都不能動彈，這就要請教用毒的高手。

……不管殺過多少人，我還是覺得活活烤死兩個人實在太恐怖了。

不管選擇誰去接這個單子，對我都是困難的決定，因為這意味著我要把一百個惡夢的糟糕額度塞到誰的下半生裡。

你說，就鬼哥吧？

是，鬼哥是急著想接困難的單子，但身為新人的鬼哥還不知道自己能夠承受多少恐怖的畫面，現在就將這種單子交給他，鬼哥就無法成為真正的殺人高手，而是成為變態。

凡事都講循序漸進，好的雞農就別老想著幫小雞敲破蛋殼。

帶著點暈黃月光的夜色下，人特別容易平靜。

我駐足，看著天橋下一個又一個的紙箱。

無夢的黑草男坐在河堤邊，抽著永無止盡的菸。

黑草男經常維持同一個姿勢很久很久，像是在回憶什麼。只有真正與黑草男相處過的人才知道，他只是在發呆，就像一顆說不出形狀的石頭。

一個常常發呆的人，必定是想忘記過去的什麼，或是刻意讓自己的人生注入大量的空白，好稀釋曾經擁有的悲傷。因為一旦意識清晰，不愉快的過往便從渾濁的腦海裡浮現出來，莫名地讓人痛苦。

黑草男到底經歷過什麼，讓他想藉著發呆遺失自己的人生，我不知道。

但我理解。

就在殺了可愛雙胞胎後，我接了一個條件殺人的單。
永生難忘的單。

15

死神餐廳。

我面前的桌上，躺著一份我這輩子難以想像的，詭異、恐怖絕倫的凶單。

「這次的條件殺人，真的很不容易，說不定會大大加速你的制約。」前經紀人高太太抽著菸，用一種似笑非笑的眼神看著我：「如果你還想多幹幾年殺手，不接，我能夠理解。」

每次前經紀人用這種眼神看著我，我心中就無名火起，驕傲地立刻答應。

「接，你看過我哪個單子不接的。不過有件事我挺介意。」我收好照片。

「喔？」

她吐著菸霧，眼角的魚尾紋皺了起來，好像根本不在乎我想問什麼。

「我是不是看起來很變態？所以妳才把這種單子交給我？」我有點忿忿不平，但表面還是裝作若無其事，一貫玩世不恭的態度。

她沒笑。事實上她從未展露過她的幽默感。或相關的可能。

「每個人都有當變態的潛質，但是，九十九，你不是個變態，也不會是個變態，你只是需要多方嘗試所有殺人的方法，不要排斥接近變態的思惟世界。這是我對你的期待。」前經紀人的眼神好像在看著一個聽話的孩子，希望這個孩子的叛逆期快快過去似的。

「期待，省省吧。」我冷冷說道。

她也沒說什麼，就這麼目送我離開。

那一刻，是我唯一一次感覺到，殺手是個低等、沒有尊嚴的職業。

幾天後的深夜，我跟委託人開著她的車，停在一間透天別墅的後巷。

她留在車上，我花了幾分鐘時間確認路口監視器的擺設位置，然後一口氣通通搞定。

「分手後，我還留著鑰匙。」她說，想大大方方從前門走進。

天真。

「不，鑰匙開門會發出聲音。」

我蹲下，示意這位妙齡女子從後面抱住我。

靠著訓練有素的體魄，我揹著委託人攀遊上了三樓，用工具切開了客廳外的落地窗完成侵入。委託人在客廳等候，隨手翻看她以前熟悉的一切。我則靜悄悄地走進每一個房間，把特殊的藥布放在目標家人的口鼻上方一吋，讓藥氣慢慢混在空氣中，令目標家人在睡夢中不知不覺陷入更深的無意識，方便我們接下來要做的事。

接下來到了重頭戲，我們走進了目標的主寢室。

靜靜聽著目標的呼吸聲，一呼一吸之間的時間差很長，音沉如牛，顯示目標睡得很熟。我看著委託人，委託人對著我手上的藥布搖搖頭。

委託人先前就說了，目標有吃安眠藥入睡的習慣，所以半夜不容易醒來，希望我不要讓目標睡得太熟，免得效果不佳。我雖然很想用藥布保險一下，但我非常尊重委託人的要求，與她復仇的意志。

三分鐘內，我在天花板上架好了堅固的鋼製橫桿，並套上了紅色繩索，讓紅色繩索正對著熟睡的目標，角度實在漂亮。

在這三分鐘裡，委託人褪去全身衣物，換上了預先準備好的紅色旗袍。以前曾經是金錢豹酒店第一紅牌的她，在貼身旗袍的緊緊包裹下，身材更加妖嬈有致，媚得讓人喘不過氣來。

「接下來，一切就拜託你了。」

委託人冷冷說道，不帶一絲我能辨認的情感。

「一定讓妳滿意。」我沒有露出讓人放心的笑，因為我實在笑不出。

在我的幫助下，她帶著愉快的心情上吊了。

沒有掙扎，沒有乾咳嘔吐，只見委託人兩隻美腿不自然的踢搐甩動，雙手想抓住繩索卻竭力與繩索保持距離。不到半分鐘，旗袍美女眼睛爆凸，長長的舌頭像假的一樣淌了出來。

不再動了，只有如被遺忘了的懸絲木偶般，吊死在天花板上的紅衣女屍。

刻意吃得很飽的委託人，如她期待地脫肛暴糞，失禁拉尿，把地上與床腳弄得又臭又髒，更把自己的死相搞得很糟。非常非常的糟。

但還不夠糟。

這就是我還待在現場的原因。

我戴上口罩與塑膠手套，用手術刀把委託人的肚子劃開，再小心翼翼拉出血淋淋的腸子，嘩啦啦啦的，把它們亂七八糟垂晃在肚腹之外，只留下最長的一截拖到床上。

我站在椅子上，用手術刀修飾著委託人的面貌，更把她軟軟的舌頭拉得更長，把嘴巴張開的角度往上斜斜切開，使她的死相變得更猙獰、更邪惡。更重要的，我把瞠大暴凸的眼睛調整了角度，讓委託人能正視著熟睡的目標。

最後我隨意在委託人身上的動脈切了幾刀，還沒凝固的血液頓時滾湧了出來，地上湯湯水水腥紅了一片，跟糞便尿液混在一塊。

我走到目標身邊蹲下，以他的角度仰看吊在天花板上的委託人。

……沒錯，在你下次睜開眼睛的時候，這個畫面將成為你一生的夢魘。

「女人，真是輕惹不得。」

我囁嚅，仔細避開地上的血腥，在客廳換下一身的血衣，再從原路爬出別墅，若無其事快步離開，留下委託人的汽車。

我一直走一直走，走了至少十公里。

意識到天藍了，我突然從殺手退化為人，抱著肚子在田埂邊猛吐，吐到我連胃液都嗆進了鼻腔都還不能歇止。我虛弱地靠在小小的土地公廟牆上，擦去懸在鼻毛上的酸液，一刻都不敢閉上眼睛。

第二天的蘋果日報頭條，毫無意外刊登了這一則駭人的自殺新聞。

天還沒亮，負心男子就在濃郁的腥臭中醒來，睡眼惺忪看見了前女友上吊自殺的恐怖死狀，嚇得心膽俱裂，魂飛魄散，一直到警局做筆錄時都沒能開口說話，身體歇斯底里顫抖。

我看有九成機率會瘋掉，如果不幸沒有瘋掉，我敢打包票每天睡醒他都不敢睜開眼睛，無時無刻全身發冷。處心積慮要報復前男友的委託人，地下有知也該如願以償了。

那次之後，我用掉了五個惡夢的額度。

16

站在天橋上回憶那荒謬的一晚，我越來越後悔接了這次王董的條件殺人。

搞什麼啊我，什麼怪單都接真的是好的職業道德嗎？如果我底下的殺手沒一個肯幹，難道我要親自出馬？王董想要翁秋湖兩夫婦伏誅在「報應」底下的出發點是正義，不管是想像的正義還是虛構的正義還是真正的正義，到底都說得出像樣的理由，但我能不照顧底下殺手做事的心情嗎？活活把人給熱死，腦漿裡的蛋白質煉熱結塊，眼睛白成了一片灰膜，這種畫面可不只是讓人做惡夢而已。

比起這種單，在天台上遠遠放槍的老方法實在是太簡潔俐落。

此時，我的手機響了。

來電顯示，是三個月小姐，我心一凜。

「喂？」我接起電話：「好久不見呢。」

「好久不見什麼鬼啦！九十九，我告訴你喔，我好久都沒有做事了耶！」三個月小姐。

我想了想，回憶起三個月小姐上次接單的時間。

「不是吧，上次雖然是半年前，不過是妳自己說做得很煩躁，所以……」

「你知不知道這樣我會覺得自己被你忽略，很可能也會對你失去信心啊。先不說這些，你自己當過殺手你自己清楚，如果太久沒做事的話，萬一我變成普通人怎麼辦？我的制約還遠得很！喂！」三個月小姐打斷我的話，連珠砲說了一大堆。

我看，妳是念念不忘神祕的蟬堡吧。

「仔細想想，其實最近也沒有什麼合適妳的單啊。」手機溫熱著我的耳朵，我閉上眼，想著當初跟她告白的情形：「殺人這種要求，豈是隨隨便便就可以接到單子？」

「怎麼可能？我每天打開報紙，不就一大堆兇殺的新聞嗎？那些笨蛋就是找不到職業殺手才會把自己搞上了報紙頭條，現在可是殺手行情看漲的時候啊……九十九！」

「我在。」我站好。

「你到底有沒有在認真幫我看單子啊？還是上次我沒答應你跟你交往，所以你一直記恨在心裡？」三個月小姐氣呼呼地說。

哈哈。

「……沒有這樣的事啊，我可是公私分明的好經紀人呢。」我故意裝嚴肅：「不過說真的，妳不覺得其實我們還蠻搭配的嗎？要不要再多考慮三個月？」

「三八，我才不跟殺手交往咧，也不想想你的工作有多恐怖，賺再多錢還是沒有前途。」

三個月小姐的語言表情，像是一個皺了眉頭的注音文。

「這句話我原封不動還給妳。」我大笑。

我還沒笑完，三個月小姐就把我拉回主題。

「不管，今天我一定要接單。」她很堅持：「不然我就要換經紀人！」

喔，難道這就是命運嗎，真是任性的三個月小姐。

「我手上是有個單，條件殺人。」我看著天橋下的紙箱王國。

「給我。」

「最近電視上常常出現的翁秋湖夫婦，有印象嗎？」

「就是娃娃車悶死小孩那個？」

「雇主要他們一個禮拜內死掉，時間很急迫，而且還規定他們必須在車子裡活活被悶死。注意，必須是連法醫都認同的那種悶死，而不是表面上看起來像而已，這點雇主很在意。」我謹慎說道：「如果妳不想接，我一個月內也一定給妳新的單子，妳不必勉強自己。」

「喂，這是殺兩個人喔，所以我要平常價錢的兩倍。」三個月小姐劈頭指出重點，語氣堅定得可愛。

依照我對三個月小姐的認識，她一定沒把話好好聽清楚。

「時間很趕我再加妳一倍，死法困難再加妳一倍，事後不能看心理醫生洩密，所以我再給妳刷卡血拼療傷費，一倍。總共是妳上次單子的五倍價錢，免稅。」我一鼓作氣加了一堆錢，反正王董的支票一向不缺零。

電話那頭突然沒有了聲音，我想像著三個月小姐吃驚的表情。

「九十九，你好好喔。」有點酸酸的鼻音。

「還可以啦，如果妳哪一天改變主意了……」我精神一振。

「就這麼說定了，記得把錢匯給我喔！」三個月小姐快速掛斷電話。

連聊天也不給嗎？

我看著天橋下，河堤邊，黑草男依舊維持他二十分鐘前的姿勢。

我心中慶幸此時此刻有個人比我更寂寞。

解決了棘手的單子，周遭的空氣愉快地餵飽了我的肺葉。我興起了到天橋下尋夢的念頭，迎著渾沌的月光吹著口哨，慢慢走到橋下。

黑草男一身的黑色帆布衣，即使在這樣的夜裡，墨鏡還是鑲掛在臉上。黑草男看著我，就像看著一團會說話的空氣。

他抽著寂寞的菸，用的，是沒有溫度的語言。

「買，還是賣？」

「買。」

「限不限？」

「驚喜好了。」

我摸摸口袋，掏出三百塊零鈔交給黑草男。

這個數字可以夢到什麼，我不期待，也很期待。

黑草男領著我走在形形色色的舊紙箱間走蕩，這些舊紙箱有的已打開，有的折蓋好，黑草男若有所思、卻又眼神迷離地審視這些空蕩蕩的紙箱，片刻才用腳踢了踢其中一個。

我瞧仔細了，是物流用來運送衛生紙的大箱子。

正當我把封好的紙箱拆開，小心翼翼踏進那窄小的空間，屈身蹲踞，思考該用什麼姿勢最舒服、準備好好睡一覺時，口袋裡的手機震動，傳來了簡訊。

「活活悶死好難喔，九十九，你果然在記恨。」from 三個月小姐。

我不禁莞爾，抱著彎曲的小腿，闔上疲倦的眼睛。

17

第四次見到王董的時候，我的手上正好拿著當天的蘋果日報。

頭版是爆料王邱義非從自家樓上縱身一跳，自殺身亡的新聞。嗯，這件大事我已經在昨天深夜的新聞跑馬燈中看到了，邱義非這一死，把媒體弄得雞飛狗跳，我想今天晚上大話新聞、新聞挖挖哇、新聞夜總會、二一〇〇全民開講等談話性節目的收視率一定都非常駭人。

報紙翻過去第一頁，則是翁秋湖夫婦在高速公路的休息站停車場，深夜燒炭自殺的照片，相比於邱義非自殺，這個新聞佔據的版面就……等等，燒炭？怎麼會弄成燒炭？

「燒炭自殺，九十九，這跟我們的協議不合啊。」

王董逕自坐在我對面，我吃著薄餅，愣愣地看著這個大老闆。

今天早上不是鴻塑集團的法說會嗎？關係著三大法人投資動向的法說會，王董不在公司坐鎮，竟跑來找我抱怨廣告與實際商品不合！

「對不起，我也是剛剛才知道死法出了紕漏，詳細原因究竟如何已經不重要了，一切都是我的疏失。」我自知理虧，只好愧疚地道歉：「為了表達我的歉意，我願意歸還部份的金額。」

如果我是日本人，至少得砍掉一根手指充充場面。

「算了，我今天找你並不是來討錢的，而是再給你一筆錢。」王董雙手抱胸，下巴隱隱上揚。

「這麼說起來……」我也沒太意外就是了。

「九十九，邱義非死得好，翁秋湖夫婦雖然死得差強人意，但也算對正義有了交代，我看了這兩則新聞之後非常感動，無論如何都得代表這個社會當面謝謝你。」

「……」

王董用應該在法說會演講的語氣對著我說：「然而正義總是與邪惡無時差地競賽，如果我們一時疏忽了，之前所作的一切都將付諸流水。」

王董拿出一個黑色公事包，面色莊重地放在桌上示意我接下。

我照做了，將公事包放在我的身旁。

「九十九，能把企業發展成上千億規模的我，一向擁有非常自傲的識人之術。」王董神色凝重地看著我，那是一種刻意展現出來的長輩氣息。

「那是一定。」我看著王董已經拆下紗布的斷指。

「自從上次分開後，我反覆回想你與我對談的畫面，我想你雖然是個非常好的殺人經紀，但你的眼神告訴我，其實你並不認同我對這些人的處置。」

「我一向不對委託人下的單做道德批判。」

「但是你不認同。」

「王董你恐怕有所誤會，你下的單子，是我接觸的單子裡最具有正面意義的。殺了這些人，如果沒有對社會帶來你想像的改頭換面，至少也絕對沒有壞處。」我想了想，多所保留地說：「我只是無法理解，你為什麼會無端端想殺死與你素昧平生的人、與你利害無關的人、與你一輩子連擦肩而過都不會有的陌生惡棍。」

「記得第一次見面時你說過的話嗎？」

「喔？」

「你說，每個人或多或少都會有想殺掉的人，只是實踐力的差別。」王董微笑道：「你說得對，這個社會每個人都存在著正義感，但不見得每個人都有能力，都有錢，把心中的正義實踐出來。」

我的話，原來已經被王董解釋到那種方向去了。

我從來沒有想過我可以這麼偉大。

「站在正義前，我跟一般人沒什麼兩樣，而我積聚的財富，就是我的實踐力。」王董信誓旦旦說：「就如同殺手月一樣，他有本事親自實踐正義，贏得了全民正義為後盾，而我是靠著財富更有效率地完成正義的使命，可謂殊途同歸。」

不，你跟一般人很不一樣。

然而王董提到了月，讓我不知道該怎麼反駁起。雖然我從一開始就沒想過反駁王董，尤其我又沒有依照約定完成活活悶死翁秋湖夫婦的任務，但我的臉色一定告訴了他什麼。

「九十九，我想要讓這個社會改頭換面。」

「這個想法有待商議，不過……」我和顏悅色說道：「只要死亡條件不要太困難，這些單子我沒有不收的理由。」

「這就是關鍵所在了。」

「關鍵？」

「我無法容忍幫我執行任務的傢伙，是個不能認同我的人。對你來說，殺誰都無所謂，出錢的就是老大，你的心中一點道德判斷都沒有。」王董目光灼灼，咄咄逼近：「我很明白這是你的職業慣性，也是你的專業，但是，你絕對不是你自己想像中那種對人世保持淡漠的人。你也可以跟我一樣。」

「這個……」我有點摸不著頭緒。

「公事包裡，裝的都是最近相關新聞的整理，只要你看過一遍，你就會對這種人渣感到徹底心寒，對你即將要做的事毫無懷疑。我希望你在接下新的任務後，在挑選殺手前能夠先看看這些資料，並且也把這些資料轉給出任務的殺手看，我相信你跟殺手一定可以認同我的想法。」王董語氣鏗鏘，竟有種強勢的說服力：「我希望你們在參與任務時，也能夠參與理念的層次，而不是只停在血腥的過程。」

我啞口無言。

「幫我做事的人認同我的做法，對我來說深具意義。」

看來這次的公事包，王董是無論如何也不會拿走的。我需要自我洗腦。

「我會看完的，現在，從頭說說這次的單子吧。」我吐了一口長氣。

王董嘉許地看著我，拍拍我的肩膀。

「李泰岸，南迴鐵路翻車案的主謀，還宰了弟媳詐領高額保險金。」

王董乾淨俐落說完，我重重大吃一驚。

大約一個月前，一列北上的莒光號火車在南迴鐵路出軌翻覆，造成一名女子傷重身亡。但隨著該名女子的丈夫為她投保了高達七千多萬的意外保險金曝光後，案情急轉直下。警方嚴重懷疑這是一樁精心佈置的謀殺詐領保險金的重大刑案，死者的丈夫不多久後以自殺回應。

他這一自殺，留下無數的謎團，與可能是幕後主嫌的哥哥李泰岸。

這個案子是現在全台灣最熱門的超級懸案，對於陷入膠著的案情，媒體卻有辦法讓每天都有新進度，精彩的程度不下任何一部兇殺推理小說。例如死者丈夫存放在電腦裡大量的買春自拍與日期提前的遺書、李泰岸對案發當天的行蹤交代不清並教唆朋友偽造不在場證明的嫌疑、有乘客看見死者丈夫替昏昏欲睡的死者注射不明藥物、死者大量的內出血可能肇因於出血性的蛇毒而非強烈撞擊等等。

總之，精彩異常，也殘酷異常。

「等等，這個案子已經進入司法調查的階段了，李泰岸涉嫌這麼重大幾乎一定會被逮到把柄，他現在不過是狡猾地閃爍言辭拖延時間罷了，現在有誰不知道檢方隨時都會將他收押⋯⋯

……」我看著精神奕奕的王董，無法置信道：「王董，你在電視上所看到的證據都是媒體自己辦案的表面，真相需要時間，你如果現在就殺了李泰岸，南迴鐵路出軌案、跟謀殺詐領保險金案，全部都要變成歷史懸案了！」

「你知道，一個人定罪之後，經過多久才會被處以極刑嗎？」

「……」

「你知道，李泰岸不是被判死刑，而是被判無期徒刑的機會有多大嗎？」

「……」

「遲來的正義不是正義，趁著現在全國的媒體都在關注這個案子，在熱潮的高峰處決李泰岸，天理昭昭報應不爽的效果一定會最好，等到這個案子進入司法階段，我們只會聽到上訴、再審、再上訴、更審、駁回再審……這不是正義，我重複一次，九十九，這不是社會要的正義。」王董的決定不容置疑。

於是我再度伏首稱臣，讓王董舉師的正義淹沒了我。

「條件殺人？」我問。

「蛇毒。」王董露出事不關己的微笑。

「這不容易。」我皺眉。

「嗜血的媒體一定會拍下李泰岸中毒、全身發黑的樣子，就如同他謀殺弟媳的方式，這樣一定很有警世作用。」王董還是「以彼之身，還施彼道」的論調，說：「但是不要弄成意外，也不要弄成自殺，要有一點旁人下手的味道，否則就太便宜了李泰岸那混蛋。」

「我了解了。」我深呼吸，快速思量著這筆交易的難度。

王董拿出一張支票，爽快地在上面寫起數字，連問我都不問，因為他知道這個數字沒有人可以抗拒。我非常討厭這樣。

原本可以在家裡就寫好數字的，王董卻特地在我面前表演他有足夠的能力支使我，這個動作讓我非常非常的悶。

看著王董用鋼筆劃上數字，我覺得自己一定要有點反抗。任何反抗都好。

「如果用蛇毒殺人非常困難，我會請底下的殺手用俐落一點的方式做事。」我冷冷道：「十之八九，會是用子彈搞定。」

王董原本已經寫好數字，把支票遞放在我面前，此刻卻抬頭看了我一眼。

「九十九，你是個談判高手。」

王董點點頭，拿起鋼筆在我面前的天文數字後，再添上一個零。

我愣愣看著支票，沒注意到王董已經走到門邊。

「別讓我失望。」

王董留下這一句，還有一個我絕對不會打開的資料公事包，走了。

支票的尾巴加了一個零，我本應高興，卻彷彿被重重揍了一拳。

我由衷希望這是最後一張王董的單，但肯定事與願違。

今天韋如期末考沒來上班，可愛的女孩在我最需要說謊解悶的時候缺席了。

我看著只有阿不思一個人在打瞌睡的櫃檯。

找阿不思嗎？不，她是個拉子。我對拉子沒有偏見，但跟一個絕對不會對我有異性好感的女生說話，我實在看不出興致在哪。

嘆了口氣，我真覺得好累。

每個職業都有它的苦處，比起來，身為一個殺手經紀人坦白說沒有什麼好抱怨的。在旺季時我把單子盡量平均分配給底下的殺手，在淡季時我也不像其他的殺手經紀一樣忙著鼓勵潛在顧客買凶殺人。

以前當殺手，制約到期我才可以金盆洗手，有種不得不為的壓力，否則就得選擇用更激烈的方式告別殺手生涯。而當了殺手經紀，我想停手隨時就可以停手，沒有委託人可以逼我吞下凶單，也沒有殺手可以逼著我討凶單。

我想告別這一切的時候就可以，我很清楚這點。

但我好累。

為了委託人的利益殺人，不管是多麼醜惡的理由，我都覺得這個世界運轉堪稱正常，殺起人來毫不馬虎。而今天，我竟覺得為了委託人光明磊落的正義殺人，竟是非常的沉重。心裡原本只有一絲灰霧，慢慢被正義溼潤成沉重的雲朵，隨時都會崩潰成雨。

「難道是我不正常嗎？」我看著支票。

支票上的數字就像一串貨真價實的數字，不再具有其他的意義。

冷漠與疏離。

我非常煩。

保持心情愉快一直是我的強項，現在我接到了王董金額豐沛的凶單，卻搞得自己非常不爽。我想起歐陽盆栽所說的，當殺手的絕對不是為了錢，而是為了我們就是該如此，然後等著某一天，我們能夠不再殺人為止。

「我，九十九，不需要藉著殺人來證明自己站在正義的一方。」

我真想跟王董這麼說，聲嘶力竭的。

18

我付了帳離開等一個人咖啡，提著一個我發誓絕對不會打開的公事包，走在剛剛歷經上班潮的大街上，心底想著今天以內就要把單子給交出去，否則可用的時間會短得可怕。

要用到蛇毒啊？這可是三個月小姐的拿手好戲，如果她不是才剛剛完成了一個混帳單子就好了。是，我是可以再把單子交給她，她一定能夠用自己擅長的方式把李泰岸弄成一條全身灰黑的屍體。

然而現在李泰岸的住家周圍，全部都是記者跟警察，以及絡繹不絕的遊客，浩大的陣仗密不透風將李家緊緊包圍，以三個月小姐現階段的能力實在過於冒險。

我不只是一個仲介，我是一個經紀人，我必須對底下的殺手負起責任、照顧他們的感受、保護他們遠離危險的工作環境，如果讓三個月小姐接下李泰岸的凶單，無疑陷她於險境。

我又怎麼捨得。

「也許我該考慮退休了。」我說。

燈光暗下。

老式的紅色簾幕從中間往兩旁漸漸拉開。

我看著新聞局的行車安全宣導短片，以及他翹放在前座的長腳。

「不必如此。」他說，穿著一身邋遢的牛仔，吃著廉價的爆米花說：「你來找我，才不是因為想跟我說這種話。這張單子我接了，這句才是你想聽的吧。」

我心中一陣安慰，伸手拿了他手裡的爆米花就吃。

「打算怎麼做？」我嚼著有點軟掉的爆米花。

「方法不是問題，時間才是壓力。」

「的確，你習慣用耐心做事。」

我若無其事地瞥眼看他，不夜橙一點多餘的表情也沒有。

逆來順受是不夜橙的天生性格，這個人格特質也讓我在想到他的時候，整個人放鬆了泰半。殺手的個人風格在他的身上，不意外成了累贅。

大螢幕映著神鬼奇航第二集的電影預告，然後是我一點都無法假裝感興趣的海神號預告，海神號那一類的災難片對我來說，真真正正就是一場觀影的災難，我老是想不透為什麼大難臨頭時大家不把時間花在好好回憶一生、當作人生最後一場享受的時光，而是慌慌張張逃命然後眨眼匆促死掉。

「雖然閒雜的人很多，眼睛也多，但我也正好混在那些人裡面，當個沒有人認識的記者或好奇的遊客，伺機下手也就是了。」不夜橙說得一派輕鬆。

「限定蛇毒真的可以嗎？」我看著電影預告。

「頂多失手。」不夜橙以非凡的平常心說：「失手也是一種可能，到時還請多多包涵。」讓人佩服。

「世事難料，千金難買運氣好，總之在全身而退的前提下，想辦法殺死他就是了。」我說。

接下來的兩個半小時，我跟他都沒有再說一句話。

對於看電影這件事我們都很有共識，就是別說話。不跟身邊的朋友討論劇情、不猜測劇情、不要解釋笑點、更不跟著字幕唸台詞。一句話也別說。

不夜橙靜默慣了，正好我也不習慣跟男人說話。

每次要把單子交給他，只需要到他常常出沒的幾間二輪電影院，問問售票亭的小姐他正在哪一廳看電影就可以了。

在黑暗的電影院裡交單，是我模仿前經紀人與不夜橙的互動默契，打從我第一次在黑壓壓的、塑膠氣味的空調冷氣裡，坐在他旁邊，向他自我介紹那刻起就確立了。我喜歡這種低調的交單模式。

你也許會問：「就算不夜橙再怎麼喜歡看電影，也不可能每天都到電影院報到吧。」

是，你完全正確。

但說起來很妙，我從來沒有在想把單子交給他的時候，在那幾間二輪電影院裡找不到他，大概是他命中註定拿到我的單子。或者更宿命地說，不夜橙天生註定當個殺手。

電影是達文西密碼，眾所矚目的小說改編電影。

自從我知道達文西密碼要拍成電影後，我就把看了三分之一的原著給放下，因為我喜歡看電影大過於喜歡閱讀，我無法忍受出於事前閱讀過原著，打壞了看電影時面對未知的快感。矛盾的是，在看過電影後我亦無法逼著自己去重讀原著，因為我無法閱讀一本已失去懸念的小說。

隨著最後湯姆漢克的腳步，一路蜿蜒至羅浮宮即漸漸波瀾壯闊的交響配樂，漫長的電影終於結束，我躲過幾次的昏昏欲睡，僥倖地睜著眼睛到朗霍華的導演字幕橫放在電影結尾。我慶幸自己沒看過丹布朗精彩的原著先，否則一定會癱在椅子上呼呼大睡。

走出小小的電影院，我們一起搭電梯往下。

電梯裡有股讓人焦躁的霉味，我猜應該是有隻大老鼠病死在排氣管裡。

「合理票價?」我問。

「一百塊。」他簡潔回答。

不夜橙給電影評價精準的程度，不下於IMDB❶的分數。

他實在看了太多電影，想必做事的方式也從電影裡得到不少的靈感。

電梯門打開。

「保持心情愉快。」

「保持心情愉快。」

雙手插進褲袋，不夜橙消失在毫無特色的城市街景中。

---

❶網路電影資料庫（Internet Movie Database，簡稱IMDb）是一個關於電影演員、電影、電視節目、電視明星、電子遊戲和電影製作小組的線上資料庫。二五〇佳片是IMDb很受歡迎的特色，裡面列出了註冊用戶投票選出的有史以來最佳兩百五十部電影。只有供影院播出的影片可以參加評選，而短片、紀錄片、連續短劇和電視電影不在其列。用戶在從「1：最低」到「10：最高」的範圍內對影片評分。得分經過數學公式（登在列表末尾）的過濾而生成最後的評定。為了保護結果不受惡意投票的影響，資料庫使用了數據過濾機制以及最小投票數量限制（目前為一千兩百五十票），以得到「真實的貝葉斯機率結果」。（以上摘述自維基百科）

19

隔天，我南下到彰化探望一個退休的前殺手。

兩年前他制約達成後在彰化跟友人合夥一間釣蝦場，我們私交甚篤，彼此看過手中再也不會增加了的蟬堡。雖然沒有想看蟬堡到要重起爐灶的地步，但他一直叨叨唸唸要我組一個退休殺手聯誼會，到時候大家將手中的蟬堡按順序黏接組織一下，看是不是能拼成完整的一本書。

「這個提議我會放在心上。」我拿著釣竿，打了個呵欠。

「你才不會。」他瞪著我。

黃昏時分我坐在北上的復興號上，離開他居住的彰化小城。

不管是當殺手還是經紀人，旅行都是我工作裡很重要的部份，觀察移動中的陌生人也是我在百般聊賴中勉強提起的興趣。

這個社會的姿態，特別容易壓縮在短短一節車廂裡。

一個年約十七歲的少年坐在我身邊，他的脖子掛著時下最流行的iPod，耳朵塞著白色耳機，縫裡隱隱傳出不知名西方樂團的英式搖滾。

這個時代，每個人的耳朵都會塞兩種東西。揮灑年輕的人，耳朵裡塞著MP3的耳機，BT下載音樂是他們的人生之道。事業有成的成年人，耳朵上掛著汲汲營營的藍芽耳機，在公共場合展現隨時洽談生意的本領是他們提高身價的拿手好戲。

這兩種裝置都有瞬間讓使用者變成人群孤島的潛能，藉由剝奪與周遭互動的聽覺，將人傳送到某個看似風格化、卻只是以忙碌倉促作為掩飾的孤獨裡。一旦耳朵裡塞著這兩種東西，身邊的陌生人，就永遠都是陌生人了。

哈。

不過這個社會的演變如何讓每個人都成了孤島，都跟我無關。事實上大部分的時間我也喜歡孤獨，沒有資格批評其他懸掛耳機的人工孤島。我只是喜歡發牢騷，中年人囈語似的生存本能……我承認。

少年正翻著蘋果日報，翻了幾頁就停在李泰岸涉嫌殺人詐領保險金的新聞上，聚精會神的。也難怪，這個號稱台灣百年奇案的連續劇，已經以高收視率強暴人民長達七十幾集，就連昨天也有最新發現：有個專家認為死者體內大量的出血，並不見得肇因於蛇毒，有可能是具有同樣作用的老鼠藥、減肥藥等等。

報紙做了一份街頭民調，隨機訪問民眾對李泰岸是否涉嫌殺害弟媳謀取保險金，百分之九十五的人都認為李泰岸脫不了關係，但這些人裡面，又有百分之七十的人認為現有的證據薄弱，無法起訴李泰岸。

「別看了，反正過幾天，這個嫌疑犯就會戲劇性死在莫名其妙的正義底下。」我自嘲心想：「還是惡有惡報的蛇毒呢。」

車內的空位不少，我假裝如廁，起身尋找更合適旅行的座位。

一個壓低著褐黃色帽子的男孩，十指正飛快敲打著膝蓋上的電腦鍵盤。

「有這麼忙嗎？」

我走過去，瞥看了螢幕一眼。

像是在寫小說……這傢伙連坐火車的時間都不放過，又是座可憐的孤島。

然後是個老太婆。

然後是個正在大聲講手機的歐吉桑。

我走到下一節車廂，看見一個正靜靜看書的女孩子，側臉的輪廓很素雅。

她皎白的耳朵並沒有塞著什麼。

我在一個空位掛網上抽出幾張報紙，若無其事在女孩身旁坐下。

也許你會說我膽小，但我真的只是親近美女主義者，並沒有任何搭訕的意思，我只是照著雪碧說的：「順從你的渴望。」於是我攤開報紙隨意瀏覽，舒服地坐在女孩身邊深深呼吸，看能否聞到一絲髮香。

女孩看的書我完全沒有印象，現在回想起來也記不得。

這點讓我特別有好感。

現在的暢銷書都是一種流行，一種你非得跟上的趨勢，尤其當媒體一窩蜂告訴大家都在讀什麼書、好萊塢在改拍哪部作品的時候，你如果沒到書店把那本書拿去櫃檯付帳，你就會被排擠到「你怎麼沒在看書」的那條線後。

我明白我這種閱讀品味真是拙劣不堪，根本無法分優辨劣，只是一味地想跟擠成一團的大眾撇清界線，完全不管作品本身的好壞，說我是假品味我也認了。但我就是這樣，偏執地認為讀一本會讓旁人皺眉頭說：「為什麼要浪費時間看一本不會有人跟你討論的書」，才有真正的閱讀感。

有些事，真的得通過孤獨才能完全進入。

例如殺人。

「也許我就是這樣，才會一直交不到女朋友。」我胡思亂想。

我隨意翻著手中的報紙，前一陣子貓胎人把案子鬧很大，又打電話進call in節目嗆聲，民眾的投書爆掉了報紙論壇。老是將拼治安當作口號的行政院長面如土色發表譴責，拉哩拉雜，看得我昏昏欲睡。

海線的復興號火車經過了幾個被歲月壓扁的小站，上下車的人都少，鐵軌上的輕微晃動增加了入夜的寧靜。看書的女孩將書平放在輕微起伏的胸前，不自覺睡了。女孩睡時的呼吸特別輕緩，我的呼吸情不自禁與她的節奏同步。

我閉上眼睛，仔細分辨女孩的髮香來自哪一個品牌的洗髮乳時，口袋裡的手機搭搭震動。我小心翼翼拿起，但我的動作已擾醒了身旁淺睡的女孩。

「不好意思。」

我起身，拿著震動的手機走到車廂的接駁間，來電顯示是王董。

一股莫名的嫌惡感同樣在手裡震動著。

「王董。」

「九十九，你那裡好吵，你在哪？在火車上嗎？」

「是，請你大聲一點。」

「我有急事找你！你還有多久可以到台北！」

「什麼急事？」

「總之你到台北以後，立刻到等一個人咖啡！」

我皺起眉頭，這傢伙也太任性了吧。

「我想先知道什麼急事？」

「聽著，我可是取消了兩個工作會報，急著跟你見面！」

這麼急？我跟王董之間有什麼事可以這麼急？

他多半看了新聞，更新了下單的資訊吧。

「是不是蛇毒要換成老鼠藥？」我沒好氣。

「什麼老鼠藥？」

「……」

「九十九，你到底要多久才會趕到台北？要不要我派人去接你？」

「不必，我大概還要一個多小時才會到台北吧。」

「那好，一個半小時後我們老地方見。」

「一個半小時？」

「快！這件事非同小可，十萬火急！」

「等等，我不想在等一個人咖啡談這種事，換個地方吧！」

然而王董已掛掉電話。

我火大回撥，但僅僅進入語音信箱。

深呼吸，然後再一個深呼吸。我盡量克制自己用力踹向洗手間的衝動。

回到座位時，那女孩早已離去。

20

就在我想起不夜橙在面對我交付凶單時的淡然表情，我開始釋懷。

我底下的殺手靠我接單吃飯，仰賴我才能看到短簡殘篇的蟬堡，冒著危險做事的人也是他們，面對大客戶王董，我應該多一些耐心。如果王董想反悔撤單，我也該聽聽他說什麼，總之依照王董的財力與氣度，他也不會因為撤單就把錢一併收回去。

我一進等一個人咖啡，就看見王董坐在我熟悉的位子上。

「九十九先生，今天要點什麼？」

我還沒坐下，韋如就跑過來把菜單遞給我，蚊子般細聲跟我說：「王先生已經等了一個多小時啦，他好像很生氣呢。」

「不打緊。」我微笑，隨便點了一些吃的。

我好整以暇坐下，只見王董全身都在緊繃著，臉色凝重非常。

「這是今天的晚報。」

王董這次沒有拿來一箱沉甸甸的資料，而是區區一份聯合晚報。

晚報裡的某個新聞，被紅筆圈了起來。

駭人聽聞！台中市驚傳國小學童集體性侵害同學！

【記者張國正／台中報導】一名國小五年級女生本月初遭同班五名男同學，利用下課時間強押至廁所，被其中三人輪暴得逞，女生事後不敢聲張，變得沉默寡言，並視上學為畏途，經母親追問得知上情，檢具驗傷單後向警方報案時，被害女生情緒幾度崩潰，警方傳訊五人，依妨害性自主罪嫌函送少年法庭審理。

據了解，這起令人髮指的學童性侵害案件發生在本月初，五名國小五年級的同班男同學，趁著下課竟將同班一名面貌姣好的女同學強拉到廁所，由其中一人在廁所門口把風，不准其他同學進入使用，其餘四人則聯手將女同學壓在地上，由其中三人輪暴女同學得逞。

身心遭受嚴重創傷的女生遭受五人恐嚇，事發後不僅未向老師報告，也不敢向父母訴說委屈，但自此鬱鬱寡歡，更視上學為畏途。女兒怪異的舉止看在母親眼裡，直覺其中一定有問題，不斷開導追問女生才終於明白事情原委，母親極為震怒，立即帶女兒至醫院驗傷並報警處理。

被害女生指證歷歷，警方通知五名男學生到案說明，五人在家長陪同下接受偵訊，其中一人表示曾在廁所門口把風，聲稱不知其他四名同學在廁所內做什麼，另四人坦承合力壓制女生，其中三人則坦承性侵。全案依妨害性自主罪嫌函送少年法庭審理。

我一下子就看完了，難以言喻的煩悶感充塞胸口。

王董全身緊繃的姿態，我大致上能夠理解。

「九十九，你有什麼感想？」

「邪惡。」

「還有？」

「憤怒。」我承認。

「就是這樣。」王董瞪大眼睛，緩緩點頭：「正義是一種共鳴的語言。」

我沒接腔，因為我只負責聽，不負責建議。

韋如拎著玻璃水壺走了過來，察覺到不尋常的氣氛下誠惶誠恐地為我們倒水。她走後，王董開了凶口。

「殺了他們。」

「王董，你這麼急著找我，就是為了殺掉他們？」

「我等不及了。」

……我啞口無言。買凶殺人這種事，有這麼急嗎？

「我能理解，不代表我認同你的做法。」我嘆了一口氣，說：「但我必須承認，此時此刻那五名犯案的國小生若遭逢意外死亡，我會感到一陣暢快。」

「不能是意外，這次要殺得怵目驚心。」王董做了一個砍頭的手勢。

竟用到這種成語。

「這個單表面上很容易，但誰肯接呢？」

「為了保險金，連朝夕相處的親人都可以毫不留情殺掉，我給的錢比起保險金也不遑多讓，殺掉這五個毫無干係的小鬼又有何難？」

「對象可是小孩子。」

我想起八年前，殺死雙胞胎姊妹的那一夜。

在清洗掉腳底沾黏的血跡後，八十七個惡夢接踵而來。

在夢中，我看見天真無邪的雙胞胎女孩蒼白著臉，從殷紅的嘴裡吐出白絲將我纏繞捆綁，我毫無抵抗的慾望，無盡的白絲漸漸遮蔽了我所有的視線。

另一個靈魂出竅的我坐在床邊，異常冷靜地看著床上的我就這樣被裹在一個巨大的白繭裡，然後活活悶死。

最後雙胞胎姊妹趴在白繭上，像兩條巨大的蠶，身子怪異地匍匐蠕動，表情充滿了憎恨的憐惜。

這，只是其中一個印象鮮明的惡夢。

「小孩子又怎樣？你知道越戰有多少小孩抱著炸彈衝向美軍嗎？」

「我說小孩子，一個人砍掉一隻手也就是了。」

「我了解，九十九，我稱讚過你幾次了，你的確是談判的高手。這次是五個人，當然是五人份的價錢。」王董面無表情，從懷裡拿出一張空白支票，像昨天那樣寫上一串令人無法抗拒的數字。

是，就是昨天而已。王董已經完全迷上了買凶殺人。

「其中一個只是把風，還有一個沒有真的性侵。」我不知道自己究竟在為他們辯護些什麼，只知道這五個小惡魔不能被這麼個秋風掃落葉狂宰。

「所以呢？」

「同樣都殺掉他們並不公平。」

「漠視邪惡，與邪惡同罪。」

「那我換個方式說好了，如果讓那三個實際輪姦的小鬼跟另外兩個小鬼受到同樣的制裁，豈不是便宜了那三個罪大惡極的小鬼？」

「我懂了，你說得有理。」

「……」我沒有任何期待。

「那麼就讓那三個小鬼在死前多受點苦頭吧，看看你能夠找到什麼樣的角色，在殺掉他們之前想辦法讓他們痛得魂飛魄散。」果然。

又是一句可怕的成語。

「時間？」

「同一個晚上一併解決，越快越好，最晚不能拖過三天。」

「三天？」

「上帝創造世界不過七天，九十九，你要積極點。」

我頭歪掉。

「條件殺人？」

「這次就不要太為難你吧，只要在他們死前宣讀他們的罪狀，讓他們知道自己是為了什麼被當作豬宰就行了。」說著說著，王董突然想到似的表情，問：「對了，你找到能用蛇毒殺李泰岸的殺手了沒？」

「找到了。」

「那一箱資料拿給他看了沒？」

「拿了，算算時間他應該快看完了。」

才怪。

「果然值得信賴，跟你合作正義的事業非常愉快。」

「好說。」

我疲倦地看了看錶，王董明白了我的意思。

他拍拍我的肩膀，像個憂國憂民的紳士轉身走了。

這樣纏人的無奈場景，這種似是而非的對話，還要重複多少次？如果這是一部小說，我真懷疑它的可看性。

我頭一次遇到像王董這樣沉迷於買凶的委託人，看到這種讓人義憤填膺的社會新聞就打電話約我見面交單，以後是不是只要傳個簡訊給我我就得幫他找人做事？這種清潔社會的殺法，我底下如果沒有九十九個殺手絕對不夠用。

雖然我滿臉愁容，但韋如一點也不怕我，兔子跳蹦了過來。

「九十九先生，請問你會累嗎？」韋如彎下腰，眨著眼睛。

「真的是非常累。」我雙手合十，祈禱：「真希望今天還有好事發生。」

「你好幸運喔，今天正好是我的生日。」韋如笑嘻嘻，說：「等一下陪我去看午夜場的電影好不好？你請客喔。」

「這算是好事嗎？」我失笑。

「打你喔！」她一拳捶了過來。

21

又是晚風。

電影是一部描述邪靈附身的恐怖片，但在貓胎人橫行社會新聞版面的此刻，市面上的恐怖電影好像都多了什麼，但究竟多了什麼，我也說不上來。

「多了一些冠冕堂皇的理由。」韋如說。

「好像是耶。」我點點頭。

這次我的意識可清醒，跟韋如看電影一切都很棒。

不，其實很普通，一點也不特別。但這樣很棒。

我再三強調我並沒有企求著什麼，我只是喜歡親近正妹。

深夜裡的黃色計程車照樣穿梭在這城市的血管裡，但我們選擇在路燈底下踩著拉長的影子，緩步在台北逐漸褪去的霓紅裡。

「貓胎人為什麼要做那麼恐怖的事，到現在警方都還不曉得是為什麼，表面上看起來好像有什麼關連，其實只是為了犯案而犯案，光這一點就比殺人需要一堆理由的犯人要恐怖。」韋如這女孩對電影史上的殺人魔如數家珍：「你想想看喔，十三號星期五裡的傑森是因為母親唆使的關係成為殺人魔，半夜鬼上床的佛萊迪的媽媽是被一群神經病強姦生出的怪胎，上次我們看的德州電鋸殺人狂，他也是個戀母情節嚴重的畸形。他們變成殺人魔的背後都有個瑣碎故事，但是貓胎人沒有。」

「是還沒有。」我想警方最後還是會逮到貓胎人，然後賞他一個理由。

「不知道的東西最可怕了。」韋如嘖嘖：「把活生生的貓縫在被害人的肚子裡，想破了頭也不知道貓胎人是想做什麼。」

「就算有理由，殺人魔還是殺人魔啊。」我不置可否。

「有理由的話就比較像個人，而不是一個抽象名詞呀。」韋如反駁。

跟一個正妹聊各式各樣的殺人魔，實在不構成浪漫約會裡的任何成份。

不過我並不討厭，反而有種異樣的被認同感。

同樣是殺人，拿錢辦事比起沒道理亂砍人要來得有「理由」，這點讓我很安心。收取報酬做事，讓殺手這兩個字變成了職業的類目，而不是一種殘暴的個人興趣。

「韋如，妳有沒有想殺的人？」

「？」

「應該說，妳有沒有，想殺掉什麼人的念頭？」

「一點點的念頭也算嗎？」

「那就是有囉。」

「好難喔，我想想看……」韋如陷入深思。

我笑笑，隨即發現自己的笑有點疲倦。

不，不是疲倦，而是整個僵住了。

「把皮包拿出來。」

一個低沉的聲音，冰冷地從我背後一公尺處發出。

韋如與我同時回頭，一個穿著黑色帽T、戴著白色口罩的中年人站在我們背後，眼神冷酷地看著我們，手裡輕輕晃著銳利的生魚片刀。我注意到他埋在口罩背後的臉，皮膚坑坑疤疤，眼睛佈滿血絲，呼吸紊亂急促。

是個快要犯毒癮的毒蟲。

不當殺手多年，感覺也遲鈍了，我竟讓這種危險的傢伙無聲無息跟在後面。

「……」韋如嚇得臉都白了，一時反應不過來。

我無意逞英雄大顯神威，即使在韋如面前也一樣，於是我爽快地掏出皮包，冷靜地遞給毒蟲。然而毒蟲接過我的皮包，眼看呆若木雞的韋如一點動作也沒有，竟著魔似地揮舞起手中的刀子。

「快！快！找死嗎！」毒蟲揮刀恐嚇，動作不像是虛張聲勢。

韋如兩腿一軟，心急的毒蟲踏步伸手便搶，另一隻手微微揚起刀子。

我心中一凜，從口袋裡摸出隨身原子筆，錯身擋在韋如前面，身體快速撞向持刀的毒蟲。面對這種程度的毒蟲，我甚至還有時間猶豫了一下。我故意將肩膀賣給了揮落的刀子，但就在刀子擦過我的衣服時，我抄起原子筆就往他揮刀露出的胳肢窩裡猛力一刺。

毒蟲還來不及慘叫，就在我由下往上的力道催貫下，雙腳腳跟抽筋似往上一拱，半截原子筆捅進了他的臂窩。

這一捅非同小可，痛得毒蟲屈跪地上，連叫都叫不出來。

我將摔落的生魚片刀踢得老遠，慢慢蹲下。

「搭計程車去醫院，否則一拔出原子筆，動脈破裂你就死定了。」我撿起我的皮包，從裡頭抽了兩張百元鈔放在毒蟲的手裡，鄭重警告他。

碰上殺人高手，這一下你挨得並不冤。我心想。

驚魂未定的韋如依舊沒有回神，我牽起她的手就走。

「沒事了，別害怕。」我說，按摩著她顫抖冰冷的手。

「剛剛……剛剛好可怕喔。」韋如咬著嘴唇，緊握著我。

「別害怕，深呼吸，慢慢走。」我說，捏著她的手活絡血氣。

走著走著，她終於發現了我的左肩正滲出血來，紅花了衣服。

「九十九先生，你的肩膀受傷了！」韋如驚呼，鬆開我的手。

「……」我自己看著傷口，真是拿捏得太好，刀子僅僅劃進皮膚底下半吋，既不傷及神經又流出夠份量的血。

「你怎麼不說話！」韋如審視著我肩上傷處，又驚又不解。

「我在想，是應該說小意思呢，還是應該說痛死了？」我微笑，自顧自說著：「前者有男子氣概，後者容易搏取同情。」

接下來，最好是我希望的那種劇本。

「神經！計程車！」韋如跑到路邊，向遠處的黃色燈光揮手。

幾分鐘後我來到韋如的租屋處，聽著她一邊抱怨治安不好，一邊細心幫我捲起袖子料理傷口。是，就是這樣的劇本，而不是去醫院的那套爛劇本。

在韋如小心翼翼用棉花棒沾碘酒在傷口上消毒時，我用最不經意的眼神研究了韋如的房間，發現裡頭沒有一件男人的衣服，跟氣味。

我的嘴角不禁捲了起來。

「謝謝你，剛剛。」韋如將一塊紗布蓋上傷口。

「世事難料，千金難買運氣好。」我說，看著肩膀上的紗布。

「九十九先生哪是運氣好，你那招真的是夠狠，你以前一定有練過防身術吧。」韋如剪下膠帶，固定紗布，大功告成了。

防身術？這可是隨手即器的殺人術啊。

「那句話是送給搶匪的，他今晚運氣不好。」

我微笑，稍微活動了一下肩膀。

接下來的劇本呢？我已經沒有特定計畫了，也不想更進一步。

「真會說呢，說不定啊那個搶匪是九十九先生的朋友，跟你串通好來一場英雄救美對吧。」

處理好並不嚴重的傷口，韋如又回復到平日的嘻皮笑臉。

「是啊，還花了我很多錢呢，不過總算可以藉機來正妹的小窩一遊。」

「揍你喔！」

我在她那裡喝完兩杯水就走了，沒有繼棧，就跟我不斷聲稱的一樣。

走在冷空氣包覆的街頭，我將雙手放在口袋。雖然我已心滿意足，但韋如沒有留我下來多聊聊、喝點更像樣的東西，還是讓我有些悵然若失。

我刻意走回原路。那名挨刺的倒楣毒蟲已經不在，地上也沒有什麼血跡。不知道是真搭車去了醫院，還是被巡邏的警車銬住帶走。

也許王董是對的，這個社會需要一點矯正的力量。

我想起口袋裡還有一份用紅筆圈塗的剪報。

22

天快亮的時候，我走到林森北路的地下道把剪報交給了鬼哥。

鬼哥一直想要幹點驚天動地的案子提升自己的價值，我想了想，與其把單子交給分不清楚現實世界與虛擬遊戲的龍盜，不如把這張單子丟給鬼哥，希望他藉由這張單子探索自己的極限。

鬼哥接了單子非常高興，應諾我一定會把這五個邪惡的小鬼殺得支離破碎。

「三天很趕，目標現在暫時沒去學校上課了，所以無法一網打盡，五個地方一個晚上搞定，不容易。」我提醒鬼哥：「重點是，因為青少年犯罪保護法，這五個國小學生的身分沒有曝光，你得自己想辦法把他們的底掀出來。」

「放心吧，不過就是五個小鬼。」鬼哥獰笑，露出褐滿菸垢的牙齒。

我離開算命攤前，想起了可以順道一提的事。

「鬼哥，如果你有一天退休了，會不會想加入退休殺手聯誼會？」

「有這種東西嗎？」

「假設有的話。」

「說得我蠢蠢欲動了你。」鬼哥想了想，說：「應該不會加入吧？跟一群殺手聯誼感覺一定很怪，難道聊大家以前都是怎麼殺人的嗎？」

「也是。」我點點頭。

我真的只是順道問問。鬼哥的制約可不簡單，他要當上殺手界的第一把交椅才會金盆洗手，至於怎麼樣才算是第一把交椅我就不清楚了，但幸掉的目標不能少這一點倒是很確定。

我回到家的時候，天已經藍了。

下意識打開電視，熱到最高點的鐵道怪客新聞又有最新的發展。由於缺乏直接證據，涉有重嫌的李泰岸竟被當庭釋放。

李泰岸大言不慚地對著鏡頭發表言論，他說在火車翻覆附近拍到的可疑小貨車，又能證明什麼？就算他翻車前兩天出現在那裡，那又怎樣？「相信專案小組手中已經沒有牌了。」他說。另一關鍵事證是死者體內驗出第二種藥物或毒物，證實是死於他殺，李泰岸說這也與他無關：「我弟弟已死，如何證明我和他共謀害死弟媳？除非把他叫起來問。」

我切換著頻道，每一台都是李泰岸笑容滿面的畫面。

「繼續出你的風頭吧。」我喃喃自語：「希望你自己也買了高額保險。」

新聞畫面的邊緣，化身成記者的不夜橙站在角落，將麥克風遞給李泰岸。

這個歹戲拖棚的新聞，很快就會落幕了。

我在沙發上閉上眼睛。

23

隔天我什麼地方也沒去，在沙發上渾渾噩噩睡了一整天。

醒來後已是晚上七點，我穿著拖鞋邋遢地到巷口的便利商店買了一個國民便當，微波熱一熱，翻著晚報，就直接站在雜誌區前吃了起來。

快吃完的時候，一道影子疊在我的腳上。

我慢慢回過頭，手裡還捧著便當。

「你住附近啊？」歐陽盆栽打招呼。真是巧遇。

「可以說是。」我雖然不想讓人知道我住哪，但腳上的拖鞋可瞞不過他。

我看見歐陽盆栽手裡拿著好幾副撲克牌等著結帳，反問：「你買這麼多副牌做什麼啊？家裡在開派對嗎？還是開賭場？」

「記得我跟你提過的制約？」他抖動眉毛，神祕地笑著。

「不是吧？」我瞪大眼睛，停止咀嚼口中的飯粒。

「過幾天我就要去參加國際詭陣賽了，跟賭神一較高下。」他精神奕奕。

「要我陪你練幾場嗎？我也是詭陣的高手喔。」我自告奮勇。

「還是免了，跟你練牌我會退步，不如看錄影帶。」歐陽盆栽直截了當。

真想揍他一拳。

「如果順利，希望能用新科賭神的身分跟你喝喝酒。」他爽朗地笑道。

「不順利的話，還請不吝分享我最新的蟬堡。」我回敬。

歐陽盆栽笑笑，走到櫃檯付帳。

「對了，順道一提。」我吃著便當，趁他還沒離開我的視線問道：「如果你真的不幹了，會來參加退休……退休聯誼會嗎？」

「你在開玩笑吧？」歐陽盆栽失笑，揮手走了出去。

真的這麼不受歡迎嗎？你們難道真的可以毫無留戀地捨棄蟬堡退出江湖嗎？我嚼著滷蛋，歪頭想著這個問題。

此時，我的手機響了。

我認真地祈禱不是王董，這才看了來電顯示。

「七步成屍，刀叢走。」

是鬼哥。

「一語成讖，萬劍穿。」我嘆氣。

「九十九，我剛剛已殺掉了其中兩個。」

「喔？」我點點頭，果然非常有效率。

「不過對不起，我實在無法繼續下手，我也說不上為什麼。」鬼哥的聲音很緊繃，好像在發抖。

我愣了一下，才說：「沒關係，你做得很好，孩子受到教訓就會乖了。」

「……真的沒關係嗎？」他有點畏縮。

不知怎地，我反而有種鬆了一口氣的感覺。說不定，我早就知道鬼哥根本不是處理這張單子的最佳選擇。

卻是，最適當的人選。

「沒關係，但你可以幫我一個忙嗎？」

我走到琳琅滿目的飲料櫃前，頗為猶豫地看著咖啡那一排。

「你說。」

「把剩下那三個臭小孩各砍斷一隻手。」我打開飲料櫃的門，冷氣撲上了我的臉，讓我精神抖擻：「讓他們再也沒辦法一隻手抓滑鼠另一隻手按快鍵，以後就不會沉迷線上遊戲了，我想對他們以後的人生大有幫助。」

「這我辦得到。我會砍在骨頭上，讓醫院絕對縫不起來。」鬼哥保證。

「交給你了。保持心情愉快。」我挑了一瓶罐裝咖啡。

「保持心情愉快。」他掛掉電話，馬不停蹄砍手去了。

我回家後立刻向沙發報到，又狠狠睡了它一次，直到半夜才醒來。

睜開眼睛的第一件事，就是打開電視確認新聞。頭一次我覺得這個世界跟我很親密，所有的社會案件我都摻了一腳……我想這就是我為何如此疲倦的原因。

在媒體與檢警團團守備下，李泰岸還活得好好的。但晚間新聞的重點不在南迴鐵路怪客案，而是今晚駭人聽聞的虐殺國小男童案。

「行政院長宣示要擴充警力全力防堵犯罪，社會的治安依舊是每況愈下，不僅貓胎人持續犯案，今晚稍早更有兩個國小男童在家慘遭謀殺，一個小時後又有三名國小男童的右手被人砍斷，送醫急救後已無生命危險，但斷肢遭到刻意破壞並無法以手術接回，手段十分兇殘惡劣。據了解，警方已掌握特定線索，高度懷疑這五名男童遭人殺害皆是同一人所為。請隨時注意本台報導，我們隨時替您掌握最新消息。」

我揉著眼睛。

好樣的。

只見主播帶著公式化的微笑，繼續唸著另外一條新聞：「另外一則報導。一名中年男子倒在公園涼亭外一百公尺處，全身遭人砍傷一百多刀，失血過多，當場喪命。根據社區監視器畫面可以清楚看見，被砍的男子疑似身上攜帶刀械，被一群飆車族攔下盤問後遭到砍殺，原因不明，目前不排除是幫派糾紛下的械鬥。警方尚未證實持刀男子的身分。」

我愣了一下，肺葉裡積塞著污濁鬱悶的空氣。

畫面停在一名中年男子倒在街口的血泊裡。

一抹醬紅色在昏暗的路燈下，塗行了好長一段路。

我一句話也說不出。

依稀，門縫底下有黑影晃動。

我打開門，只看見地上的黃色牛皮紙袋。

24

颱風在新聞氣象預報裡變成一個紅色的圈，慢慢靠近台灣。

雨開始下，忽大忽小。

喪禮的塑膠棚子就架在馬路中間，穿著黑色海青的師尼們誦唸著往生咒。

真正參加鬼哥公祭的人數寥寥無幾，理所當然都是我沒看過的生面孔，在現場走動詢問的警察都比親朋好友多。不知是帶著水氣的風太冷還是氣氛真的很蕭瑟，所有人都微微縮著身體。

比對鬼哥遺留在現場刀子上的血跡，所有證據都顯示鬼哥就是殺死兩名男童、砍殘三名男童的兇嫌，所以來到現場拈香的親戚朋友表情都有些怪怪的，並不多話，只有在接受警方詢問時才會壓低聲音，竊竊私語鬼哥的反常行徑。

想挖點八卦的記者當然也不請自來，尤其是在他們知道受到殺害的五個國小男童就是前幾天輪暴同班女童的少年犯後，對「見義勇為」的鬼哥可感興趣了。

這麼多人，就是沒有人走到白簾後瞻仰死者儀容，因為鬼哥家屬給的紅包太薄，被砍了一百二十幾刀的屍體被殯儀館縫得支離破碎，好像恐怖電影裡的粗糙裝飾。誰敢看。

我向鬼哥的黑白照片鞠躬，合掌拈香，奉上了兩倍於尾款的大白包。

走到白簾後，我看著棺材裡幾乎認不出來的鬼哥，有種荒謬的超現實感。

「你做得很好，你瞧，這是你應得的。」

我拿出昨天寄到我住處的蟬堡，用打火機點燃。

蟬堡化作妖異的火光，映著鬼哥殘破的臉孔，撩動的光影讓鬼哥的五官有了最後的表情。是帶著一絲無可奈何的、苦澀抱歉的笑。

「不怪你，世事難料，千金難買運氣好。」我微笑，安慰道：「把厄運留給這一生，下一世別再動刀動槍了。」

不管鬼哥同不同意，如一大串廢話的人生，就總結在這個句點。

蟬堡燒盡，最後一縷灰煙從我的手指縫中吹向天際。奢望鬼哥的幽魂也夾雜在這縷破碎的灰煙中，了無遺憾地離開沉重漆黑的棺柩。

回到冷冷清清的鐵椅子堆中，我思量著今晚又得到黑草男那裡買一些平平淡淡的夢來做，否則又會睡不好了。這種情況不知還會持續多久，一想到就精神不濟。

「請問你是阿鬼的朋友嗎？」一個警察終於問到了我。

從剛剛我就看著他一路從座位左邊問到右邊，一臉無精打采。

「算是吧，阿鬼常幫我算命。」

「認識多久？」

「一年多。」

「你對阿鬼的犯案動機有多少了解？」

「從報紙上了解。」

「他有沒有跟你提過什麼特別的？」

「沒什麼特別。」

「謝謝你的合作，這邊有些基本資料你幫我填一下，然後簽個名。」

「不會。」

規律的誦經聲中，我跟參與辦案的警方聊起了那晚的情形，拼拼湊湊，大致明白了整個過程。

與我在電話中商妥變更計畫後，鬼哥展開砍手之旅。他先在社區籃球場旁的公廁將一名小鬼的手剁掉，並逼問出另外兩名小鬼的下落，鬼哥隨後趕往結伴行竊的兩名小鬼經常出沒的公園。

當時，兩個小鬼正在公園涼亭下分贓剛剛從便利商店偷來的東西，附近沒什麼人，沉著冷靜的鬼哥吹著口哨走進涼亭，刀起刀落，斷了手的兩個小鬼立刻昏死過去。鬼哥用橡膠管綁在兩人傷口上緣止血，然後將兩隻斷手丟進涼亭旁的垃圾桶便走。

陰錯陽差。

一群經常出沒在公園附近的飆車族正好約了另一個幫派的混混在公園談判，左等右等瞧不見對方的人馬，卻見鬼哥低著頭匆匆走過，血氣方剛的飆車族於是將鬼哥攔住盤問。只見鬼哥身上有血、袖口藏刀，這一下誤會橫生。

飆車族於是將鬼哥團團圍住，你一刀我一刀……

殺手只有兩種方式退休，鬼哥選擇了最壞的那種。

「這年頭飆車的小混混最狠了，連黑道大哥也不看在眼裡……」

「人聚在一起腦袋裡的東西就會變得很可怕，上次不是有個路人在街口不小心看了飆車族一眼，背上就被插了一把藍波刀?媽的，差點就當場翹毛。」

「就算掏出噴子，那些飆仔也不見得怕了你，這才是最糟糕的地方。」

一個頭髮半白的警察抽著菸，說若是他值勤遇到飆車族，連警笛都不敢亮起來。另一個警察說，上個月有個剛出獄的黑道大哥在路邊啐了飆車族一句，肚子就被插進一把生魚片刀。有個警察察言觀色，低語偷偷說，其實這五個犯下輪姦罪的小鬼被鬼哥給砍死砍殘也不壞，因為他們遲早會變成更可怕的廢物，其餘人紛紛表示同意。

我聽著，一切都不再重要了。

沒等到公祭結束我就走了，撐著傘來到細雨紛飛的忠孝東路。

25

診間裡謐著淡淡的精香。

這次我預約了整整三小時，可以無止盡地賴在這張沙發上。反正颱風快來了，也不會有人急著找醫生討論腦袋裡的白癡幻覺。

「我犯了錯。」我揉著太陽穴。

「發生那種事，你硬要攬在自己身上，只能說你把自己看作上帝了。」藍調爵士手指捏著茶葉，輕輕放在壺裡：「沒有人可以掌握運氣，九十九，阿鬼只是提前走到了他該走的路。」

「我犯了錯。」我揉著太陽穴。

「實在不想繼續這個話題，你明明知道這不是你的錯，也不是任何人的錯，你這麼想不過是自找麻煩。不過你既然付了錢，精神科醫生就該繼續開導你不是？」藍調爵士沖下剛煮沸的水，不疾不徐道：「換個方向，我們做殺手的取人性命習慣了，偶而有同行不幸遇到了死劫，這也是很理所當然吧？每個殺手在成為殺手前都有了在生死裡打轉的覺悟，我不認識阿鬼，但阿鬼想必也不例外。」

藍調爵士沖著茶，本應很濃郁的茶香，鑽進我的鼻腔裡卻是淡然無味。

我的身體裡，還蓄滿了告別式上的蕭瑟。

「連續接下王董的單，讓我隱隱心神不寧。」我閉上眼，回想雙腳浸行在馬爾地夫海水裡的沁涼感覺：「那些數字弄得我鬼迷心竅，王董開出來的單子我也想不到理由推辭，每一張單子上的目標都是無可挑剔的該死，但我老覺得不大對勁。」

頓了頓，我繼續說道：「也許是我的運勢開始下滑，拖累了鬼哥。」

「對於運勢我就沒有研究了，但我沒聽過經紀人有所謂的法則，或是職業道德。」藍調爵士將一杯茶水遞了給我，淡淡說道：「如果你真覺得你有能耐拖垮身邊的人，也許你該考慮將某些單子給退了。」

「退單？理由呢？」我的手指被越來越燙的茶杯給炙著，但我不在乎：「當殺手時最讓我心安理得的，是我從不判斷誰該殺誰不該殺，我只是個拿錢辦事的工具。後來當了經紀人，讓我遠離罪惡感的理由還是一樣，我絕對不判斷誰該殺誰不該殺，我只負責完成雇主的期待，就這樣。」

「可以理解，與價值判斷保持安全距離，百分之百你的作風。」藍調爵士的語氣帶了點稱許的意味。

我喝著茶，有點狐疑藍調爵士的專業判斷。

現在我真正需要的，應該是一杯威士忌吧。

「不過說些讓你高興的吧，剛剛你進來前十五分鐘，電視新聞快報說，李泰岸在自家遭到毒蛇咬死。」藍調爵士坐在桌子上，捧著熱茶說：「我覺得那傢伙死得好，跟我一樣額手稱慶的人一定不少。換個角度想，雖然不是你的本意，但你的確參與了一件好事。」

竟這樣鼓勵我。

「殺人從來不是好事，只是我們的工作。」我又皺起眉頭：「你知道嗎？自從鬼哥仆街後，王董一連下了五個單。短短七天，下了五個單。五個單。五個單。五個單。」

我看著落地窗外灰壓壓的天空，不再有光線從完美的角度射進診間，而是淅瀝瀝打在窗上的模糊雨點。

「不收你的診費，我真想聽聽是哪五個單。」藍調爵士眼睛一亮。

「一個比一個扯。」我嫌惡地說。

第一個，是在談話節目中批評大法官城仲模帶女人進賓館的名嘴唐向龍。唐向龍以前也是個搞婚外情的能手，還把女人帶回家上小孩的床猛打砲，醜事最後被自己的娘親爆上了壹週刊，一時沸沸揚揚。現在大言不慚幹譙別人搞婚外情，引述王董的評語，簡直是無恥。

「無恥的人都得死的話，我們就沒政治談話節目可以看了。」藍調爵士說。

「不看那些節目也沒什麼了不起。」我皺起眉頭：「無恥的人是不是該死也不是重點。」

第二個，是屏東某寵物繁殖狗舍的負責人。該負責人長期虐待上百隻寵物犬，任這些寵物犬餓死泰半，不幸還活著的也瘦成皮包骨、腸胃萎縮，在獲救後只能勉強接受灌食，新聞報導裡的畫面怵目驚心，任誰看了都會掉眼淚。這個新聞正好被坐在電視機前蒐證的王董看見，算狗舍負責人命中註定該死。

「不好意思，這個我也覺得該死。」藍調爵士舉手。

「別說你，我也覺得該死。問題是我一想到王董坐在電視機前蒐證的畫面，我就覺得渾身不舒服。」我全身無力道：「就因為電視遙控器下面壓著一箱鈔票，這個拿著遙控器的人便可以決定電視機裡任何人的生死，那種感覺真令人反胃。」

「偏偏你也覺得他做得對，這才是最糟糕的部份。」藍調爵士莞爾。

「不。」

「不？」

「最糟糕的部份，是條件殺人的限定手法。」我似笑非笑看著藍調爵士：「王董堅持要餓垮狗舍負責人幾個月，等他只剩下一口氣時，再將狗舍負責人丟進一群飢餓的狼犬裡，讓他活活被咬死吃掉。」

執行起來不難，只要將目標綁架到深山監禁起來就行了。問題是，我要怎麼安撫接單殺手的情緒？殺手是殺手，變態是變態，兩者不能混為一談。

第三個，是鑽研成語自成一家的教育部部長杜正聖，他被這個社會討厭的理由可說是罄竹難書，自然也在王董大筆一揮的生死簿上。據說杜正聖也是現在中學生最常在週記上，公開表示最想在殺手月的獵頭網站看見的名字。

「我總覺得殺政治人物會造成大問題。」藍調爵士不以為然：「只要是人，站在鏡頭前久了都會瘋掉，政治人物的醜態有一大半都是媒體模捏出來的，殺掉這樣的全民丑角並不公平。」

「跟我說有什麼用？王董說，教育是一個社會的根本，而這個社會並不需要一個亂用成語的教育部長。王董要從教育改革的基本面切入，警惕這個社會。」我冷笑，用手指比個槍形。碰。

「買凶殺人的標準已經從高標準的邪惡，降到低標準的「需不需要」，王董第四跟第五個殺人名單，我簡直等不及了。」藍調爵士哈哈一笑。

不會讓你失望的。

第四個，是某中部私立大學企管系的人渣，葉同學，簡稱葉人渣。葉人渣用性愛偷拍光碟威脅想分手的女友，女友不從，葉人渣便砸毀女友的電視與電腦，最後還將偷拍內容放在網路上毀謗女友，一度還造成友女厭世自殺。

「這個葉人渣可了不起，網路上想用玉蜀黍插他屁眼的人可以排隊環繞小巨蛋好幾圈。」我註解：「葉人渣的照片跟身家全都公佈在網路上，這輩子是當不回人了。」

「網路上鬧得沸沸揚揚？但新聞上好像沒怎麼看到，這消息很生啊。」藍調爵士一臉狐疑。

「別小看王董，他搞科技致富的，去草根性強的網路裡微服出巡，探查一下鄉民想殺掉誰一點也難不了他。」我其實有點想笑，我對欺負女生的畜牲一點都不抱同情。

「嘖嘖，第五個呢？」藍調爵士的身子又前傾了不少。

第五個，也是王董在網路上尋尋覓覓，終於得見的每日一殺。

我從口袋裡拿出王董在網路上列印出來的，皺皺的資料。

根據日本地區的論壇發表，中島佐奈在拍攝AV「水地獄——強制子宮破壞」遭到劇組使用不明粉末藥物強制餵食，之後進行拍攝動作。由於該片的內容過於殘暴以及毫無人性可言的拍攝方式，導致中島佐奈心靈以及身體受到極度的創傷。根據我所看到的內容，經過翻譯網站的翻譯之後大概說明一下：中島美眉因為這件事情住院四個月，好像臟器受損、外肛門破裂要裝人工肛門，還有心理受到極度的創傷，所以以後沒有中島美眉的新片可看的可能性非常的高。

請注意，影片內容的圖出現中島美眉口吐白沫神情呆滯的畫面，本人猜測可能是藥物導致所引起的反應，該公司實在慘無人性，令人痛心疾首，令人扼腕，AV界將痛失一名美優。

久久，藍調爵士說不出話。

「要殺的人，當然是當初在水地獄A片裡凌虐中島佐奈的那幾個流氓男優。」我面無表情，做了抹脖子的手勢：「那些流氓男優要面對的條件殺人，一定會讓他們恨不得自行了斷。」

「為了殺人，王董還真是無所不用其極。」藍調爵士拍拍臉頰。

「到日本還有特支費可以領，這個單子還兼具觀光旅遊，是難得一見的好單。」我好像應該笑，卻一點也擠不出幽默：「欺負女人的男人是我們的叛徒，有幾個殺幾個都不可惜，但我一想到王董根本沒看過那支A片就根據網路傳言下單，就覺得這張單從頭到尾都很荒謬。」

五張單，每一張單都有它豐沛的正義，也有同樣份量的莫名其妙。

「那麼你怎麼辦？」藍調爵士問到了重點。

「說過一百萬次了我不作價值判斷，收到的又全是漂亮的即期支票，所以當然往下發給了五個殺手。」我連苦中作樂的笑都敷衍不出來：「所以我現在手底下最能幹的殺手，全都忙得不可開交。」

說到底，即使我認為自己的運勢低落拖垮了底下的殺手，我還是不由自主接下了所有的單子。不做價值判斷是我以往保持心情愉快的關鍵，現在，它成了我性格上的大漏洞。

也許經過價值判斷後所接下的單，我要為出勤的殺手負擔生死責任的比例較重，因為我決定了什麼接、什麼不接。而什麼單都接，決定的就是命運了？但如果是這樣，我又怎麼會為了鬼哥的死深感內疚呢？

又，真實的我到底是怎麼想的？其實是一團渣理渣巴的亂。

「聽起來真的很慘，幸好你沒把這些單丟在我的臉上。」藍調爵士吁了一口氣，認真說道：「我該說你夠意思，還是很識相呢？」

「放心吧，再這樣下去你很快就有事可以做了。」我回敬。

藍調爵士笑了笑，分析道：「以精神分析的角度來說，這個王董是個很有趣的個案。王董跟你恰恰相反，他勇於做價值判斷，而且非常用力，這種用力的態度讓你非常不舒服。」

「何止。」

「一個社會學家韋伯說過，所謂的權力，就是逼迫一個人做他原本不願意做的事。與其說王董熱衷於正義，不如說他執著的是權力。從白手起家到經營出一個富可敵國的大企業，錢能辦的事王董差不多都想像過了，也說不定都做得差不多了。但錢可以買到的權力可以大到什麼地步呢？除了發動戰爭，最徹底的應該就是殺人吧？」

「說不定吧。」我意興闌珊。

「有句話說，權力如果放著不用，就等於沒有權力。」藍調爵士聳聳肩：「初嚐買凶殺人滋味的王董，完全克制不了自己繼續行使這項權力的慾望。從他殺掉自己兒子以成就企業帝國的幼稚想法來看，可以知道王董有種帝王般的威權思惟，他的意志總是君臨天下的，只有在那樣的、從上往下看的角度審判著這個世界，王董才有掌握權力的充實感。」

「重點是他什麼時候會停吧？」我聽都不想聽。

「王董的正義已經到了鉅細靡遺的程度，只要媒體不斷報導壞人、製造壞人。要他停手，除非報紙雜誌電視一夕之間全部消失。」

「那是想像的正義。」我豎起中指。

「而你卻一點也沒辦法反駁。」他完全命中。

其實我並不想聽這一長串廢話，藍調爵士也早看出來。他只是喜歡講。

「你如果真的這麼介意，我有個辦法。」藍調爵士瞇起眼睛。

「殺了王董嗎？」我搖搖頭，說：「抵觸職業道德的事我是不幹的。」

「不。」藍調爵士搖搖頭，自信地笑。

對了！差點忘了你的拿手好戲！

「催眠！催眠是吧！」我的手指敲敲腦袋，說：「你可以透過催眠改變王董腦袋裡扭曲的正義，讓他回歸正常。」有點興奮起來了。

「不不不，催眠對自主意識強烈的人來說，也許可以改變短期內的特定行為，但並無法改變他們的個性。我想買凶殺人的慾望應該也算是自主意識強烈吧，行不通的。」藍調爵士反駁了我，讓我很是失望。

藍調爵士不以為意，繼續專業的補充分析：「你說過，王董為了讓假綁票案取信於兩個兒子，不惜把右手小指給切了下來，這種執念已非一般人所能想像。再往前推，王董製造假綁架案的目的，只是為了一個虛幻的、不一定能夠達成的企業藍圖，但用的手段已是如此激烈，可見他一意孤行的怨念深重，到了自以為是的地步。」

「喔。」那又怎樣？

「過度自以為是的人，往往是用強大的外在武裝保護脆弱的內心，如果要突破他的武裝，不能用老套的勸解——尤其勸解涉及到你最在乎的價值判斷；你應該做的，就是加重他自以為是的價值。」藍調爵士停下，喝了口茶。

「你廢話不少。」

「九十九，你應該把目標抓齊，然後請王董親自殺了他們。」藍調爵士冷笑道：「高高在上發號施令的大人物，不見得能親自承受他們的決策。把刀跟槍丟給王董，讓他看著目標魂不附體、跪在地上哀求他。漸漸的，王董拿槍的那隻手也會抖了起來……」

我精神一振。

是了！就是這個！

「讓王董明白抽象的正義與現實人生之間的差距，清醒自己在做什麼。」藍調爵士微笑，做出結論：

「一舉崩潰他自以為是的正義。」

26

忠孝東路的雨很大，但我重新回到大雨下的心情輕鬆了不少。

我撐著傘，一邊想著下回王董下的單，不管目標是誰我都要想辦法吩咐殺手先綁架囚禁起來，然後硬要王董親手殺了他。

「最好是先綁架，騙王董說目標已經被殺死了。」我心中計畫著：「等王董大言不慚說他很感動後，我再請王董移駕到目標面前，看看那個死掉了會讓他很感動的活生生的人。」

我滿意地編著劇本上的對話：「喂，他死了你不是會很感動嗎？既然如此就動手啊……什麼？王董你竟然在發抖？你不是只要懷抱正義就可以勇往直前地殺人嗎！殺啊！扣下扳機啊！不過你可要瞄準一點，不然只會聽到無謂的慘叫而已啊。」

一想到那樣的畫面，我就樂不可支。

美其名正義，實質隨喜好殺人的權柄，讓王董有成為上帝的幻覺。但是燒再多鈔票，人，還是沒辦法成為真正的上帝。這就是王董的弱點。

排練著劇本，我心裡咕噥著還需要一句經典台詞，當作這齣荒謬戲劇的謝幕詞。贏要贏得漂亮，離開的背影要優雅。

「王董，這就是你一心嚮往的正義嗎？」

太虛弱了。

「口中說著正義，手指卻扣不下扳機？王董，你只是想要證明自己可以主宰生死罷了，什麼正義？你有的只是一倉庫的鈔票。」

不，太長了。這種電影台詞王董可記不住，記不住就折磨不了他。

「王董，你有的正義，只是團虛張聲勢的屁。」

好像不錯？虛張聲勢這四個字在這裡用得挺不錯。

「正義，理當有奪取他人性命的覺悟。」

終於有點意思了，我喜歡覺悟這兩個字迸發出來的效果。

即使大雨我還是沒出手攔下計程車，免得打斷我的快樂思緒。我一路推敲著經典台詞走路回家，想在巷口的便利商店買點牛奶零食。

還沒走進去，一股視覺壓力鑽進我的背脊縫裡。我本能回頭，神經緊繃。

一輛藍色的小貨卡在對街，緩緩降下窗戶。

是歐陽盆栽。

他不知已在這雨中守株待兔，等了我多久。

我鬆了口氣，撐傘走向小貨卡。

車窗後的歐陽盆栽穿著白色西裝，看起來非常憔悴，不知道有幾個日夜沒睡好了，整個人深陷在沒有朝氣的糜糜躁鬱裡。不可思議的是，歐陽盆栽的眼神裡卻發出我從未見過的奇異光彩。那是一種面對生死大劫，在高壓下焠鍊出來的力量。

「九十九，我需要你的幫忙。」有如活死人的聲音。

「什麼忙？」我在傘下。

「想幫忙的話就他媽的上車吧，不過一旦上車，我的命就交給你了。」歐陽盆栽淡淡地說：「嫌揹著我的命太麻煩，就祝我一聲好運，我也不會怪你。」

「混帳，我們有這麼好交情嗎？」

我啐了一口，然後沒志氣地開門上車。

車子是租來的，方向盤上還貼著租車公司的連絡電話。空調裡有股新鮮泥土的氣味。廣播是氣象預告，說著颱風在十二個小時以內就會籠罩全台，各縣市單位隨時注意停止上班上課的預告。

一個人的眼睛往右上方看，代表在回憶。歐陽盆栽此刻便是如此。

「九十九，我想殺一個人。」他緩緩開口。

什麼跟什麼啊？原來是這種問題。

「你是個殺手，你可以自己辦到。」我簡直嗤之以鼻。

「你是我唯一信賴的同行。」

「等等，我從沒聽說過，一個殺手殺人需要委託別人的。」我失笑：「你這樣好嗎？喂，你可是騙死人不償命的歐陽盆栽呢。」

「事出緊急，我們只有三個小時不到的時間可以殺掉那個人，我必須趁颱風來之前登上油輪出海。」歐陽盆栽看了看錶，又看了看我：「要殺這個人憑我一己之力很難辦到，但有了你，或許再加上你手底下的殺手，就能在期限以內殺掉那個人。」

「如果你沒遇見我呢？你沒把這種可能估算進去嗎？」

「我相信命運，也相信人可以創造命運。」歐陽盆栽在黑暗的面容底擠出微笑：「人生沒有意外，我會認識你，自也不會沒有意義。」

「喂，記得嗎？我退休了。」我豎起中指。

「我沒忘記，不過你的手底下應該有不少殺手吧？如果他們能保密二十四小時，他們就派得上用場。」

「很不幸他們都出勤了，你沒想到這種天氣也是殺手的超級旺季吧。」我搖搖頭，拒絕：「這個世界上沒有什麼人一定得這麼快死，歐陽，你冷靜點，只要你付得起錢，過幾天我叫最好的殺手聽從你的差遣。」

「來不及了，你已經上車了。」

「什麼？」

「如果不能以殺手的身分，那麼便用殺人犯的角色幫我一次吧。」

歐陽盆栽發動引擎，雨刷忽地刷掉眼前幾乎被溶解的世界。

「喂！」

「謝謝。」

真是差勁的幽默感，但除了繫上安全帶我也沒力氣反抗了，我這種個性也是糟糕透頂。老天啊，能不能讓我好好休息一下。

藍色小貨卡在大雨中慢慢前進，像是蜿蜒著歐陽盆栽複雜的思緒。

在車上，我接過歐陽盆栽託我email給一位作家的紙稿長信。

信裡，是一個故事。

關於一場天衣無縫的騙術。

關於一個善良殺手。

關於一段愛情。

讀完了信，車子已停在一棟電梯大樓下。

一股灰色的空氣在我胸口裡鬱塞著，擠壓出多餘殘留的情緒。

車子熄火。

「弄到了槍，不過我還是想用這個。」

歐陽盆栽打開前座置物箱，兩把在超市就可以買到的尖刀。

我關掉手機，戴上手套。

「夠了。」

「記得留給我一句話的時間。」他戴上手套。

車門打開，傾盆大雨掩護著我們追索的腳步，脈搏我們的憤怒意志。

男人之間的情誼，有時只要一杯酒就可以鑿穿一座城池。

半個小時後，我們在滂沱大雨中昂首闊步歸來。

車子再度發動，一道閃電白了整穹天空，雨勢瞬間增強了數倍。

外頭的空氣霧了整片擋風玻璃，我脫下了紅色的手套，將冷氣開到最強。灰色的狂風無懼高樓呼嘯在這座城市裡，雨珠像百萬顆小鋼珠般擊打著車子板金，震耳欲聾的響聲填補了歐陽盆栽與我之間冰冷的空氣。

「接下來，我需要很好的運氣。」歐陽盆栽抓緊方向盤。

「我等著從大海打來的電話。」我將手機打開。

裡面躺滿了十七通簡訊，跟三通語音留言。

27

等一個人咖啡居然還開著，唯一的可能，就是阿不思太閒了。

我揮別特地送我赴約的歐陽盆栽，下車一撐傘，傘骨就被強風倒豎成一堆廢鐵，我只好淋著刺痛的雨，快步跑進等一個人咖啡。

狂發簡訊的王董還沒到，只有慵懶的阿不思坐在吧台上MSN，這種鬼天氣當然不見可愛的韋如。我狼狽地向阿不思打了招呼，往老位置走去。

「呼。」我拍著身上的水，將廢鐵塞進傘架。

「今天喝點什麼？」阿不思在吧台後面嚷著。

「日行一殺，咖啡特調。」我順手在書報夾上拎走一份八卦雜誌。

看著落地窗外的嚎啕大雨，整棵行道樹都給吹歪了。

這颱風病得不輕，自以為是龍捲風來著，朝四面八方呼呼打打，飛樹走石。

我也是神經病，大颱風天在等一個人咖啡店，等著越來越超過的王董。

桌上放著厚厚的業務名冊，我的手裡翻著一點都不讓人驚奇的八卦雜誌。不知道嚐起來是什麼怪味道的咖啡還沒煮好，這是我今天唯一期待的驚喜。

雨一直下，一直下，一直下。

直的下，橫的下。

居然橫著下。

這就是故事的起點，我誠摯希望這個故事接下來的發展淡如開水。

可慶的是，這次我有了重要的計謀籌碼。

就在這個所有事全擠在一起的颱風天，我要擊垮王董自以為是的正義。

「我，九十九，喜歡交易，討厭為人民服務——那不是我該做的。為了正義殺人這樣的理由，虛假到讓我作嘔。王董，你他媽的有病。」我看著八卦雜誌，練習著關鍵對白。

八卦雜誌是這個奇怪社會的縮影。杜撰的色情故事，千篇一律的冤魂索命，援交妹的鹹溼自白，邪教的荒淫交合儀式，醜陋政客的狼狽為奸。而這陣子最紅的，莫過於怪異的連續殺人犯「貓胎人」。

貓胎人刻意模仿好萊塢犯罪電影裡連環殺人魔的行徑，讓人不寒而慄，連偵緝案件的犯罪專家都難逃一死，只能眼睜睜看著貓胎人把守報紙上的社會版，奮力抵抗著政治版上罷免總統的新聞，然後理所當然成了壹週刊、獨家報導、時報週刊等雜誌的犯罪實錄主流。

看在專業殺手的眼底，貓胎人所散發出來的犯罪特質尤其詭異。與其說貓胎人是一個恐怖絕倫的犯罪者，不如說他是一個荒腔走板的精神病。

「挪，你的每日一殺。」

「謝謝。」

我靠著窗，喝著非常讓我想殺人或被殺的每日一殺，無法平復躁動過後的情緒。我的身體裡還殘留著一股沸騰過後的痛快。無關正義，而是公道。

一想到我的雙手再度沾滿紅色的血液，我的心臟就猛烈地撞擊胸口。

這樣很好，我殺人就殺人，就算是為了朋友出頭這種江湖理由，也比正義強得多。

大雨中，一輛加長型凱迪拉克緩緩靠在咖啡店外。

停妥，王董低調現身。

一陣潮溼的風隨著打開的門灌入店裡。王董肥胖的身軀重重坐在我對面，沙發發出吱吱的悲鳴抵抗。王董手裡拿著兀自滴著雨水的、壞掉的傘。

「沒有一把可以抵抗颱風的好傘，是我們至今唯一的共同點。」我開口。

「九十九，這次要麻煩你全力緝兇了。」王董對我的開場白置之不理，一坐下便從上衣口袋裡掏出支票。空白的支票。

很好，現在連一紙新聞剪報都省了，更遑論厚重的資料公事包。

既然打定了主意，謀略從接單後才開始計算，我心境比以往平靜得多。

「王董，大颱風的還趕著殺人，想必是一個了不起的大人物吧。」

「貓胎人。」

我一震。

「貓胎人？貓胎人是誰我怎麼知道？不知道要從何殺起？」

「支票上的數字會包含特別調查費，時間也比以往的委託都要長。」

「王董，我們幹殺手的，在行的是把人送進棺材，而不是扮柯南。」

「厲害。」

「我不懂。」

「生意場上最厲害的談判技巧就是無欲則剛，九十九，我說過好幾次你是談判高手了吧？你放心，特支費很有彈性絕對讓你滿意，事成後我再送你員工優先認股權當破案紅利，很自豪告訴你，鴻塑集團今年年底的股價絕對超越宏達電，你等著大賺錢吧。」

「給我再多錢也沒用，我的手底下沒有這麼能幹的殺手，王董，如果你想繳稅，找國稅局；想殺人，找我；想抓兇手，去報警。」

「九十九，在你的心中，邪惡是什麼樣子呢？」

「有很多種樣子。」

「最極致的邪惡呢？」

「邪惡的軍閥發動邪惡的戰爭，邪惡的政客濫用言論免責權，邪惡的雇主整天買凶殺人，邪惡的老師栽贓無力反擊的學生，邪惡的爸爸亂倫智障的女兒，邪惡無處不在，但這之中並沒有最極致的代表——因為我無法認同，將其中之一排在首位後，就意味著其餘的邪惡就是比較輕微的罪行。」我很認真。

「邪惡背後的動機不在你的考慮之中嗎？」

「邪惡就是邪惡，去比較誰高誰下並沒有特殊意義。」

「最近我看了很多新聞，看著那些政客醜陋的嘴臉，看著第一家庭貪婪地A錢，看著越來越多的謀財害命，我忍不住想，這些人的邪惡都有所圖謀，要錢，要名，要官，相比貓胎人莫名其妙的儀式犯罪，這些在有所圖謀底下的所作所為反而容易理解，非常人性了。」

「結論是？」

「所以邪惡的極致，就是毫無動機、莫名其妙的犯罪。」

「原來如此，非常精闢的見解。」

「九十九，無論如何我必須阻止貓胎人繼續作亂下去，他的存在就是邪惡，他的邪惡就像找不出原因的疾病，蠶食鯨吞我們共同生存的社會。」

注意到了嗎？從頭到尾王董都聽不見我的冷嘲熱諷，他只是像佈道者一樣盡說獨屬自己國度的語言。我們的對話越來越離譜，他卻神色自若沉浸在正義的想像裡。

瞬間，我竟有點同情王董。

眼前的這個王董，跟我剛剛遇見的王董，彷彿是兩個不同星球的居民。

王董應該是個很寂寞的人吧。

爬到企業頂端的他，其實是個很難親近的人，也很難用一般人的態度去親近一般人。大概很少人能跟他好好講講話吧，不，說不定一個談話的對象都沒有。寂寞慣了，那股自大自傲的氣養得越來越壯，變成了另一個世界的人。

居住在正義星球的王董，與這個世界的關係，除了形而上的企業圖騰，就只剩下大掃除式的激烈正義。用鈔票掃除害蟲，就能改造這個社會？還是只是促進了人渣敗類的新陳代謝？

更重要的是，即使真正改造了這個社會，王董，你還是個寂寞的人。

這個社會，還是沒有跟以「人」這個身分存在的你，發生過真正的關係。

這讓我想起了一套韋如推薦的漫畫。

「王董，你看過死亡筆記本嗎？」

「那是什麼？」

「那是一套日本漫畫，裡面的主角夜神月是一個高中資優生，無意間撿到一本能操控人類生命的神祕筆記本，只要在筆記本上寫下對方的名字，對方就會在四十秒內心臟痲痺死亡，如果附註死法的話，對方便會照著夜神月的劇本橫死——也就是我們說的條件殺人。」

「多少錢？」

「夜神月不要錢。」

「不，我是問那本筆記本多少錢？我出十億，不，五十億！」

「王董你完全搞錯了，那只是漫畫的想像。」

「太可惜了，竟然只是漫畫的構想。」王董看起來很失落。

「沒錯，就是你這樣的思惟，夜神月開始了他的人間淨化計畫，把一大堆壞人，審判過的、沒審判過的，通緝逃亡的、到案被捕的，通通都寫在死亡筆記本上，讓這個世界在夜神月的可怕意志底走向沒有犯罪，不，畏懼犯罪的路。」我看著王董：「我覺得死亡筆記本這套漫畫應該請你當代言人。」

「不打緊，我有錢也可以辦到。」王董精神抖擻，像一隻剛睡醒的雄獅：「九十九，你剛剛提到的話題，正好與我想跟你談的基金會構想不謀而合。」

「基金會？」

「沒錯，透過基金會的行事運作在執行正義上一定更有效率，在我死後也能繼續運作，這樣才是真正永續的正義事業。我說九十九，要是我沒猜錯，你的殺手額度已經透支了吧？」

「……」

「所以將殺人組織化勢在必行，你聽聽看，我打算召募一群退役的海軍陸戰隊隊員或是國安局的退休特務，由你專司殺人的訓練，如果你有傑出的殺手手下也可以請他們依照殺人的專業主持課程，甚至加入探案緝兇的學分；而我，我會親自撰寫有關正義論的課堂講義，幫助他們成為對社會有益的殺手，當然了，礙於我的金主身分必須保密無法親自授課，這點還請見諒。」

「……不會。」

王董瘋了。

這個人的存在，是全宇宙最大的荒謬。

這念頭我之前就有過，卻從未如此強烈。

「不過在那之前，還得麻煩你揪出讓社會恐懼不安的貓胎人，九十九，大颱風天的所有人都躲在家裡，但我卻坐立難安，不得不找你出來下單。為什麼？」

「……」

「因為，我想這個社會一定也有很多人跟我一樣，對貓胎人的邪惡存在無法再忍受，我就沒辦法不挺身而出，其實大家都想讓貓胎人消失卻沒有能力，但我有錢，你有能力，如果我們不殺了貓胎人，誰能？」

「第二次了。」

我打斷：「我強調我手底下沒有福爾摩斯，沒有柯南，也沒有用爺爺發誓的金田一。根本沒有殺手能夠追緝這種殺人犯，這也不是我們的專長。」

王董肥胖的身軀發出自信的氣勢。

「天會收。」

我看著王董舉起手，指著天花板上的吊扇。

「老天會幫助正義的一方，一向都是如此。只要我們站在天的正義，就能擁有擊潰邪惡的力量。九十九，你還不明白嗎?」

王董一隻手指指著天，一隻手指對著我。

三根手指緊緊指著自己。

這就是你所說的「天」嗎?

「我明白。」

我明白，你瘋了。

瘋得不可思議，瘋得自以為是。瘋得讓人討厭。

「我就知道你明白，來，這是你應得的。」

王董拿起筆，又開始表演現場寫天文數字的君王姿勢。

我看著他，在認清了王董已經陷入瘋狂後，心裡倒是意外的平靜。

沒關係，如果我抓得到貓胎人是最好，抓不到，我也弄一個出來跪在你前面。再把槍……不，把刀，交給你，然後看著你肥大的雙腳發抖，最後終於崩潰逃走。

不，根本不必等到貓胎人的單，我只要快速連絡正在做事的五個殺手，請他們之中的誰誰誰把目標綁走監禁起來，屆時再請王董親自動手就可以了。早點讓他認清自己有多麼可笑，這齣無聊的正義就可以落幕了。

王董突然抬起頭，若有所思看著我。

「對了，九十九，上次那五個犯下強姦罪的頑劣小鬼，你自作主張改成了砍手又硬是退還了部份款項，我起先覺得很不忿，幾乎就要對著你咆哮了。但後來我反覆想了想，倒覺得你的安排是個很有意思的凌遲，給了我很多的靈感。」

「靈感？」你竟然用了這兩個字。

「接近邪惡才能正視邪惡，正視邪惡才能了解邪惡。」王董似乎下定決心：「與邪惡保持距離並不能自稱為善，我想要擁有真正的勇氣。」

「嗯?」

「這次抓到貓胎人，請將最後殺死他的機會留給我，我想親自動手。」

王董將支票遞給我的時候，我整個腦袋一片空白。

「到時候如何使一個人痛不欲生、想死卻死不了的技術，還得你請教教我了。」王董拍拍我的肩。

用力的，堅定的，灌注的。

王董起身，拎著壞掉的廢傘，移動肥胖的身軀走向大門。

「我想那一定很有意思。」

王董微笑，開門走進外面的大雨裡。

我呆呆看著窗外。

王董迅速鑽進等候已久的凱迪拉克後座，司機慢慢駛離。

那是勝利者揚長離去的姿態嗎?原來這齣戲從頭到尾，最天真的就是我自己嗎?王董的離去留下現實與虛構銜接不起來的恍惚，而我不曉得是站在現實的一方，還是虛構的那一個國度。

當我還來不及為劇本落空產生任何情緒時，黑壓壓的天空裂開一道白色的縫，縫裡奔出光來，陰雨遮蔽的城市突然亮如晴晝，數十萬被雨水埋沒的城市線條霎時清晰分明。

在那巨大光明的瞬間，對面辦公大樓上一道黑影忽地墜落，沿著狂風吹襲的角度斜斜摔下。那道迅速絕倫的黑影削破囂張的大雨，不偏不倚，重重摔在王董的凱迪拉克上！

重重的摔！重重的摔！重重的好大一聲重重的摔！

巨響，車玻璃橫地飛碎成屑，一枚咻地黏在我眼前的窗上。

阿不思抬起頭。

最後是一聲清亮的雷。

被狂風暴雨淹沒的馬路，不知名的自殺者從三十五樓的辦公大樓自由落體，破碎的屍體重重摔垮了凱迪拉克車頂鋼板，成就了正義君王的鐵棺材。

司機勉強打開門，不知所措地看著被壓毀的後座，完全慌了手腳。

震耳欲聾的大雨中，車笛聲兀自長鳴著。

「那胖子死了。」

阿不思頭又低下，繼續她的MSN。

「是啊，那胖子就這麼死了。」

我愣愣地看著窗上的碎屑。

世事難料。
千金難買運氣好。

28

鴻塑集團永遠的精神領袖被塑成了巨大的銅像，矗立在總公司的門口。

王董的訃文不計成本登在四大報的頭版上，喪禮亦十分風光，前百大企業的老闆與政壇大老無不賞臉，果然有企業君王駕崩的氣勢。我也致敬了一份奠儀，白色的信封袋裡，裝著燒成灰燼的最後一張支票。

「好聚好散，也許下一站就是你最喜歡的正義星球吧。」我鞠躬。

害死王董的自殺者毫無特殊之處，沒有逼死人的卡債，沒有感情問題，沒有與人糾紛。自殺者只是一個非常孤獨的人，跟這個城市裡太多數的人一樣。很多人替冤死的王董大抱不值，但那些搖頭嘆息只不過是廉價的交情罷了。

在冠蓋雲集的告別式當天，幾個社會新聞侵蝕了王董在報紙上的位置。

但我想王董不會在意。

名嘴唐向龍在自家電梯裡遭人割喉，掙扎逃出後在樓梯間倒倒爬爬了五樓，最後倒泊在管理員室外才氣絕身亡。有一說，是唐向龍想在臨死前繳交積欠數月的管理費，但我說放你媽的屁。

深入屏東山區打獵的原住民發現，被大肆報導的惡質狗舍負責人被綁在某大樹下，發現時已無生命跡象。死者全身並無明顯傷痕，疑似遭人活活餓死。

教育部長杜正聖由於外界質疑其專業的壓力過大，服用過量安眠藥自殺，浮屍在浴缸裡，杏壇與政壇一片嘩然。一反常態的是，這次無人敢額手稱慶。

涉嫌偷拍與前女友性行為並在網路散播的葉姓人渣，終於嚐到了報應。他在租屋樓下被人持鈍器活活打死，身上有多處骨折與撕裂傷。警方懷疑兇手不只一人，開始往ptt網站鄉民滋事的方向調查。

以上不是我刻意的安排，事實上王董死後我立刻取消了困難的條件殺人，與嚴苛的時間限制，全讓底下的殺手們從容做事，只消幹掉目標交差就可以了。他們自己可不會無聊到講好同時動手，分食新聞版面競賽。

唯一能解釋的，就是王董遺留在人間的正義怨念吧。

「那些好運氣的地段，結果還是來不及帶給王董好運氣呢。」韋如沉思。

「也許吧。」我笑笑，欣賞著韋如的小酒渦。

也許你會覺得這個故事結束得非常錯愕，但現實人生就是如此。

沒有清晰的接縫，沒有明確的起承轉合，只有一段又一段彼此交疊的瑣碎乃至片段。共通處是這些現實人生什麼時候會結束，連當殺手的也很難斷言，只能在能呼吸的時候盡量膨脹自己的肺，然後輕輕吐出，消化這世界的態度。

是啊，態度。

這個世界當然有對，有錯，有好的，有壞的，沒有什麼真正的黑白不清。那些「這個問題端看你看它的角度」類似的話，我覺得都是放屁的假客觀，明明你心中有一把很硬的尺，只是你假惺惺不敢端出來量給別人看罷了。

所以有時候在電視上看到令人難以忍受的惡棍，當法律選擇緩刑或輕刑去姑息他們時，我會懷念起王董自大的正義，跟那些尾巴拖著很多零的即期支票。

我會看著對面的空位，幾乎被壓壞的沙發上似乎還殘留著什麼。

但大多的時候我只顧著細嚼慢嚥悠閒的生活，自私，但心安理得。因為我知道我之所以偶而會懷念王董，是因為王董已經確確實實變成了無害的銅像。

我還是喜歡照單全收的殺手經紀，價值判斷敬謝不敏。

等一個人咖啡依舊是我流連忘返的地方，即使後來我得知韋如跟阿不思是一對，而我只是一個搞不清楚狀況亂入的大叔叔。但我還是喜歡那裡的氣味，喜歡那裡的老座位，喜歡在那裡翻著不知所云的八卦雜誌，外加偶而的午夜場恐怖電影。

「九十九先生。」

「嗯？」

「什麼時候我們還可以遇到搶匪啊？」

「搶匪？」

「對啊！我連原子筆都準備好了，你看！」

「像妳這種要求，我這輩子都沒有聽過。」

「九十九先生不要學星爺的電影台詞裝年輕啦！」

「哈哈，跟妳在一起就忍不住年輕起來了。」

「九十九先生。」

「嗯?」

「我覺得說不定我會愛上你耶。」

「說不定?」

「說不定喔。」

就是這樣。

我喜歡我的人生。

kill er
[殺手] 貓胎人

夙興夜寐的犯罪

1

「從來沒見過這種事。」

是啊，誰倒楣見過這種事？

川哥蹲在屍體旁，即使戴著口罩，還是聞得見死者的恐懼。很諷刺。

第一現場，竟是一台車身漆著「救人第一」的救護車。

氧氣罩粗糙地用膠帶黏在死者口鼻上，不知是大量的汗水浸潤了膠帶，還是死者生前最後的掙扎，致使氧氣罩脫落了一半。

心電圖機器接引到死者裸露的胸口，畫面當然只剩下一條水平的綠線。

死者雙手、雙腳都被手銬鎖在手扶欄杆上，大字形的受難姿勢，但兇手卻「貼心」地在她的左手臂插入點滴軟管，用生理食鹽水短暫維繫她痛苦的生命。

吊在上方的點滴袋只消耗了一半，其餘的一半因為死者血管僵縮、血液凝固，無法順暢地輸入屍體內，逆染成了粉紅色的湯水。

「兇手試圖下藥讓死者昏迷，但藥量不夠，死者中途醒過來劇烈掙扎。挪，這些，跟這些。」法醫指著死者手上、腳上的紅痕與挫傷。

「等於是活體解剖嘛。」川哥皺眉，戴著白色手套的手撿起了手術刀。

微弱的路燈下，手術刀反射出紅色的油光。

「不過也沒驚嚇太久，不說失血過多，光是疼痛就足以休克了。」法醫拿著手電筒，檢視死者睜大的眼睛。他暗暗祈禱自己說的是真的。

「這樣啊。」川哥看著垃圾桶裡的那團人形血肉。

黃色的封鎖線外，交警焦頭爛額指揮著擁擠的車潮，集中右側車道前進。

正值晚間下班時間，每個人都想快點離開這該死的車陣回家。

「喇叭聲越來越不像話了。」川哥皺眉。

「老大，照片都拍好了，要不要把車子先吊走啊？」丞閔提醒。

「十字路口的監視器錄影帶調到了嗎？」

「調到了，但是畫面很不清楚，只看到……很模糊的人影下車。」

「喔？」毫不意外。

「不過對街的便利商店店員說，這輛救護車本來是停在巷子裡，大概停了有一個多小時吧。車子有時會劇烈晃動，他還特別看了幾眼。」丞閔自己做了判斷：「老大，那裡應該才是第一現場吧。」

「嗯，可能吧。」

「採指紋大概還需要至少兩個小時的時間，再這樣下去，我看……」

「好，吊走。」

川哥搔搔頭，他對路口監視器原本就不抱太多期待。若精心策劃的犯罪栽在區區監視器畫面，豈不太可笑。

丞閔下車傳達川哥的指示。在路邊等待已久的拖吊車終於上工了。

「查到是哪一家醫院的救護車了嗎？」川哥審視死者被切開的肚皮。

這一刀，劃得支離破碎。

縫得，更是糟糕絕頂。

甚至還露出半條尾巴。

「查到了，車子是亞東醫院前兩天失竊的。」

「亞東啊……那不是在板橋嗎……」川哥又搔搔頭。

這種預先設想好的案子，地緣關係也不足以作為考量。

「老大，我們對媒體怎麼說？」刑事組發言人，老國迫不及待下車。

「大家都吃過晚飯了，沒吃的也快吃了。」川哥的指示一向很簡單。

「知道了。」

川哥跟在法醫後面，最後一個下車。

大夥開始幫忙拖吊車小心翼翼拖住救護車，交警的哨聲急促地阻止後頭的車子闖越前線，不耐煩的喇叭聲此起彼落。連記者的採訪車也被塞在很後頭。

是什麼樣的兇手，會大費周章偷走顯眼的救護車當犯罪工具？

又是什麼樣的兇手，會特地將第一現場的救護車，從偏僻的巷弄開到車水馬龍的十字街口，在紅綠燈前好整以暇將車停妥後，才一走了之呢？

如此大膽冒險，到底為的是什麼？

「這麼想，引人注目嗎？」川哥點了根菸，深深吸了一口。

然後重重地吐氣。

希望將沉澱到胃裡的骯髒晦氣，一併排泄出體內。

那晚，車水馬龍的台北十字街頭，揭開了台灣犯罪史上最糟糕的一頁。

一個即將臨盆的孕婦，滿心期待新生命的誕生之際，卻在前往醫院的救護車上，遭到惡徒兇殘的「強制取胎」。肚腹被劃了三刀，割破子宮，還來不及哭叫的嬰兒被扯了出來，剪斷臍帶，丟到腳邊冰冷的垃圾桶裡。

歹徒最後將一隻重達五公斤的死胖貓，縫進被害人遭剖開的子宮裡。死貓的半截尾巴，還刻意露在恐怖的縫線外。

「囂張的王八蛋。」

川哥回頭，看了一眼救護車。

兩天後，媒體為他起了個名字。

貓胎人。

2

電梯往上。

提了一盒在巷口打包的滷味便當，上班女郎看著身旁大腹便便的孕婦。

孕婦姓王，叫王小梅，老公在大陸經商，久久才回來一次。

以前在電梯裡看見小梅，她不施脂粉的臉色總是蒙著一層無精打采的灰——就算是家庭主婦也是要出門的，老是不化妝，男人怎麼提得起興趣？

而現在，隨著小梅的肚子越來越大，小梅的臉上就越顯光彩。

黃色的數字方格緩緩向上爬動。電梯距離開門前，還需要幾句話來打發。

「肚子這麼圓，一定會是個可愛的小孩。」她笑笑。

「是嗎？」小梅喜孜孜摸著八個月大的肚子。

「小孩生下來後，日子可會相當忙呢。」她裝出欣羨的表情。

在台北這霓紅閃爍的城市裡還有時間生小孩的人，寥寥可數。

該說是幸福嗎？

還是日子實在過得太寂寞，只有用小孩半夜的哭聲才能填補內心的空虛？

「忙一點好啊，比較充實。」小梅忍不住微笑。

「照過超音波了吧，男生還是女生？」她裝好奇，但心想關我什麼事。

「我請醫生不要先透露，想留給我們夫妻一個驚喜。」小梅看著鼓起的肚子。

「原來是這樣。」她微笑。真是夠了。

自從小梅發現懷孕後，每天就活在粉紅色的喜悅裡。

到大陸出差的老公明天就要回來了，算一算，上一次回家已是兩個月前的事。有了孩子，老公回家的次數只會更多吧……小梅的心裡這麼期待著。

電梯門打開，她笑笑走了出去。

「先走了，再見。」她微微點頭，身為專櫃小姐的她可是禮儀的專家。

「謝謝關心。」住在更樓上的小梅愉快地按下關門鈕。

電梯往上。

門再度打開。

回到家，出門前刻意打開的電視上，僵化的政論節目依舊吵得火熱。

在玄關脫掉鞋子，小梅打開冰箱，放好剛剛買的幾盒牛奶與餅乾。

浴室裡有窸窸窣窣的水聲。

「忘了關緊嗎？」小梅微皺眉頭，走向浴室。

浴室的門沒關。

一個乾乾瘦瘦的陌生男人，正坐在馬桶上看雜誌，褲子拉到膝蓋下緣。

浴缸放著半滿的水，水龍頭是打開的。

那男人，臉上有個明顯的青色胎記。

「妳好。」胎記男人反手將雜誌放在馬桶蓋上。

「……」小梅震驚不已。

她感到呼吸困難。

如果她聯想到昨晚發生的社會新聞的話，就不只是呼吸困難而已。

胎記男人站起，不疾不徐穿好褲子，繫好皮帶。

那只是表面。

實際上胎記男人興奮的心跳聲，大到連緊張的小梅都聽得見。

不行，應該要冷靜。

要冷靜，把抽屜裡的錢、跟床底下的一點金飾拿給他，不要慌。

不可以慌。

為了肚子裡未出世的孩子，小梅深深深呼吸。

「那麼，我們開始吧。」胎記男人卻咧開嘴，從腰間掏出一柄手術刀。

銳利刀尖上反射的薄光，剖開了小梅顫抖的無意識。

赤裸裸露出了，沒有防備的恐懼。

「你……你是誰？來我家……」小梅後退了一步。

胎記男人似乎很滿意小梅的表情，於是他的嘴咧得更開了。

「應該要問我，我要做什麼吧？」胎記男人的腳輕輕往旁踢了踢。

小梅這才看清楚，那是一個鼓鼓的登山背包。

「我……抽屜裡有一些錢，那些錢……」小梅的眼角，本能地滲出眼淚。

胎記男人搖搖頭。

搖搖頭。

錯誤的答案來自錯誤的自我提示，這個世界還在自顧自運轉。

只是這樣，怎麼能幫助他重新建構犯罪的本質呢？

「我懷孕了，已經八個……八個月了……」這一緊張，小梅又好想吐。

「對啊。」他驚喜。

小梅不能理解，只是哭。

「所以跟妳換。」

胎記男人提起登山包，拉開拉鍊。

一隻活生生的胖貓，從裡頭探出了頭。

「喵。」牠說。

「喵。」他也說。

她昏了。

3

看著亂七八糟的浴缸，丞閔的報告很難寫。

川哥坐在馬桶蓋上，抽著菸，驅趕鼻腔裡讓人焦躁不安的血腥味。

一個蒐證人員在現場不停拍照，另外一個則試圖在瓷磚牆壁與地板上採集可疑的指紋。倒楣的差事。

浴室的門開著，與主臥室的大床面對面。

丞閔剛搜遍了整個房間，頭昏腦脹坐在大床上休息，正好與浴室裡的川哥斜對著臉。

「丞閔，什麼樣的人會這麼急著犯罪？」川哥世故地摳摳眉毛。

「……」丞閔皺眉，看著馬桶上的川哥。

這算什麼問題。

「房間裡的財物有什麼損失？」川哥看著菸頭上微弱的光。

「沒看到翻箱倒櫃的痕跡，抽屜裡還有現金，一共是一萬兩千三百元。」

「抽屜沒上鎖吧？」

「沒。」

「那就是了。」川哥苦笑：「操，這王八蛋又不要錢，幹嘛這麼急再幹一票？這不是神經病嗎？他還費事打電話報警叫救護車，有這種熱心的歹徒嗎？」

距離上一個命案不過二十四個小時。這下想要擋住媒體血紅的視線，根本不可能。

「老大，這是一件好萊塢的案子。」丞閔若有所思。

「好萊塢的案子？」

「連環殺人魔很少是要錢的，他們要的是儀式。」

「喔。」川哥實在不想討論這個話題。

「有部有點年紀的電影叫火線追緝令，布萊德彼特跟摩根費里曼在裡頭演一對警察搭檔，戲裡啊，那個變態殺人魔依照聖經裡的七大原罪，殘忍地殺了六個人，什麼貪婪、驕傲、憤怒、懶惰啊……總之，最後還把自己的命送給警察，因為他想自己因為犯了嫉妒罪被殺掉。」

「所以呢？」

「為了完成儀式，兇手也把自己當作獻祭的罪人之一。」丞閔正經地說：「在連環殺人魔的眼裡，完成儀式是最重要的事，殺人不是為了殺人，而是把事情搞得很經典。」

「有道理，我應該說中肯嗎？」川哥差點就成功阻止自己的嘲諷：「那你怎麼會跑來當警察，不去當導演啊？」

「在台灣拍電影，是一件很沒人性的事，跟當狗差不多。」丞閔認真地說：「當警察至少還有槍，比較有尊嚴。」

呿。

「那你說說這個好萊塢的案子，應該怎麼用好萊塢的破法？」川哥抽著苟延殘喘的菸。

「我覺得應該先去查查最近幾年，各大學醫學院退學、輟學的學生紀錄。然後嘛……也得去各大醫院精神科走走，問問醫生最近有什麼病人說了什麼特別的話、有什麼病人分不清楚現實跟幻覺，看看哪個病人可能做出恐怖的事吧。」丞閔絞盡腦汁，回憶他最喜歡的幾部好萊塢連環殺人魔電影。

「那要不要去監獄找個經典級的變態殺人魔，問問他該怎麼逮到這個……這個……」

「貓胎人。」

「貓胎人？」

「媒體取的。」丞閔聳聳肩，一副事不關己：「也不知道是怎麼取的。」

話題不了了之。

留在犯罪現場的證據跡象，能夠讓他們談的也不夠多。

吊在衣架上乾癟的點滴袋，懸浮在暗紅浴缸裡的針筒，掛在水龍頭上的止血帶，到處都是的動物毛髮。

兩個案子唯二的關連，就是受害人都是孕婦，子宮都被強制破壞。

第一個痛死在救護車上，肚子裡塞了隻死貓。

第二個奇蹟似地還沒死，全身浸泡在暖暖的浴缸水中，肚子上還留著非常粗糙的手術縫線。剛剛從醫院傳來的最新超音波掃描報告，毫無意外，子宮裡不見未出世的嬰兒。

取而代之的，是一隻奄奄一息的活貓。

「活的貓啊。」

似乎，這個變態兇手正在進化中。

朝著非常恐怖的方向。

一想到這裡，川哥的左眼皮顫動起來。

此時丞閔的手機響了，聽了幾句對方便掛斷。

「醫院打來的？」川哥捏著左眼皮。

「壞消息，由於嚴重細菌感染與大量組織壞死，王小梅撐不過了。」丞閔不敢看著川哥。

川哥沒有嘆氣。

對一個遭貍貓換太子的準媽媽來說，死亡是最好的解脫。

4

塑膠袋裡躺著一團微溫的血肉。

坐在窄巷裡的餿水桶上，胎記男人回憶著今晚的犯罪內容。

野貓嗅著生腥的氣味挨近，一隻隻高高豎起尾巴。

「想吃，可以啊。」胎記男人毫無表情，將一罐不明粉末撒在塑膠袋裡。

胎記男人將摻雜不明粉末的血肉摔在腳邊，群貓齊上，撕裂分食。

沒多久，那團可憐的血肉只剩下黏在地上的血水，群貓意猶未盡地舔噬。

盤腿坐在餿水桶上，胎記男人打開背包裡的筆記型電腦，在窄小的巷子裡快速搜尋到覆蓋大台北地區的無線網路，連上幾個網路上最熱門的討論區。

果然，網路世界由於晚間新聞的報導，早已充滿激烈的撻伐。

「喔，原來我已經有封號啦……」月色下，胎記男人露出滿意的微笑，喃喃自語：「貓、胎、人，三個字的音節讀起來好像挺不錯。」

網路裡對他殘忍的犯罪手法毫不留情提出批判，幾個如「這根本無關犯罪，兇手毫無人性」、「抓到後，應該把兇手凌遲到脫肛」、「媽的我剛剛吃的晚餐都吐惹」、「夭壽酷！台灣終於出現真正的連續殺人犯惹」的標題底下，都拖滿了一長串的附和。

這些附和裡有大量的情緒性幹譙，也有很多混雜各個學科的精密分析。胎記男人，不，貓胎人，聚精會神看著網路上的每一條討論，咀嚼著社會大眾對他的評論與看法，看到有人試著比較兩次犯案的內容差異時，貓胎人甚至虛心地在腦中做起筆記。

漸漸的，貓胎人的脊椎越來越彎，眼睛卻越來越亮。

他愛煞了那些稱呼他為邪惡代言人的字語，如同享用大餐，貓胎人吃食著這個社會對他的恐懼與憤怒，充盈著他下一次犯罪的能量。

不過，有一點貓胎人非常介意。

「竟然拿我跟陳進興、陳金火、陳瑞欽那種等級的罪犯相提並論？」貓胎人不屑道：「他們算什麼東西？為錢殺人這麼低級的手段，怎麼能跟我偉大的犯罪擺在一起？」

這股不屑漸漸變成一股難以控制的焦躁，幾乎驅使貓胎人離開窄巷，去進行他下一次的犯罪。此時電腦正好快沒電了，發出嗶嗶的警示聲。

貓胎人抬起頭，天空已露出一條藍縫，就快亮了。

看了看錶，已經凌晨五點，貓胎人揉捏盤腿過久開始麻木的雙腿，跳下餿水桶，打量睡了一地的野貓。算算時間，貓胎人已經連續三十四個小時沒有闔眼，迫不及待想知道自己對這個社會的影響，讓他一點睡意也沒有。

選了一隻黑白相間的母貓放在背袋裡，貓胎人將其他昏睡的野貓丟進滿載的餿水桶裡，詛咒了幾句替代往生咒，這才蓋上塑膠蓋。

走到三條街外的便利商店，貓胎人迫不及待買了台北市第一份早報，蘋果日報、中國時報、自由時報、聯合報各買了一份，以免錯過任何媒體給予的犯罪光環。

「百年奇案，南迴搞軌謀取鉅額保險金！」

「峰迴路轉！南迴搞軌案爆出案中案！」

「李泰岸兄弟精心策劃的犯罪藍圖？」

「震驚社會的百年奇案，檢調被擺了一道！」

貓胎人錯愕地看著四份報紙的頭條，這是怎麼回事？快速翻了翻報紙內頁，只有在社會版的角落，稍微提到前天晚上離奇的救護車殺人事件，報導的內容根本不及網路上沸沸揚揚的萬分之一，而昨晚的犯罪根本隻字未提。

「這怎麼可能?沒有道理啊……幹!這根本沒有可能啊!」貓胎人跌坐在馬路邊,一條掌管理智的血管幾乎要爆出他的腦。

什麼南迴搞軌案?保險金?我管你是一千萬還是七千萬,只是為了殺一個人就把整台火車搞到脫軌,這稱得上是犯罪藝術嗎?不過是一場銅臭罷了!這種爛東西居然取代自己,強暴了每份報紙的頭條!

視線突然一片黑。

殺掉那些不長眼的報社記者吧!

殺掉那些自以為是的版面編輯吧!

巨大的殺念猶如火山爆發,快要裂開貓胎人的腦子。媒體操弄新聞議題的把戲,此時貓胎人有了切身之痛。非常非常的痛。

「!」

不對。

忽然,貓胎人茅塞頓開。

自己昨晚犯罪的時間是在報紙截稿之後,編輯根本來不及把記者寫好的新聞稿塞上版面。

混帳。儘管知道了原委,但貓胎人情感上還是覺得受到了傷害。

如果陳水扁深夜遭到暗殺，那麼無論如何，隔天的報紙還是會搶印頭條吧？也就是說，雖然有截稿的不利因素，但終究還是自己的犯罪不受媒體重視，所以才沒有得到如總統遭刺的重量級新聞待遇。

……這麼說起來，原先的犯罪計畫應該加快腳步，為了有效搶版面，把夜晚的犯罪扛到白天來幹才對？貓胎人快速思考著，清晨的冷空氣讓他更加醒覺。

決定了。

事不宜遲。

5

早上九點。

任教於警察大學犯罪心理課，同時也是談話性節目的名嘴葉教授，精神奕奕地坐在家裡餐桌上看著報紙，年輕的妻子剛剛開車送兒子去上學，留下豐盛的早餐。

即使還在家裡，葉教授依舊習慣身著燙得發亮，最能凸顯出他專業素養的黑色西裝，腳上穿著反覆擦拭的皮鞋在鏡子前走來走去，踩在大理石地板上發出的踢踏聲響，有種高級品味的悅耳。

葉教授喜歡這一切。

他篤信一個人身上衣裝的標價，就等同於一個人的份量。

樓下的門鈴響了。

「誰？」葉教授起身，走到對講機前。

「你好，請問葉教授在家嗎？」

「我就是。」

「葉教授您好，我是蘋果日報社會新聞的記者，我們想針對貓胎人的案件向您做個訪問，不知道您現在是不是有空？」

「是這樣嗎……一大早的，我才剛起床呢。進來吧。」

「實在是太感謝了。」對方似乎正鬆了口氣。

一大早就有採訪找上門，葉教授其實沒有絲毫不悅，但在語言上擺個架子有助於抬高他的地位，何樂而不為？事實上，葉教授的心裡正為了自己受到媒體的重視沾沾自喜著。

聽著樓梯間越來越近的腳步聲，葉教授打開門。

對方一見到他便鞠躬問好。

「葉教授，實在是打攪了。」記者誠惶誠恐。

「貴報也真夠煩人的，幸好我還沒出門呢。」葉教授話雖如此，卻伸了手拍拍記者的肩膀，說道：「你們這些跑第一線採訪的也實在辛苦，吃過早餐沒有？」

「這……還沒呢。」

「別客氣，我們邊吃邊聊吧。」

攏絡媒體是葉教授一貫的做法。在這個世界上想要功成名就，就得跟媒體打好關係，這也是葉教授之所以有別於其他研究社會犯罪的專家同行的嗅覺，他可不想一輩子窩在警察大學裡教書、或只是偶而上節目通告賺鐘點費。

總有一天，葉教授也想開一個屬於自己的談話性節目。

記者還沒坐下，便拿出相機說道：「教授，請擺個正在分析的專業姿勢，我們會放在顯眼的版面。」

正合葉教授的意。於是葉教授對著鏡頭擺出非常嚴肅的表情，微微皺起的眉頭散發出成功人士的神采。

讓人陶醉的鎂光燈過後，記者拘謹地坐下，將錄音筆放在葉教授面前。

「是這樣的，由於貓胎人連續兩天的犯罪手法在社會上掀起很大的恐懼與討論，許多人指出，貓胎人的犯罪很可能是台灣第一宗儀式性的連續殺人，請問葉教授你的看法？」

葉教授先喝了杯水，不疾不徐地清了清喉嚨，表示慎重。

「我認為，貓胎人的儀式性犯罪意味著這個社會，受到好萊塢電影太多的負面影響，雖然目前為止警方蒐集到的證據還不足以明白貓胎人的犯案動機，但我可以大膽地預測，貓胎人一定還會繼續犯案，直到警方跟上他的腳步為止。」

「雖然現階段資訊不足，是否可以請葉教授根據昨晚的新聞，分析一下貓胎人的犯罪動機呢？」

「動機，八九不離十，是為了譁眾取寵。」

記者嘴巴，被這樣的答案給翹開。

「譁眾取寵?連續殺了兩個人，就為了……」

「沒錯，就是為了曝光。為了曝光，貓胎人急切希望警方注意他與眾不同的犯罪手法，所以才會冒險在短時間內連續犯案，這點暴露出貓胎人犯罪心理的不成熟，其實，貓胎人還在尋找屬於自己的犯罪邏輯。」

「難道貓胎人毀掉孕婦的子宮，把貓縫進去，不是一種犯罪邏輯嗎？」

「不過是一種爛手術。」

「不過是一種……爛手術？」記者手中的筆歪了一下。

「對子宮的破壞，當然是一種犯罪心理上的選擇，我們可以牽強附會猜測兇手有扭曲的戀母情節。」葉教授想起昨天深夜，他跟幾名專辦此案的警察解說了同樣的內容，說道：「但兇手實在是太刻意了。」

「太刻意了？」記者的身子震了一下。

「沒錯，太刻意了。貓胎人非常專注地在破壞子宮，將人類的嬰兒取出再縫進小貓，而且在過程中，貓胎人還用點滴注射生理食鹽水維持被害人的生命；第一次縫的是死貓，第二次縫的是活貓；第一次被害人提前死亡，第二次被害人還在醫院急救——還是託了貓胎人打電話報警的福。你說，貓胎人在幹嘛呢？」

「在改進他的犯罪能力。」記者很快回答。

「沒錯，改進犯罪能力，但改進犯罪能力做什麼？那只是很表象的東西。」葉教授為自己與記者倒了一杯牛奶，說道：「貓胎人一心一意延遲被害人的生命，就是想製造出恐怖的感覺，這種過於專注在增強犯罪強度的堅持，要遠遠勝過於他想傳達的東西。」

「傳達的東西？」記者非常認真地抄著筆記。

「貓胎人只留下了犯罪手法，卻沒有留下訊息。」葉教授睿智地撥撥頭髮，說：「一個什麼話都不想說的兇手，大大失去他應得的魅力。」

「原來如此，沒有留下訊息！」記者茅塞頓開，點頭如搗蒜。

葉教授對記者的反應非常滿意，補充說道：「當一個兇手沒話說的時候，誰會替他說呢？」期待地看著記者。

「記者！」記者脫口而出。

「對，就是記者。」葉教授拍拍桌上的報紙，說：「你們這些記者能替他說什麼？有限嘛！最後還不是一大早跑來問我這個犯罪學權威的想法？」

句句命中要害，記者幾乎要鼓起掌了。

「但……」記者像是想到了什麼，虛弱地問：「難道那種變態手術，不也可以看作是訊息的一種嗎？子宮……跟貓？有沒有什麼比喻上的關係？」

「硬要說，硬要說的話，哼，也不過是在告訴警察，他是一個有虐待動物習慣的人。除此之外？少來了。」葉教授自以為幽默地說。

「那麼，對於貓胎人嶄新的犯罪手法，教授認為可以在台灣犯罪史上佔有什麼指標性的地位？」記者將錄音筆往前輕輕一推，意味著這段話特別重要。

「創新？指標性的地位？你在開玩笑嗎，我看不出這個犯罪有什麼創新的地方，貓胎人所作的只是一種粗糙的模仿。」葉教授搖搖頭，果斷地說道：「這個犯罪最缺乏的不是技術，而是犯罪的心態。」

記者愣住了，好像完全無法理解葉教授在說什麼。

葉教授微笑起身，走到一塵不染的書櫃上取了一本厚厚的犯罪學實錄出來，迅速在裡面找到了資料，說：「Edward Theodore Gein，一九〇六年出生，美國東岸的肢解殺人狂，從一九五四年起開始他藝術般的犯罪。他從小與母親相依為命在與世隔絕的小鎮，性格孤僻，自從母親過世後，他便將母親的屍體保存在家中，好像她從未死去。」

記者接過沉甸甸的犯罪學實錄。

這是葉教授的拿手好戲。

對他來說，知識是可以計算重量的，最簡單的方式就是將書放在磅秤上，指標最後停在哪個數字，知識就值多少。每次葉教授將最有份量的犯罪學實錄慎重其事交給他人時，根本就不是要對方閱讀。

而是，最有效率地取得對方的尊重。

「後來Edward變本加厲，跑去掘墓偷屍，將偷來的女屍剝皮並縫製成人偶，還把人皮作成燈罩、用人骨刨碗、用乳頭製作成皮帶、人臉切下來當作面具等五花八門的『人類手工製品』。最後他殺死了附近酒吧的老闆並肢解剝皮，才被警方發現。」葉教授雙手攬後，倒背如流：「雖然聽起來很可怕，但Edward終究也有可憐之處，長期與世隔絕的人生與過度依戀母親，讓他對自己的犯行毫無做錯事的感覺。最後Edward的精神狀態後來被法院判定無罪，強制送往醫療機構治療，據說後來還成為一個慈祥的老人。」

「這……跟把貓縫進子宮比起來，好像也沒有特別了不起的地方。」

「沒有了不起嗎？與世隔絕的小鎮，過度依戀母愛的扭曲，天真無邪的犯罪，製作人體手工藝品的世界……」葉教授頓了頓，打量著記者：「沒有似曾相識的感覺嗎？」

「一九六〇年，希區考克，驚魂記。」

「不只。」

「一九九一，沉默的羔羊。二〇〇一，人魔。二〇〇二，紅龍。」記者呆呆地從如數家珍的電影記憶庫中說出：「桑莫斯的漢尼拔三部曲。」

「沒錯，許多好萊塢的驚悚犯罪電影都是取材自無心插柳的Edward先生，就連一再翻拍的德州電鋸殺人狂都是向Edward取經的經典。」葉教授毫不留情地批判：「相形之下，貓胎人那種機械式的犯罪，怎麼能夠跟Edward的天真邪惡相提並論呢？連替Edward擦鞋子都不配。」

「……」記者沒有說話。

這個反應，讓葉教授有點反感。

默不作聲，是在質疑自己的專業能力嗎？於是葉教授走到記者旁，在犯罪實錄上快速往前翻了一大疊，最後停在註記浩繁的開膛手傑克那章節。

「一八八八年，妓女瑪莎被發現陳屍在移民混雜的倫敦白教堂區，身中三十九刀，此後至少有五名妓女遭到開膛手殺害，腸子被拖出、子宮遭到挖除，行兇手段有如外科手術，其殘忍大大震驚社會，說起來，開膛手傑克也是世界上第一個由報紙媒體命名的連環殺手，此例一開，他就擁有了魔鬼的地位。」

「原來還是媒體。」

「沒錯，當時在媒體的推波助瀾下，整個城市瀰漫著恐怖的氣氛，日落之後街頭罕有人跡。後來還有許多命案都被懷疑是開膛手傑克所為，其實都是別的殺人犯模仿開膛手傑克獵殺妓女犯案，你說，就連其他的殺人犯都為之傾倒，恨不得透過相似的犯罪儀式去『成為』開膛手傑克，他能不經典嗎？」

葉教授喝著牛奶，像是緬懷犯罪史上最經典的篇章。

記者碰巧也研究過開膛手傑克，可是他一點也不覺得一個多世紀前的犯罪者，只是憑著用手術刀到處獵殺妓女，如何能夠跟貓胎人相提並論。

「但他不過是殺死雜草般的妓女，貓胎人殺的可是孕婦。」

「孕婦又如何?就算把犯案用的救護車開到紅綠燈前停著，貓胎人也不過是靜靜地動手。謎一般的開膛手傑克，他的犯罪之所以讓整個社會陷入人人自危的恐慌，就是他寄了一封附有死者腎臟的信挑釁倫敦警場，肆無忌憚的囂張奪走民眾對警方的信任，徹底讓倫敦警場蒙羞。而且民眾嗜血地關注開膛手傑克的所有報導，讓倫敦的報紙賣到空前的好！」葉教授莞爾。

葉教授走到記者身旁，伸手想拿回厚厚的犯罪學實錄，繼續說道：「儀式性連續殺人犯從此變成犯罪小說最好的題材，所謂的犯罪追隨者，不過都是開膛手傑克的贗品。」

然而，葉教授發現記者的手牢牢地抓著犯罪學實錄，抽也抽不回來。

「我還是覺得，把貓縫進孕婦的肚子裡比較了不起。」記者的眼神有些呆滯。

「……」葉教授又試了一次，犯罪學實錄仍舊牢牢嵌在記者的手裡。

記者放在地上的背包，好像抽動了一下。

不知怎地，一滴汗從葉教授的後頸滲出。

汗，是冷的。

「你知道，要把貓縫進一個人的肚子裡，是多麼了不起的手術嗎？」

記者的眼神依舊空洞，好像瞳仁裡藏著一望無際的沙漠。

「你……」葉教授倒抽一口涼氣。

要命。

原來是這麼一回事。

葉教授的雙腳只顧著發抖，卻連一點逃跑的力道都擠不出來。

「教授，來不及了。」記者緩緩從後腰抽出一把手術刀。

葉教授跌坐在地上，掀倒桌上的餐盤與牛奶。

記者臉上的胎記不自然地抽動，眼神裡的沙漠刮起了狂暴的風。

露出，貓胎人的血肉。

「你……你……」葉教授嚇得無法言語，像無行為能力的嬰兒癱在地上。

貓胎人迅速壓制地上過度恐懼的犯罪學家，一手摀著他的嘴，另一手，刀子迅速確實切開了脖子兩旁的肌腱，鮮紅的血慢慢湧出。

「在改版後的犯罪學實錄裡，貓胎人才是真正的連續殺人案的典範。而你，你也會成為典範的一部份。」貓胎人的冷笑裡，激昂著忿忿不平的情緒，在痛得快要昏厥的葉教授耳邊說道：「還有，你忘了解釋開膛手之所以成為典範的最大原因……」

葉教授的牙齒緊緊咬住貓胎人的手掌。

手術已經開始。

「沒有人抓得到我，我也將成為永遠的謎。」

6

只花了一個半小時，貓胎人就離開一片狼藉的葉教授家，還洗了個澡。

臨走前他拿走了葉教授的手機，迅速在便利商店打了電話報警，以免趕不上晚報發刊的時間，然後將手機遺留在捷運上，讓警方的電信搜索陷入迷陣。

斷斷續續進行了「三道手術」，睡眠嚴重不足，貓胎人找了間廉價的旅社休息。但躺在床上的他卻怎麼也睡不著，眼睛瞪著吊著風扇的天花板，捨不得闔眼似的。

指尖，還殘留著手術時的微微顫抖。

剛剛在地板上進行活體解剖與縫合，只花了他半小時的時間。

其餘的一小時，便是貓胎人殫心竭慮思考「自己想傳遞什麼訊息」給社會大眾的問題。站在屍體旁，蹲在屍體旁，坐在屍體旁，看著露出縫線的貓尾巴虛弱地擺甩，葉教授的肚子從激烈起伏到微微震動，最後終於只是多了一團凸起。

貓胎人大部分的時間都在發呆，或祈禱法醫在檢驗屍體時會發現這隻貓是活生生被縫進胃袋裡，一碰到「訊息」該怎麼製作，貓胎人的頭就開始發熱。

也許葉教授說的對，自己真沒有什麼好說。

「不對，我一定有話想說，只是我暫時還想不大起來。」貓胎人用極大的力氣拍打腦袋，有些氣惱說：「一定是睡眠不足……新聞不是常說嗎？睡眠不足腦子裡的氧氣會變少，氧氣一少，人就會頭昏腦脹……就跟高山病一樣。」

後來他決定切下葉教授的手指，沾著幾乎凝固的血，憑著直覺在地上胡亂畫起幾個象徵魔鬼印記的六芒星、666、納粹卍字、與末日審判等字眼。

四平八穩的變態語言。

「唉，真希望自己不要被當成膚淺的犯罪者。」貓胎人的頭陷入鬆軟的枕頭裡，虔誠地祈禱著。腦子依舊無法平靜。

晚報會怎麼形容自己呢？貓胎人打開電視，留意小小螢幕上的新聞動態，瞇起眼睛，等待跑馬燈的要聞提示。

時間慢慢過去，貓胎人佈滿血絲的瞳孔裡塞滿了新聞畫面的馬賽克顆粒。到了中午，警方終於發佈了這項消息，無數記者蜂擁到葉教授家門口搶拍驚悚的兇案現場，那眩目的鎂光燈在螢幕上此起彼落，貓胎人欣慰地目不轉睛，享受著屬於他的光榮。

「殺一個名嘴，果然比殺平凡老百姓還要有用。」貓胎人坐了起來，嘆氣：「早知道一開始就該挑大明星或腦殘立委下手，比較有宣傳效果。」

貓胎人把眼睛朝廉價螢幕更貼近些，遙控器在手中不停切換著六個新聞頻道，比較著各家媒體對他的關注力。

終於，負責偵辦此案的刑事發言人出來說明整個案情，與警方初步的判斷，戴著金絲邊眼鏡的發言人面無表情唸著稿，聲音並沒有如貓胎人想像中的慷慨激昂，也沒有用上什麼強烈譴責的字眼。

「搞什麼啊？我可是縫了隻貓到那臭名嘴的胃袋裡，你怎麼還是照本宣科讀稿啊？還是不是人啊……」貓胎人非常不高興，碎碎唸道：「難道還不夠聳動嗎？台灣這個地方平常有很多像我一樣變態的犯罪嗎？」

沒多久，發言人就宣佈唸完講稿，現場記者開始唧唧喳喳提問。但發言人並沒有回答的意思，低著頭，匆匆離開記者環抱的陣仗。

「這樣就結束了？怎麼不回答記者的問題咧！」貓胎人吃了一驚，左手用力拍打螢幕嚷道：「喂！這次我有留下訊息啊！訊息！訊息！」

但沒有。

「怎麼可能，我不信，這一點道理也沒有！」貓胎人拼命按著遙控器，不停在六家新聞頻道裡切換，想喚回警方發言人的背影。

葉教授離奇遇害的新聞很快就濃縮成幾句跑馬燈，主畫面帶到遭收押禁見的前總統府秘書長被暫時飭回、總統女婿卻被爆涉嫌內線交易的醜聞，以及在野黨強烈炮轟總統下台的群情激憤。

完全沒有提到貓胎人費盡心思的訊息傑作。

趴搭。

趴搭。趴搭趴搭。

趴搭趴搭趴搭趴搭。趴搭趴搭趴搭。

貓胎人的頭開始痛了。

痛，從臉上的胎記開始蔓延，發燙，抽搐，然後像一把火沿著鼻腔燒到他的腦。畢畢剝剝。畢畢剝剝。貓胎人感到口乾舌燥。

走到浴室強沖冷水壓制焦灼燥鬱的頭痛後，貓胎人便戴上帽子離開旅館，在便利商店翻看雜誌等待，工讀生瞪著他，他便冷冷瞪了回去。晚報一上架，貓胎人迫不及待買走兩份。

壓抑著劇烈的心跳，貓胎人走到最近的公園找了張長椅坐著，好好品嚐。然而發言人毫無新意的講稿被逐字抄在晚報上，屍體照片被打了一個龍飛鳳舞的馬賽克，字跟圖加起來只佔了頭版的一半。其餘一半，是總統駙馬在看守所前回首見藍天的畫面。

「這是怎麼一回事？大家罵起總統……都比罵起連還殺人兇手還兇？」貓胎人憤怒地摔報紙，怒道：「這個社會生病了！難道要我沿街殺人才能把頭版佔滿嗎！」

他眼前一黑，漫無目的走在公園裡暴走著。像是自動駕駛模式。

等到意識清醒，他發現自己正盯著一個坐在樹下乘涼的孕婦猛瞧。

「操！」

貓胎人重重朝孕婦的大肚子一踹，然後快速逃離現場。

7

或許報紙上常可見警察貪污舞弊的醜聞，但不可否認，警察是最接近社會上光怪陸離一面的職業，壓力之大一般人很難想像。尤其是刑事。

待在刑事組一年，會覺得什麼事都充滿了怪異。

待三年，肯定相信世間有鬼，人間有報應。

若運氣不好待上個十年，那便遇見什麼也不覺得奇怪了……報應？什麼報應？那是電視跟小說裡才有的東西。

今年，是川哥進北市刑事組第十三年。

不吉利的數字。

川哥蹲在地上，滿地觸目驚心的乾涸血漬，與凌亂的貓毛。

他想起了多年前一樁奇怪的血案。

一個人財兩失、遭到惡意拋棄的酒家女，不辭老遠潛入負心漢家裡，在他的房間懸梁自盡。當時負心漢兀自呼呼大睡，她的屍體就晾掛在負心漢的床前，百分之一千萬，就是想將負心漢嚇到得一百次神經病。

離奇的是，那位酒家女的肚子還被剖開，腸子像麵線般倒了出來，兩邊嘴角還被利刃往上切開，讓臉型異常的邪惡——顯然有第二人受雇，加工了酒家女的死亡。

為了毀滅掉另一個人，人類可以變得非常恐怖。

恐怖到樂意先毀滅了自己。

那件始終懸而未解的案子也順便毀了幾個重案組的同事，讓他們在連做了好幾天惡夢後一齊遞出辭呈，且堅拒長官的慰留。

「南搞軌，北貓胎。大案子啊老大。」丞閔喝著剛沖好的熱咖啡。

川哥接過特濃的咖啡，大大灌進一口，希望藉此將鼻腔裡的腥味給沖去。

用粉筆畫成的白色人形線裡，死者驚恐的表情猶如蠟像，下腹隆起好大一塊，肚子裡飽滿著屍水，胃囊裡強塞著一頭死肥貓。

是窒息而死？還是原本就是隻死貓？為什麼一定要貓？

以上的答案會是關乎緝兇的要件嗎？

「你的第一印象？」川哥看著死者眼角白膜上倒映的自己。

「這個兇手不喜歡貓。」丞閔用鉛筆逗弄著縫線外露的貓尾巴，僵硬到好像有一根鐵絲藏在裡頭似的，正經八百道：「非常非常不喜歡。」

不同於之前的孕婦慘狀，男性死者除了腹腔遭到破壞外，肩膀兩側肌腱也被切斷，且沒有維生的營養液點滴，顯然兇手改變了做法。

原因何在？

是貓胎人想變換把戲？還是兇手另有其人……模仿貓胎人手法的第二兇手？

如果是前者，為什麼要變換作案的目標？跟那些沒有章法的魔鬼塗鴉有關係嗎？亂七八糟不成系統的魔鬼符號，除了瘋狂，看不出有任何意義。

突然間，川哥想起了什麼。

他仔細挑開縫線審視，眼睛眨也不眨。

忘了在哪看過，李昌鈺寫的書還是CSI那類的犯罪影集，總之，每個醫生進行外科手術後留下的縫線都不一樣，不可能一樣。即使是一樣的縫法，也可明辨每個醫生不同的風格。

此時不需要求證法醫，死者肚子上的縫線連外行的川哥也看得出來，跟前兩個案子是同一人所為，只是每一次都有技術上的進步，但處理的風格上則沒有任何改變。

「我們走運了。」川哥說。

「怎麼說？」丞閔精神一振。

「抓一個兇手，總比抓兩個兇手好。」川哥緩緩站了起來，又喝了一口咖啡，簡單環顧四周。

門鎖完好，窗戶緊閉，現場沒有強行進入的痕跡。

按照連環殺人的犯案脈絡，貓胎人不可能是熟人，所以他是個高明的鎖匠？還是貓胎人用了讓死者願意把門打開的特殊身分？募款？推銷？收第四台費用？還是查戶口？

法醫說死亡的時間大約是早上十點。十點，這可是個荒謬的時間。

「大白天的。」川哥皺眉，仔細思考：「有誰會選大白天犯案？」

「所以先將吸血鬼排除在外。」丞閔想也不想。

「非常有見地。」川哥豎起倒拇指。

他並不討厭丞閔的冷笑話。比起陰沉寡言，話多一點比較讓人接受，畢竟警察是一份在逼人發瘋上很有效率的工作，川哥就看過兩個長期一起工作的夥伴被超載的案件給壓垮，一個神經衰弱，一個試圖申請提早二十年退休。

——如果是丞閔，應該可以撐很久吧。

「老大，我說這個人瘋了。」

「誰都看得出來。」

「不是，是真的瘋了。」

「喔？」

「好萊塢電影裡的連續殺人犯，總是非常依循自己建立的規則去犯案，就說德州電鋸殺人狂吧，他殺人，除了電鋸外什麼也不用，水晶湖傑森殺人時百分之百戴著白色洞洞面具，儀式就是那些連環殺人魔的宗教，如果有工會……如果真有工會的話，但貓胎人好像連這個基本倫理也不管了。」

川哥審視肩膀肌腱上的切口，乾淨俐落，沒有一絲猶豫。這手法比起職業殺手也不遑多讓，貓胎人是想證明自己不只能虐殺脆弱的孕婦，而且連男人也可以輕易殺掉嗎？還是，殺掉犯罪學家特別有成就感？

「動機是破案之母」，每個刑警奉為圭臬的箴言。

在這串案子裡，兇手的動機在不同被害人的特性間怎麼連也連不起來。原本是兩個孕婦的強烈特徵關係，大可朝台灣第一宗儀式殺人的方向偵辦，不料一日之內就被第三個案子給輕易毀掉了連結。

只剩手術，只剩貓。

手術，跟貓。

手術。

貓。

「這麼說也有道理，一個不受工會條款約束的破格殺人魔。」川哥喝完最後一滴咖啡，惋惜似看著空空如也的馬克杯說：「不過……我有個新想法。」

「喔。」

「如果貓胎人不是自發性的犯案呢？」

「什麼意思？是說他被魔鬼附身了嗎？」

虧你想得出來，川哥差一點要將馬克杯摔向丞閔。

「我是說，如果貓胎人是受雇於人呢？」

「……殺手！」

「那麼，這一切似乎就可以說得過去了。」川哥點點頭，說：「大膽推測貓胎人只是個接單殺人的專家，那麼要殺誰對他來說並不構成選擇，他只是執行的工具，將貓縫進被害人腹腔裡的手法只是他身為殺手的獨特印記。」

丞閔瞪大眼睛。

「老大，這想法不賴。」丞閔一臉的佩服。

這傢伙實在很容易滿足。

「只是猜測。」川哥點了根菸，當作是慶祝。

「不過，當殺手幹嘛不低調點啊？只要往脖子輕輕劃一刀就可以回家收錢了，他幹嘛要搞出這麼複雜的手術，到時候被我們抓到，想賴掉其中一個案子都沒有辦法。」

「偏偏就是如此。職業殺手的作案手法一向有高度的辨識性，這是為了方便向委託人收取尾款的重要依據。簡單說，如果目標碰巧因為車禍撞死，或是突然自殺死掉，那委託人憑什麼要付給殺手錢呢？再說吧，如果有兩個委託人同時下單殺一個倒楣鬼，最後倒楣鬼死了，終究也只能有一方的殺手可以順利請到錢，這時就要看倒楣鬼的死法去證明下手的是不是接單殺手的一貫風格囉。」川哥當了十三年的刑警，耳聞的殺手傳奇豐富到可以編成一本殺手百科全書。

「老大，你實在是太了不起了！這也就是說，我們的真正對手不是貓胎人，而是下單給貓胎人的幕後黑手是吧？」丞閔一臉豁然開朗，柳暗花明又一村的激動。

經常有這種感覺的人，實在該反省一下自己為何老是在黑暗中摸索、等待別人為他點燈。

「不過老大，就算是殺手，有必要殺得這麼急嗎？現在風聲可是緊得很啊。」一個正在房間裡採集可疑指紋的鑑識人員，突然抬起頭來亂入。

好問題。

「如果貓胎人的手中有一長串的目標名單……那麼，趕進度殺快一點也是很合理的。」丞閔幫川哥自圓其說。

這個殺手理論才剛剛端了出來，就捧出一道顯眼的裂痕。

川哥搔搔頭，但丞閔這番幫腔讓他感到面紅耳赤，連菸都忘了抽。

「……在殺手的前提下，或許是接單條件裡的要求吧？總之還未定論，最壞的情況莫過於，貓胎人還會殺掉第四個、第五個受害人當作破案的拼圖給我們。如果我們不能解謎，那麼還會有第六、第七個死者要建檔。」川哥看著那些666、六芒星等鬼畫符，他是不可能承認那些瞎拼湊是兇手想跟警方對話的線索。

充其量，那不過是貓胎人想戲弄警方的一種宗教迷霧罷了。

此時封鎖線拉開，一個警員陪著葉教授的遺孀走了進來。

遺孀穿著一身黑，臉上盡是哀容，淚痕未乾。

好年輕……這是川哥看見死者遺孀的第一印象。

「怎麼會……」

遺孀一看到慘死的葉教授，害怕又激動，差點腳軟跌倒。

川哥及時扶住，嘆氣：「不是叫你們別讓家屬進來嗎？這種現場要怎麼安慰人家。」川哥揉著遺孀顫抖的肩膀，拍拍她的背安撫。

警員聳聳肩，一副無能為力：「長官，樓下都是記者，怎麼應付啊？」

那種場面一向不是川哥的菜。

「丞閔，去。」

「我去？」

「記者最喜歡天馬行空的幻想了，這個你最在行，去處理一下。」

「是可以啦……」丞閔整理髮型起來：「說什麼都沒關係嗎？」

「目前為止都是我們的幻想，說點幻想不算透露偵查進度的，去吧。」川哥頓了頓，說：「常代表警方發言的話，升遷也快點。」手裡還是摟著哭得死去活來的遺孀。

「是。」丞閔忍不住皺起眉頭。

川哥啊川哥，你的老毛病又犯了。

8

剛過了晚飯時間，餐桌旁，粉紅色的點滴袋搖搖晃晃。

一邊看著電視上的新聞快報，一邊跪在地上將少婦的肚子給剪開，疲憊的貓胎人掏出血淋淋的新生兒，隨手丟在塑膠袋裡紮好。餵貓的時候派得上用場。

「太久沒睡了，人也恍惚了，犯罪真是一個很辛苦的職業。」貓胎人嘆氣，拍拍少婦垂淚的臉，說：「恭喜太太，是個男的。」

少婦無力地看著身旁的塑膠袋，她無緣的孩兒甚至連一聲哭嚎都沒有。

比起晚報與總統駙馬分享版面，晚間新聞對待貓胎人就公道多了，給了相當份量的報導，甚至表列了幾部好萊塢犯罪電影去比較他的犯罪。而最熱門的幾個八卦談話性節目都選了貓胎人作為本日的話題，讓貓胎人疲困的臉色逐漸打開，露出欣慰的笑容。

「你看，我可是大人物呢。」貓胎人轉頭，看著坐在搖椅上的男主人。

男主人的腳踝肌腱被貓胎人的手術刀給割斷，那是酷愛看犯罪電影的他自《恐怖旅舍》學來的招數。長期以來，他很滿意電影所教他的一切。至於在男主人的大腿上不深不淺地砍一刀，再覆蓋溼熱的毛巾放血，這就是貓胎人獨特的虐殺見解了。

「……請放了我太太，求求你，請放了我太太，現在送醫還來得及，我們不會報警舉發你的。」男主人蒼白的臉，虛弱的聲音連發抖的力氣都沒有。

「對不起，這種險我冒不起。請接受你們的命運吧……」貓胎人將背包袋打開，拿出一隻渾身無力的大肥貓，說：「往好的方向想，你們這種平凡人家一輩子都別想出風頭，但是拜我的犯罪所賜，明天、後天甚至更久以後的報紙跟雜誌都會提到你們，有些人看了還會為你們掉幾滴眼淚呢。」

男主人激動地想握拳，手指卻因大量失血而冰冷麻木。

努力將肥貓亂七八糟塞進遭強制破壞的子宮，少婦痛得滿臉盜汗，貓胎人兀自自言自語：「你知道嗎？生小孩這種事真的很麻煩，又不保證他會有成就，就算有成就，將來也未必會養你，就算他有成就也願意養你，操，你可未必能捱到他養你是吧？算了罷，生一隻貓豈不實在點。」

一陣手忙腳亂，少婦已經昏了過去。

貓胎人開始縫縫補補，手法熟練。

男主人歇斯底里地乾嚎，一下子哭，一下子罵，一下子沉默不語。最後，男主人的聲音宛若剛剛從冷藏庫裡拿出來，任何人聽了都會打起哆嗦。

「要多少錢……你……才肯……才肯……送我太太去醫院……我銀行裡還有一些……一些……一些……」

「不用，我是免費服務的。」此時，只講究縫起來不講求好好縫的貓胎人已經大功告成，拍拍少婦的大肚子，站了起來。

打開冰箱，為自己倒了杯冰牛奶，貓胎人拿著遙控器到處亂轉。

此時，警方有了新的發言人，是一個年輕英俊的小夥子，他鉅細靡遺說著警方的推測，對記者每個提問都不吝回應。貓胎人坐在沙發上，聚精會神聽著警方的進度，與更重要的……對他的看法。

年輕的發言人指出，由於種種證據與跡象，警方合理懷疑貓胎人的犯罪背後還有一隻看不見的手，貓胎人非自發性犯罪的可能性不低。

「背後的那隻手？」貓胎人愣住，豎起耳朵連續看了三次新聞重播確定自己沒有聽錯，無法接受道：「背後哪隻手？我獨來獨往，哪有人在命令我！」

放在地上的染血手術刀，映著貓胎人忿忿不平的臉孔。

電視上。

「這麼說起來，貓胎人很可能是受雇他人的殺手？」東森記者。

「這只是警方目前的假設。」年輕的發言人微笑。

「那麼貓胎人背後的真兇警方有頭緒嗎？能不能透露一下。」中天記者。

「我們警方怎麼可能有對孕婦懷有恨意的人的名單，不過我們已經著手調查了，一定會在短期內給社會大眾一個交代。」年輕的發言人愣了一下，說：「如果真的有，也不會在這個階段透露吧。」

「請問破案有沒有時間表？」TVBS記者。

「破案是坐火車嗎，哪來的時間表。」年輕的發言人又愣了一下。

貓胎人焦慮地在十坪不到的客廳裡走來走去，警方這種差之千里的臆測徹底污辱了他，而開始縫貓殺人後始終沒有好好闔眼的貓胎人，也越來越接近瘋狂的臨界點。

他需要休息。需要好好睡一覺。需要暫時讓大腦停止活動。

但他拿起了室內電話，胸口劇烈喘伏。

9

三立新聞台，鄭弘義的「大話新聞」現場轉播節目裡，邀請到的藍綠雙方來賓正為了總統駙馬涉及內線交易的議題大發議論，激辯不止。而觀眾也一陣又一陣打電話進去狂罵時事。

「一句話！總統駙馬如果不是仗著他岳父的勢力，他怎麼去關說！怎麼會有人閒閒沒事給他飆股的內線消息！切割不掉嘛！」激動的藍營立委用力拍桌，斥道：「如果殺手月現在去幹掉總統駙馬，相信一定舉國歡騰！」

「別那麼激動，我們節目並不鼓勵月的行為，這個必須鄭重聲明。」主持人鄭弘義對著鏡頭認真說道。

「說到月，我其實每天都有上殺手月的獵頭網站，但殺手月為何遲遲不將總統駙馬列進獵頭名單呢？是不是代表月的政治立場其實是綠色的？」名嘴陳立鴻頗有深意地誘導。

「等一下，我覺得這麼說有失偏頗，畢竟我不討厭你並不代表我就站在你那一方啊？」名嘴陳輝文迅速回堵：「再說，內線交易算得上什麼殺頭大罪？憑什麼月要把他歸類到名單裡？」

「的確，藍綠的劃分對月來說，或許是一種侮辱。」主持人鄭弘義點頭。

「或許我們可以這樣解讀喔，我認為這是月對司法有一定的信任，總統駙馬沒有排上名單，跟李泰岸同樣沒有受到月青睞的原因一樣，就是他們已經進入了司法調查程序，月相信法律會給他們制裁。」名嘴黃光琴如是分析，頓了頓，說道：「某個程度我們必須承認，月對司法還保有信心是值得我們讚揚的。」

「非常有趣的觀點，不過好像偏離了討論的主題，我們針對總統駙馬涉及內線交易炒股的醜聞，繼續開放觀眾call in……新竹，新竹的林先生你好。」主持人鄭弘義整理手上的稿子。

「喂？大話新聞喔！」

「請說，林先生請說。」

「挖塞林娘！挖幹你娘！挖……」

切斷。

「謝謝新竹林先生的指教，希望觀眾能幫我們維持節目的格調。高雄的張先生，張先生請說。」主持人鄭弘義苦笑。

「雖然髒話是比較有粗啦，不過也比較傳神啊，所以我贊成剛剛那通call in的看法。」高雄的張先生寒暄了幾句，便開始破口大罵：「幹你娘咧總統駙馬涉及內線交易又怎樣？我們老百姓又沒有損失，你們藍營當不成總統的幾個混蛋在凱達格蘭大道那邊鬧來鬧去是怎樣？股市每天都跌一百多點，股民的融資都快斷頭啦！是還要鬧到什麼時候？幹！」

鄭弘義快速切掉。

「雖然不能說內線交易不構成經濟重創就可以不被譴責，但也是來自民間的一種觀點，我們要給予尊重。」鄭弘義莞爾：「但還是請打電話進來的民眾自制，不要口出髒話喲。我們接聽下一通電話，台北，台北貓……貓先生？」

「主持人好，全國觀眾的朋友，大家好。」

「你好，請說。」

「大家都高估了殺手月，其實，我比殺手月更厲害。」

「喔？這個倒新鮮。」鄭弘義跟名嘴來賓都笑了出來，這是什麼發言啊。

「不要把我切掉，不然我就立刻殺死剛剛完成的作品。」

鄭弘義愣了一下，來賓們面面相覷。

「我先自我介紹，我是貓胎人，最近幾天用特別的方式跟這個社會打過招呼，現在冒險打電話進節目的目的，第一是想告訴貴節目製作，我連續殺了三個人，縫了三隻貓，現在正處理第四個跟第五個人，你們節目怎麼還在炒總統駙馬的冷飯，應該聊聊我才對啊！你們難道不知道全國都很想知道我的下一步嗎？我才是真正的新聞。」

這通自稱貓胎人的電話，讓錄影現場的氣氛整個僵硬。

製作人在攝影機旁呆若木雞，完全不知道該怎麼辦。

進廣告？

「不好意思，你有什麼證據證明你就是貓胎人本人？」鄭弘義小心翼翼。

「證據？你這樣問我，一時之間我也不知道怎麼證明。這樣吧，我剛剛縫進去的貓是一隻黑白條紋的母貓，而且還順手做掉了孕婦的男人，明天你們看報紙就會知道我所說的都是真的。」未經變聲的聲音十分冷靜，繼續說道：「時間寶貴，我得快點進入另外一個重點。」

鄭弘義深呼吸。

「請說。」

「我剛剛看了警方的最新說明，全是沒有根據的胡說八道，什麼我的背後有黑手？那是什麼意思？我貓胎人犯罪是單槍匹馬，完完全全一個人，我背後沒有老闆，沒有金主，是個殺手中的殺手，比起收錢辦事的月，我才是真正完整的。」

「就當作你是真的貓胎人好了，我請問你，你的犯案動機到底是什麼？」

「……」

「請說？」鄭弘義嚴肅地看著螢幕。

「我的犯案動機……一時很難說得明白，你們這些凡夫俗子也不會懂的。」

鄭弘義皺著眉頭，全場來賓沒有一個敢接話。

「那麼可以請問，你有什麼訴求嗎？」

「至於訴求……」

長達十幾秒的沉默。

來賓陳輝文忍不住插話：「貓胎人先生，你用這麼殘忍的手法犯罪，短短幾天製造了多少社會恐慌，難道沒有任何訴求？」

「我不能多說了，這通電話已經暴露我的行蹤了，下一次……」

「嗯？」

「下一次，我還會從別的犯罪現場打電話給貴節目，幫你們創造收視率，希望你們能多談談我對台灣犯罪史的創新與影響，貓胎人，我本人，在這裡跟全國觀眾說聲晚安。」

電話掛掉。

進入廣告前，大話新聞已創下了節目開播以來最高的收視率。

10

第四個犯罪現場，除了兩張受盡折磨的冰冷臉孔外，地上用鮮血寫滿了中國傳統的鎮鬼符咒狂草，與從易經胡亂抄下、不明究理的卜筮之辭，例如風天小畜、地火明夷、天雷無妄等。

大概是貓胎人急於逃走，這次的「留言」佈置遠不如第三個犯罪現場。

中午休息時間，距離命案現場半條街的麥當勞。

「老大，你怎麼看？」丞閔咬著大號漢堡。

「或許真的就跟貓胎人那通電話說的一樣，他是單純的變態犯案吧。」川哥將薯條沾著可樂吃，回憶昨晚與葉教授遺孀柔軟的溫存。

每次都是這樣，等到川哥開始反省自己到底在做些什麼的時候，他已經趴在大汗淋漓的女體上奄奄一息。大概是天性同情弱者，他總是與刑案的受害者遺孀或家屬搞在一起，因為肉體絕對是最快撫慰悲傷的器官。

改也改不掉的，性癖。

「他可真夠囂張的，可惜報紙上刊得這麼大，但是檢調跟警力早就被其他的大案子給分去了，大家一定都不曉得，破案的關鍵全繫在我們的身上呢老大！」丞閔說得憂心忡忡，臉上卻頗有驕傲之色。

最好是這樣。

「如果是沒有後台的單純殺人魔，硬要用同一種手法犯罪，深怕別人不知道案子是他做的，我想貓胎人一定幼稚得很可怕。」川哥將命案現場的照片一張張攤在桌子上，指著屍體旁那些鬼畫符，說道：「昨天我請教過當道士的朋友了，這些宗教符號加起來等於沒有意義，而且全都是一些隨手可在市面上抄到的東西。」

「媽的，我們警方哪這麼容易被誤導，老大一下就給他破解。」

「正好相反。」川哥將幾條沾了可樂的薯條吞進肚子裡，慢慢猜測道：「從貓胎人會冒險從犯案現場打電話給電視節目澄清這點來看，可以推論貓胎人是個非常在意別人對他看法的壞蛋。他不怕別人說他變態，卻很怕別人誤解了他，所以在地上留下大量抄襲混用的東方符咒。加上上次葉教授屍體旁的西方魔鬼符號，貓胎人並非刻意誤導警方辦案，而是他很努力地在延伸他的——儀式。」

「有道理，貓胎人還在慢慢創造屬於他的殺人魔法則，只是手法很拙劣。」

「何止拙劣，我猜他大概想破了頭也不知道自己應該怎麼延伸儀式，只好隨便塗鴉打混過去，硬要幹而已。」川哥不置可否，隨意說著：「以前還在警校時，有一堂課的教授是個快退休的臭老頭，平常他教什麼沒有人在聽，到了期末考，大家拿到考卷自然什麼也寫不出來，怎麼辦？大家就開始抄題目，每個題目完完整整抄五次當作回答，後來每個人全部及格過關。我大膽推測，貓胎人現在還找不到他犯罪所為何來，只好抄抄題目當作答案，想要搪塞過去。」

「說到道士，老大，我們要申請隊上的觀落陰基金嗎？」

「喔？別出心裁喔。」

「截至目前為止已經有六個被害人了，通靈的事我不懂，不過按照召喚到正確亡靈的機率，少說也會有一個亡靈會告訴我們貓胎人的長相或特徵吧？如果走運問出貓胎人的身分證號碼，哈！那不就提前結案！」

「丞閔，你真是個快樂的警察啊。」

「哈哈哈，幹嘛誇獎我啦！」

川哥看著麥當勞樓下的熙攘人群，嘆氣。

不過川哥的心裡已經有了初步的對策，這個對策說不定……

11

那一夜，殺人魔call in進談話性節目解釋犯罪，繼陳進興綁架南非武官一家人後，成為最火熱的反面教材。連續兩天的報紙頭條標題，都讓貓胎人非常滿意，每週三上架的壹週刊也用了偷偷流出的葉教授死狀照片當封面人物。

從任何一個角度來看，貓胎人都是炙手可熱的話題人物，如果全台媒體當下就要全民票選年度犯罪人物，說不定在一週內連續殺了五個人的貓胎人可以擊敗殺手月。

「早該這樣了，早該這樣了。」貓胎人沾沾自喜，讀著報紙上的標題。

貓胎人竭盡所能蒐集他所能買到的報章雜誌，將關於他的報導與讀者投書通通剪下、歸類、劃線製作筆記。不過這點自我崇拜的份量對貓胎人來說根本不算什麼，真正讓貓胎人無法一刻闔眼的，卻是洪水般的群眾發言。

什麼樣的媒體，能夠每分每秒都在製造社會新議題？毋庸置疑，網路。

成千上萬名網友聚集在各大論壇寫文章，譴責、咒罵、揶揄、諷刺貓胎人的囂張犯罪，而同時使用十幾個帳號分別扮演十幾個角色的貓胎人，沒日沒夜地守在網咖電腦前，忙碌地逐一回文、重新發文。

掌握住許多記者都喜歡跑到bbs網站，將網友的議論抄成新聞的速食心理，貓胎人不斷翻炒特定的貓胎人議題維繫熱度。有的帳號負責強烈譴責貓胎人；有的帳號公開聲稱如果貓胎人被捕，他就全裸游台大醉月湖一圈；有的帳號煽風點火、特意挑釁網友的情緒；有的帳號專門從犯罪電影的角度觀察貓胎人這件大案，提醒網友貓胎人的經典；有的帳號開網路賭盤、要大家下注貓胎人下次的犯案時間與手法；最主要的帳號，則專司討論「大家最希望貓胎人call in進哪個電視節目」這樣的火熱話題。

忙碌的網路世界，讓貓胎人甚至沒有時間去殺第六個人，還得了肌腱炎。

腳底下的提神飲料空瓶越來越多。

「媽的，我真是太紅啦！殺手月花了好幾年擦亮的招牌，哈哈！我一個禮拜就取而代之啦！」貓胎人笑得闔不攏嘴，將消炎片丟進嘴裡咀嚼。

雙手掌底按壓著眼睛，壓著，壓著，試圖消除越來越難受的眼壓。

但，貓胎人的快樂就像毒品製造出來的幻覺，維持不了太久。

第三天。

一個搬著板凳跑到中正紀念堂的雙二一退學生，拉起布條，以讓人無法理解的「召見總統」

宣言，將忘記殺人的貓胎人噗通一聲，擠下了新聞頭版。

「難道二一的學生就不可以愛國嗎？」就是他的無賴名言。

12

「什麼東西？絕食靜坐就想叫總統下台！」

怒氣騰騰的貓胎人將報紙塞進路邊的垃圾桶，然後又重腳將它踢倒。

一輛巡邏警車正好經過，停在垃圾桶翻倒的紅綠燈前。貓胎人狠狠地瞪著警車，警車沒有兩秒便開走，顯然不想多事。

「台灣真的是太亂了，怎麼有這種事？這年頭誰敢餓肚子嗆總統就可以登上新聞頭版，那我這麼辛苦殺人到底算什麼？媒體真的是瞎了眼，瞎了眼……」貓胎人頹然坐在清晨的馬路邊。

臉上的胎記又開始痛了。

即使對最蹩腳的作家來說，那種「痛」仍非常好形容。那是一陣又一陣，像是燒得火熱的棒子敲打在臉上的痛楚。敲敲敲敲敲，夾帶著嚴重的羞恥感，貓胎人幾乎痛到要流出眼淚。

「大概是太久沒殺人了吧？」貓胎人痛苦地蜷著身體，說：「媒體這麼快就忘記我，這一點也不公平。怎麼能夠把一個被二一退學的假學生，拿來跟我偉大的犯罪相提並論？」

一條流浪狗走到垃圾桶旁搜尋食物，翻翻攪攪，一陣風將剛剛貓胎人丟棄的報紙給吹了起來，送到貓胎人的腳邊。

報紙是國際奇聞軼事版。

【記者林彥廷／綜合外電報導】打破金氏世界紀錄是許多人的夢想，美國紐約有一位健康食品店老闆，竟然是全世界締造最多金氏世界紀錄的人。為了更上一層樓，這位老闆昨天在健身球上，連續做屈膝站立的動作長達一個小時，果然又締造了全新的金氏世界紀錄。

畫面上這位在健身球上，不斷蹲下來又站起來的歐吉桑，正是鼎鼎大名的佛曼先生。五十一歲的紐約客佛曼，是全世界締造最多金氏世界紀錄的人，他奇奇怪怪的紀錄，包括用鼻子推柳丁走上一點六公里，還有，在水底跳繩最多下等等。

而他現在又在試圖創造一項新的金氏世界紀錄啦。經過一個小時的揮汗如雨，新紀錄誕生，佛曼先生在一個小時內，在健身球上連續做了一千零三十五個蹲下站起的動作，締造紀錄宣告成功。

同樣在三十號打破金氏世界紀錄的，還有一位英國籍的脫逃專家大衛。只見他用盡各種方法，包括讓自己的手臂脫臼，在二十九秒內順利從連身布袋中脫身，成功打破世界紀錄。同一天當中想要打破世界紀錄的人還不少，不過這位美國飛刀專家，可就沒這麼好運氣了，他連連試了三次，丟了N把飛刀，把美麗的助理嚇得花容失色之後，仍然沒有達到一分鐘內至少丟七十六刀的目標。

看來想要登上金氏世界紀錄，還真是件既困難，又需要運氣的工作。

「無聊，年紀一大把了還整天想著沽名釣譽，實在噁心……在健身球上就算可以待上一個禮拜又怎麼樣？只不是想找名目出出風頭的怪老頭。全世界創下最多金氏世界紀錄的人？可笑啊可笑，全部都是一些芝麻蒜皮的小事。」耳根發燙，貓胎人用力呸了一口口水。

口水吐濺之處，又是一則好玩的新聞。

【記者凌安屏／屏東報導】連續擲出八個聖筊的機率微乎其微，大約只有六千五百分之一，偏偏在屏東恆春就有一名婦女運氣特別好，參加鎮上兩座廟宇舉辦的擲筊比賽，分別擲出八次和七次的聖筊，結果兩場比賽的冠軍都是她，輕輕鬆鬆就把大獎給帶回家，鄰居都忍不住說她根本就是「擲筊王」。

一般人跪在神明前面拼命禱告，還不見得求得到聖筊，偏偏眼前這位阿花姊一擲就是好幾個，鄰居都誇她，不如乾脆當個專職擲筊者算了。阿花姊連續參加恆春鎮內兩間廟宇舉辦的擲筊比賽，一路過關斬將，兩場比賽的擲筊王都是她，輕輕鬆鬆就把獎品帶回家。

擲筊王楊恆花說：「那是神說要給我，才擲得出聖筊，不然好幾百個人參加，怎麼都擲不出來？」本來還有鄰居不信邪，跟她打賭，要是她能當上擲筊王就替她煮飯一個月，哪知道阿花姊有如神助，運氣好得不得了，鄰居只好摸摸鼻子願賭服輸了。

「沒有新聞可以報了嗎？那些記者是怎麼選新聞的？擲筊這種事難道也講實力？連小學生都知道那只是機率！機率！六次算什麼？連續一億次都擲出聖筊也還是機率啊！」貓胎人忿忿不平。這段新聞佔的版面若通通分給他，不曉得該有多好。

的確，貓胎人成名的代價極高，副作用超猛，而且還是個無法攤在陽光下的大紅大紫。原本貓胎人計畫在犯案後風光投案，藉機將關於自己的一切炒到最高點，但與葉教授深談後，貓胎人不得不放棄那麼膚淺的做法。

一定不能被逮到，才能成為經典。

才能跟開膛手傑克站在同樣的立足點上。

真是低調的華麗。

貓胎人摸著隱隱作痛的肚子，連日沒有睡眠的生活讓胃腸沒有好好休息，五臟六腑都亮起了紅燈。腦子裡好像有一瓶翻倒的鹽酸，強烈腐蝕著貓胎人越來越微薄的理智。身體裡飽漲腐敗的氣，就從他的鼻子裡汩汩流出。

不知道乾坐了多久，直到身旁一大早起來準備上班上學的路人多了起來，嚴重發呆的貓胎人才勉強振作。

「隨便去吃個早餐吧，再找個旅舍好好睡一覺，睡醒了，再去殺幾個頭條。」貓胎人拍打著眼睛，眼球好像正在快速膨脹。

搖搖晃晃起身，貓胎人踢著讓他很悶的報紙，走向路旁的早餐店。

端著兩個大肉包跟一碗豆漿，貓胎人在店裡尋找位置。

「嗨！老同學！」

貓胎人一愣，一個胖子朝著他揮手。

他認得這個胖子，高中時候曾短暫坐在一起。於是貓胎人走了過去坐下。

「好久不見啦，上個月的高中同學會怎麼沒去啊？」胖子寒暄。

貓胎人又是一愣。

「高中同學會過了啊？我還以為是這個月呢。」貓胎人深深吸了一口氣。

「哈，上次碰面是什麼時候？前年的同學會嗎？大概有兩年不見了，不過你臉上的胎記實在是太好認了，我遠遠就在猜是不是你了。不好意思啊，哈哈。」胖子大口咬著油條。

「哈，我就猜到是這樣。」貓胎人靦腆地說，吹著湯匙上豆漿的熱氣。

「對了，在哪工作啊？還是自己當老闆？」胖子熱切地問，畢竟他難得遇到了一個、他認為絕對不會有成就的老同學，此時不趁機增加自己的自信，更待何時？

「在一間公司當傭員，很普通的工作，只是要常加班。」貓胎人隨口胡謅，完全沒有實際內容。

「常加班啊？難怪看你的氣色不太好啊，黑眼圈很重，眼睛也太紅了吧。唉，我們雖然還年輕，不過把身體奉獻給公司就太笨了，老同學，公司給我們的死薪水根本不值得賣命演出啊。」

「一點也沒錯。」貓胎人低頭喝著豆漿……你連我的薪水、工作內容都沒問，又怎麼知道我領的是死薪水？貓胎人在心中冷冷地看著他的老同學。

「想起公司發的死薪水，既吃不飽又餓不死，唉，跟當初高中畢業時做的夢完全不一樣，這個社會真的很現實啊，大學念的什麼都沒用上，也不知道當初是去念什麼的，是吧？」胖子擺出所有上班族對現實不滿的一致表情。

「是啊。」

「記得你高中的時候，好像……好像……」

「……」

「等等，我就快想起來了……你高中的時候，好像……好像……」

「……」

貓胎人避開胖子熱切的視線，低著頭，緩緩地吹著早已不燙的豆漿。

「混帳，你什麼都想不起來吧？是啊，我就是那種讓人快速遺忘的人，那又怎樣？需要你提醒我嗎？現在場面尷尬了，你得意了吧？也不想想你自己，你又是風雲人物了嗎？不好意思我也記不得你什麼。」

貓胎人的心整個揪緊。

腦袋裡快要滿出來的那瓶鹽酸，搖搖晃晃，晃晃搖搖。

「哈哈，總之你當初的夢想是什麼啊？跟現在的狀況肯定南轅北轍吧！」胖子自己打起圓場，毫無一點窘態。

「倒是相去不遠。」貓胎人的耳朵開始發燙。

「喔？是這樣的嗎？那倒要仔細聽聽！」

「我想要當一個有名的人。」貓胎人咬著肉包，舌頭上一點感覺都沒有：「非常非常，有名的人。」

「相去不遠，那，你現在很有名嗎？」胖子疑惑的表情。

「我……我目前還在規劃，反正就是那麼一回事。」

就是那麼一回事這七個字非常好用，幾乎可以堵住所有隨隨便便的質疑。貓胎人將半個包子塞進嘴裡，讓自己處於無力多作解釋的狀態。

胖子突然睜大眼睛，猛力點頭，像是想起了什麼。

「這麼說起來，我還記得高中朝會的時候，你常常到司令台接受表揚呢。」胖子的筷子恍然大悟般敲著碗緣。

「喔?你還記得啊!」貓胎人眼睛一亮。

「嘿，怎麼忘得了。這麼說起來……同學間的謠傳，都是真的囉?」

「什麼謠傳?」不解。

「你該不會忘記，你到司令台接受表揚的理由吧?」

「我當然記得，是拾金不昧。」

而且，還是史無前例的連續性拾金不昧。

如果金氏世界紀錄統計出地球上所有學生拾金不昧的次數，那麼，絕對沒有人可以打破貓胎人在高中三年創下的二十四次。可惜了可惜，貓胎人只因此得到了三年的操行優等，無緣因狂撿錢成為名人。

「哈哈哈，對對對，就是拾金不昧。那個時候啊，大家都在私底下談論你怎麼老是撿到錢，老是去司令台接受校長表揚呢?平均每個月總有一次吧?是吧?肯定是你自己把零用錢當作撿到的錢送到訓導處，不然哪有人這麼好運，老是有錢可以撿呢?大家傳得很沸沸揚揚，還說你真是心機重咧!」

心機重?

貓胎人莞爾，直截了當說:「大家想太多了，我幹嘛要這麼無聊把零用錢花在接受表揚這麼膚淺的事？拿去看電影不是更實在？事隔多年，我也沒有理由騙你，當初就是老撿到錢，我也沒辦法。如果早知道大家是那麼猜測我的，唉，我乾脆把撿到的錢花掉不就得了，真冤枉。」

「也對喔，不過這跟你剛剛說的願望好像有那麼一點貼切啊，哈哈！你也別太介意啦，因為若不是有那個謠傳，我對你還真沒印象呢，哈哈哈哈哈！」

胖子笑得既市儈又開心，而貓胎人只有苦笑的份，直搖頭。

胖子早吃完了，抹抹嘴說：「對了我還要趕上班呢，先走啦老同學，真高興遇到你，總之相逢就是有緣啊，一整天都會心情愉快呷！」

「嗯，你先走吧。」

「給你一個忠告，你別介意啊。我看你氣色很差，大概是磁場不大對頭吧？如果你去動雷射手術把臉上的胎記給消掉，說不定會帶給你好運氣喔！」

「我會考慮的。」貓胎人還剩下一個食之無味的包子，跟半碗豆漿。

胖子走到門口，然後又折返。

「結婚了沒？」胖子突然來上這麼一句。

「還沒。」

「我快了，誰叫我先上車後補票呢，哈哈，到時發帖子給你啊，住址跟畢業紀念冊上一模一樣吧？記得要來啊！我安排高中老同學坐一桌！」胖子遞了張名片給貓胎人，笑得可燦爛。

「好啊，一定。」貓胎人接過名片，握了握胖子彈性十足的手。

胖子笑嘻嘻拍拍貓胎人的背，擦著滿身大汗離開了。

貓胎人默默凝視名片一分鐘，然後將名片對折又對折放進自己的口袋裡。

剩下的一個包子，瞬間被貓胎人捏成了稀巴爛。

「一個月前，我也有去同學會。」

巨大的火棒，再度敲擊起貓胎人臉上的青色胎記。

13

早上剛剛營業不久的新光三越百貨，電梯裡就塞滿了迫不急待的來客。

電梯越往上，裡頭的人就越來越少，最後只剩下掛著專業笑容的電梯女郎，與戴著漁夫帽、揹著登山包的貓胎人。

噹！

門又關上。

「先生請問到幾樓？」電梯小姐微微點頭一笑。

「跟我到頂樓。」貓胎人踏前一步，保持一隻手的距離。

「先生……」電梯小姐有些會意不過來。

「不要反抗，到頂樓去，不然我一刀插進妳的肚子。」貓胎人微笑，背對著電梯裡的監視器晃著刀子，說：「妳跟我都知道電梯裡有監視器，我不會笨到傷害妳害我自己被抓的，我只是想問妳幾件事。問完了我就走，妳繼續上妳的班。」

「什麼……什麼事？」電梯小姐不安地問，肩膀有些緊繃。

「警告，黃牌一張。我好幾天沒睡了，如果妳按下對講機，別怪我突然發神經捅破妳的肚子。」貓胎人看著電梯小姐的肩膀，紅著眼說：「我想問的只是關於妳未婚夫的欠債問題，沒辦法，我找不到他，只好抓妳問幾句。」

「債務？我沒聽他說過有什麼債務，你是不是弄錯了？不，是一定弄錯了。」電梯小姐全身發熱。

「出去。」

「我的未婚夫的名字叫……」

「出去。不要讓我說第三次。」貓胎人溫言道：「問完了話我就走。」

終究，電梯小姐屈服了。

兩人一前一後走出電梯，經由安全門後的樓梯走到空無一人的頂樓天台。刺眼的陽光下，貓胎人靜靜地打量電梯小姐，瞧得她渾身上下都不自在。

電梯小姐心中暗忖。老實說，要不是有把握自己的未婚夫並沒有向地下錢莊借錢，這一切都是可以解釋清楚的誤會，自己一定會冒險按下對講機，然後衝出電梯求救。

「胖子真有眼光，居然把到這麼漂亮的電梯女郎，嘖嘖，豔福不淺啊。」貓胎人淡淡地說，反手將唯一能下樓的鐵門給鎖了起來。

「你說的胖子，跟我的未婚夫不見得是同一個人，我想欠債這件事一定是誤會，我的未婚夫名字叫廖伯偉，是個非常腳踏實地的上班族，你要找的人肯定是弄錯了。」

「弄錯？這年頭只要認真用網路搜尋，任何人的底細都一覽無遺。胖子的部落格寫了太多東西，還放了妳跟他的照片，要認錯人還真不可思議。」貓胎人獰笑，從口袋裡掏出沾了麻醉劑的手帕。

這一笑，讓電梯小姐遍體生寒。

每個人都有預知危險的第六感。而此時此刻，電梯小姐感覺全身上下數百萬個毛細孔都打開了。腦中一片死白，語言的能力被恐懼徹底剝奪——那是一種沒有經歷過相同恐怖的人，萬難體會的絕望。

「你知道嗎？我有預知的能力。」

貓胎人強壯的手臂抓住了電梯小姐的肩膀，膝蓋猛力往上一撞，痛得她雙膝跪地。沾有麻醉劑的手帕矇住了她的口鼻，迅速確實地剝奪了她的反抗能力。

貓胎人拍拍電梯小姐迷惘的臉龐，說：「我能看見今天晚報的內容，看見晚間新聞的內容，看見談話性節目的內容。這種感覺真的是太愉快了。」

他知道自己沾在手帕上的麻醉劑已經揮發泰半，並無法使電梯小姐完全失去知覺。這樣很好。他饜討厭手術時孤獨一人的感覺。

從頭到尾，就只有被害人能確實跟他分享所有的犯罪內容。

儘管多日不眠，他依舊打開登山包快速佈置起手術所需的簡單一切。

「妳的未婚夫是頭豬，而且還是頭自命不凡的豬。」貓胎人的手指彈彈針筒，輕輕壓出裡頭的空氣、直到營養液滲出針孔為止。

點滴袋被掛在天台牆壁的生鏽圖釘上。

電梯小姐恐懼地眨眨眼，看著注射針緩緩插進自己的手臂靜脈，膠布貼妥。貓胎人專注的表情宣告他已完全掌控全局，這裡不是天使的巡地。

連電梯小姐自己也不信，公司會因為一時找不到她，就發動大搜查找到荒涼的頂樓天台來。……為什麼自己那麼容易受騙？為什麼要傻傻地跟陌生人到這種地方？剛剛為什麼不拔腿就跑？電梯小姐的眼角流出悔恨的淚水。

「妳聽過貓胎人吧？聽過的話就眨眨眼。對，貓胎人就是我本人，哈哈，今天妳是遇到大人物了。」貓胎人割開電梯小姐的裙子，溫柔地扯掉她的內褲。

麻醉劑明顯不夠，電梯小姐的腿直發抖。

「胖子說妳已經懷孕了，哎，怎麼會不小心就懷了那隻豬的種呢？一定是不乖沒戴套喔？不過妳也真是的，既然懷孕了就在家裡好好休息啊，怎麼這麼犯賤還跑來上班呢？妳看，現在不就倒大霉了？」貓胎人諄諄告誡，拿著鑷子夾起棉花，沾藥用碘酒胡亂抹了抹電梯小姐的陰部跟腹部。

微微皺眉，貓胎人碎碎唸道：「應該不到四個月吧？只有一點點凸起而已。算了，反正我也只會剖腹。」拿起手術刀貼在電梯小姐的肚子上，讓她感受冰冰涼涼的觸感。

電梯小姐的眼睛快速眨著，像一枚壞掉的電燈泡。

「其實妳當電梯小姐也非常的辛苦，不只要站得有模有樣，還得隨時保持笑容。原本嘛，平平凡凡過一輩子也就是了，芸芸眾生，誰不是如此？想要平凡一生，卻又碰到這麼倒楣的事，我也只能勸妳看開一點。」貓胎人的手術刀若無其事，從陰部直接而上，不疾不徐繼續演講：「其實我原本也很平凡，直到我幾年前看到雜誌上一個怪人的報導後，忍不住就想，其實要出名一點也不難嘛，只是出了名以後，到底還能紅多久，這才是長遠的觀點。」

神經的痛楚突破了麻醉劑的封鎖，電梯小姐痛到雙腳亂踢，無法繼續操刀的貓胎人只好一腳一刀，才勉強讓電梯小姐美麗的雙腿安分下來。

頂樓天台上，藍天白雲，晴空萬里。

一場惡劣的手術自顧自進行著。

「妳問我是什麼報導？喔，是一個叫薛慶光的怪人，他的拿手好戲是倒著跑步，倒著騎腳踏車，倒著走路，總之只要能夠倒退做的事，他絕對不正著來。」血紅的眼睛閃耀著光，貓胎人繼續他從網路上教學影片裡學來的剖腹手術，繼續說道：「後來薛慶光去美國倒著跑馬拉松，還跑完了全程，讓當地所有的媒體全都傻眼，採訪他的篇幅比採訪第一名的還要多，連當時的美國總統柯林頓都寫了封信給他，讚美他是Mr. Backman，嘖嘖，真的是非常了不起，真的，真的非常了不起啊……」

頓了頓，貓胎人若有所思道：「但說穿了，不過是倒著跑而已。」

電梯小姐雙腿痙攣，一陣又一陣。

「後來啊，有個讀長庚大學的白癡在網路上跟同學打賭，如果活塞隊贏了湖人隊得到NBA年度總冠軍的話，他老兄就要全身脫光光在學校操場跑一圈。」貓胎人不屑道：「結果他就靠著這一跑，成了人盡皆知的長庚遛鳥俠，媒體還連續追蹤了好幾天……我呸，這麼膚淺的裸奔也能一炮而紅？到現在大家只記得有過這麼一回事，但妳記得他是誰嗎？叫什麼名字？不記得嘛！根本就不可能記得嘛！」

說到這真有些忿忿不平。

在這個光怪陸離的社會，把每個人都給擠壓壞了，怎麼那麼多人放在鏡頭底下就變得那麼奇形怪狀？不特別的人想盡辦法被媒體發現，好讓自己從此特別起來——這真是一點道理也沒有。明明都是一樣的人嘛！

貓胎人冷冷地操刀，將微微鼓脹的子宮剖開。

「對了，妳對爆紅有什麼看法？」貓胎人將臍帶切斷。

「……」電梯小姐的嘴唇發顫。

「沒什麼看法啊……我是覺得啊，自以為特別的人最好笑了。有一次我在電視上看到一個專門蒐集古代兵器的老頭，他啊，有夠沾沾自喜的在那邊展示他的收藏，把攝影棚都給堆滿了。」貓胎人小心翼翼捧著不到巴掌大的未成形小嬰兒，說：「不過他真的很喜歡收藏兵器嗎？他真的是因為很喜歡古代兵器所以瘋狂蒐集嗎？未必吧，也許他根本只是因為想出名，所以找點事情死命的做，看看有沒有一天走運了，可以進攝影棚展示他的稀奇古怪。」

尚未學習怎麼呼吸的小胎兒還未斷氣，脆弱的身子緩緩蠕動，像是在做最後的掙扎。幾乎陷入昏迷的電梯小姐，此時奮力睜開眼睛，迴光返照似想看看肚子裡的小生命。

貓胎人將小胎兒丟在電梯小姐的臉上，擦著額頭上的汗，吐了口氣：「妳不信？妳想想喔，如果有一天金氏世界紀錄委員會跑去告訴那個怪老頭，跟他說，老先生！恭喜你！你的古兵器收藏數量與品質，目前排名全世界第一百零四名喔！妳猜，那個老頭會有多傻眼？辛辛苦苦蒐集了一輩子的古兵器，竟然只排名全世界第一百多名！他還會繼續蒐集下去嗎？不可能嘛！蒐集到死也不可能擠進前十名啊！這樣蒐集古兵器哪裡還有沽名釣譽的展望？沒有嘛！那個老頭一定會萬念俱灰，說不定再也不會去摸那些幫他出名的寶貝了。」

坐在地上休息，欣賞著電梯小姐絕望的眼淚，貓胎人正經八百作出結論：「所以重點有兩個。第一個當然就是出名的方式啊，現在連擲筊都可以變社區名人了，但我想既然都要出名，當然就要一夕爆紅是不是？如果是殺人的話，有話題，可以很驚悚，媒體又最愛，一定可以最快辦到……是不是？」

當然是。

「第二個重點，當然就是在爆紅後，又可以細水長流的方法啦，最好是可以成為永恆的經典……這個就難了，殺人嘛，台灣每天都在人殺人，要殺出名堂就要靠腦袋了。所以說，既然要用殺人的方式成名，就要當上殺人魔裡最能抬頭挺胸的名人才是長遠之道，不然多糗啊，我才不要什麼排名第一百零幾，說出去，能聽嗎？我要第一，我要獨一無二。」

電梯小姐沒有反應，她完全失神了。

「最要緊的，就是不顧一切的要狠，我想我可以辦到。」

貓胎人將小胎兒從電梯小姐的臉上捏起，隨便往高樓下丟出。

電梯小姐的眼睛直直看著天空，彷彿靈魂凍結。

「不知道底下的人被這怪東西砸到，會有什麼感想喔？哈哈哈哈哈……」貓胎人咯咯笑了起來，將手術刀往電梯小姐的大腿上抹了抹，擦去血跡。

貓胎人轉身打開登山包，突然歎住。

！

靠，慘了，從網路上查到胖子未婚妻的工作地點後就匆匆忙忙跑到這裡，根本忘記要幹一條貓過來。現在可好，手術都已經進行到一半了，要怎麼繼續下去？不能就只是殺人啊！光是殺人，那不就普通掉了嗎！

依稀，貓胎人看見報紙頭條寫著：**貓胎人手法大退步，殺手生涯岌岌可危！**

「媽的！這下前功盡棄了！」貓胎人抱頭大吼。

十點的陽光很耀眼，燃燒著貓胎人映在地上的影子。

霍然站起，一句話也沒說，貓胎人快速打開鐵門衝下樓去。

就這麼離開。

瘋狂的殺人魔莫名其妙地走了，就跟自己莫名其妙被綁架一樣，電梯小姐彷彿看到一絲希望，努力調整紊亂的呼吸，虔誠祈禱自己的手腳恢復知覺。

不知道過了多久，下腹傷口傳來可怕的痛楚，手指漸漸可以動了。

猛一握拳，電梯小姐左手撐地，滿身大汗地坐了起來。

不需要下樓，只要暫時將鐵門反鎖起來就好了。至於接下來要怎麼報警求助，那就再說吧……無論如何，一定要活下去，把這個大變態抓起來。

對，一定要活下去！一定要活下去！

自己的人生絕對不要這麼結束，這個鋼鐵般的信念托起了電梯小姐的身體，幫助她強忍讓人發瘋的痛楚，邊跪邊爬，拖著一抹濃稠的血痕，終於來到鐵門口。

電梯小姐咬牙，伸手抓住門把的同時，鐵門突然被推開。

陽光很強。

貓胎人氣喘吁吁，手裡拿著一個加菲貓布偶。

「這個勉勉強強吧？」

於是電梯小姐睜不開眼睛了。

14

天台上，震耳欲聾的風切聲。

一架直升機盤旋在空中，攝影機持續獵取著血腥的畫面。

十幾個負責蒐證的警察在現場忙進忙出，每個人的臉色都不好看。

川哥手中拿著熱騰騰的晚報，抽著菸，一手拿著三十五元的冰咖啡。

「現在的記者真厲害，我們警方都還沒到，案子就上晚報了。」丞閔看著手上晚報的報導，說：「還好命案現場沒有遭到破壞，只是多了記者的腳印，看來他們也學乖了不少。」

沒有說話，川哥看著地上開始發出異味的屍體發呆。

一個法醫正在現場做初步的檢視，一邊猛搖頭。

……真慘，這次連子宮都被割掉了。肚子被刨出一個大洞，塞進一個加菲貓布偶，布偶上的標籤甚至還沒有剪掉，顯然是從樓下百貨公司新買來的。這是多麼令人難以忍受的屈辱。

赤裸下身的女屍身旁，用血水劃上了大量的宗教圖案與符號，揉合了前兩個案子裡曾出現過的魔鬼六芒星、納粹卍字、道教符咒、易經卜筮等雜燴拼盤，只不過這次還多了兩三個塔羅牌上的符號。血水早已乾涸變黑，那種胡亂硬湊的不成系統，竟有種妖異的瘋狂。

讓人不寒而慄。

直升機螺旋槳的嗡嗡聲搞得川哥非常不爽，不過他連向攝影機比個中指都不來勁。這年頭大家都把言論自由掛在嘴上，更何況，天空又不是警察的。

「長官，根據電梯裡監視器的畫面，這次終於拍到可疑的男子。」一個警員向川哥報告。

「但什麼也拍不清楚吧。」川哥隨口應道。

「好像是，他背對著監視器，只拍到他揹著一個大登山包，身高大約一百七十到一百七十五公分之間，身材偏瘦。」警員摸摸頭。

「揹包什麼牌子的記者都寫得清清楚楚，你沒看晚報嗎？」川哥沒好氣地說：「沒事做的話，就去擬一份正式的新聞稿，說要民眾協助注意周遭有揹同樣揹包的人吧。」

「是。」

「派幾個弟兄到方圓兩公里內所有便利商店、十字街口，去調閱案發時間前後兩小時的監視錄影帶，寫一份報告給我。」川哥頓了頓，嘆了口氣說：「雖然機會渺茫，不過人命關天，全都給我看仔細點啊。」

「是。」

原本晴朗的天空，遠遠飄來了一朵黑雲。

黑雲的後面拖著一大片的黑，隱隱帶著悶悶的雷聲。

「老大，現在怎麼辦？」丞閔將晚報捲成了筒狀：「這個案子比南迴搞軌案還要棘手啊，再怎麼說搞軌案都有嫌疑犯了，我們還只有一個開玩笑似的嫌犯綽號，好像專門替他收屍一樣。」

「你倒是憂國憂民啊。」川哥喝著咖啡，用僅剩的幽默說：「考考你。」

「儘管考。」丞閔的手指在頭上畫圈圈。

「為什麼這次犯案用的貓，是隻玩具貓？會不會是別人模仿犯案的？」

「雖然用了玩具貓，不過我覺得這次還是貓胎人幹的。」丞閔很篤定。

從傷口縫線的手法看，的確還是該死的貓胎人所為。

「怎麼說？」

「要揹一隻活貓進百貨公司，萬一引人注意就不妙了。」丞閔想都沒想，說：「所以貓胎人折衷行事也是很合理的。換句話說，既然貓的生死不論，真假也不論，我覺得應該認真想想兇手硬要縫貓的象徵意義了。」

真是虛弱的推理。

「對一半。剛剛查出來那隻加菲貓在樓下玩具部買到的時間，是在這位女士死亡時間的前十分鐘到半小時之間，也就是說，貓胎人根本是忘記帶貓進百貨公司，手術進行到一半才臨時下去買。」川哥喝完最後一口咖啡，將冰塊倒掉。

只可惜，那名玩具售貨員對購買加菲貓的歹徒完全沒有印象，難道這個社會真的只剩下買賣，沒有人情了？區區一張發票，就只是區區一張發票。

「這麼幼稚？」

「是非常惡質。」

為了維持犯罪的風格，貓胎人已經將「病態」兩字做了最殘忍的詮釋。

要逮捕沒有動機、只有手段的連環殺人兇手，倚賴傳統的線索追蹤，很可能永遠沒有破案之日。美國治安史上最著名的幾個連環殺人魔，泰半都成為覆滿塵埃的卷宗裡一道又一道永遠解不開的謎，就是最讓人氣餒的證明。

川哥面對著沒有闔眼的死者，四目相接。

一個可怕的計策在他的腦海裡越來越清晰。不管成功或失敗，其代價都可能讓他提早離開這個工作。只是前者至少讓他沒有遺憾。

丞閔的手機響了，他摀著話筒大聲講了幾句，表情變得很古怪。

「操，貓胎人投書給四大報了。」丞閔關掉手機，瞠目結舌地說：「他還把被害人的子宮分成四等分，放在信封裡當身分證明。怎麼辦？」

「真是敬業的變態，這麼捨不得休息。」川哥面無表情。

不用說，信封上不會有指紋或毛髮，切成四等分的子宮上更不會有。

至於要四大報與警方合作，暫時別登貓胎人的投書，那是想也別想。除了言論自由的飄飄大旗，媒體還有第二個至高無上的寶貝：「民眾有知的權利。」

只不過，媒體擁有這兩樣無法撼動的權力，卻有一個可怕的致命傷。

如果能大膽掐住這個致命傷，呼風喚雨的媒體就為你所用。

「老大，放心吧。」

「喔？」

「記得在警校時修了一堂刑事鑑定課，上課的教官說過，天底下沒有完美的犯罪，人嘛，做過的事總會留下蛛絲馬跡。」丞閔喝著咖啡，認真說道：「雖然老大你從沒期待過取得貓胎人的指紋或清楚的監視器畫面，不過呢，老天爺總會讓他出點要命的紕漏，讓我們逮到他。」

「是嗎？我可等不到那種時候。」

川哥抬頭，看著天空中的媒體直升機，說：「丞閔，幫我儘可能約所有的媒體朋友，平面的、電視的、廣播的，我要跟能做決定的最高層開會。」

「是可以啦，但要怎麼跟他們說啊？」

川哥微笑。

「就說，我想跟他們來一場有趣的交易。」

15

第二天，四大報公佈了貓胎人的投書，與血淋淋的子宮照片。

本來台灣社會對這一類的血腥新聞極為敏感，動輒就會渲染成高度的集體恐慌，人人自危。然而奇怪的是，四大報並沒有將貓胎人這份投書當作重大的要聞處理，只是靜悄悄地放在民意論壇裡，使用的標題一點都不誇張聳動。認真計較起版面的話，許純美跟邱品叡大吵分手的新聞還大得多，而王建民在大聯盟突破最新勝投數、靦腆與隊友擊掌的畫面，更是榮登四大報頭條：「洋基一哥，他來自台灣」。

電視新聞更是奇怪，關於貓胎人的報導完全冷處理，沒有兇案現場的馬賽克畫面，沒有犯罪專家在鏡頭前大放厥辭，記者只不過拿著麥克風在街頭隨便拍幾個路人的訪問，濫竽充數似的。

「還好吧，他蠻像神經病的。」一個上班族說。

「那個貓胎什麼的……是媒體假造出來的吧？真的有這個人嗎？」計程車司機嚼著檳榔，一副不信邪的屌樣。

「我覺得他只是一個電影看太多，分不清現實跟虛幻分界的白癡。」一個宅男推推金絲邊眼鏡，說：「搞不好他還以為自己活在母體裡咧！」

「啥？貓胎什麼？沒聽過沒聽過啦！菜市場又沒在給他賣哈哈哈！」提著菜籃的歐巴桑胡亂揮著手大笑。

「學測不會考的東西，我從來就不去關心。」坐在公車上背單字的女孩笑笑，對著鏡頭比了個可愛的勝利手勢。

「叫他來跟我打。」一個頂著鳥窩頭、剛剛睡醒的哈姓中學生說道。

當晚，現場直播的「大話新聞」節目正在討論社會上一連串的倒扁活動是否正當時，再度接到據稱是貓胎人的觀眾call in電話。

「主持人好，全國觀眾朋友人家好，我是貓胎人，貓胎人就是我本人。」

對方的聲音極其憤怒，但主持人鄭弘義接聽電話後，只是淡淡回應。

「你好，請問貓胎人你對於民進黨前主席施明德發起的百萬人一人一百元，億元倒扁靜坐活動，有什麼看法？你覺得這樣的活動是對民主價值的一種諷刺？還是一種好的效應？」

「……我真的就是讓全台灣陷入恐慌的犯罪專家貓胎人，不信的話，一個小時之後警方就會找到一具孕婦屍體，當然了，還有縫在肚子裡的貓屍體。」

「嗯，那麼請問你有捐一百塊嗎？」

「一百塊？你們在說什麼啊？我是貓胎人！我忙到殺人都快沒有時間了，怎麼會去捐什麼一百塊！如果你們敢掛我電話，我就立刻再殺一個人。」

「我們請貓胎人不要太過激動，保持理性是民主機制最重要的一部份。我們接聽下一個觀眾的電話。花蓮的施先生，施先生請說……」

就這樣，當花蓮的施先生、桃園的張女士、台北的林老師、新竹的陳太太都講過一遍後，節目也快到了尾聲。

此時悶到最高點的貓胎人再度打電話闖進節目的轉接部，在工作人員的安撫下等候上一個觀眾發表完議論。

「我們接聽來自宜蘭的貓胎人，貓先生請說。」鄭弘義。

「主持人好，全台灣兩千三百萬喜歡貓胎人的觀眾朋友大家好，我是正牌的貓胎人，很高興終於打進貴節目說點公道話。」

貓胎人？什麼？

有沒有搞錯！

「不好意思，你是本週第三個自稱是貓胎人的觀眾，請問你有什麼證據證明自己是真的貓胎人？對於施明德發起的一人一百塊、億元倒扁的活動，你有什麼看法？」

「真的假不了，假的真不了，身為貓胎人的我只能本著良心說明自己的身分。不過這次打電話進貴節目，只是想針對施明德倒扁的行動發出來自殺手界的怒吼。我們都知道殺手月發起群眾集體捐款、集資殺掉社會公害由來已久，而這次施明德模仿殺手月用群眾集資的方式為他個人的英雄主義背書，實在是太噁心了！一個以抄襲他人構想作為出發點的活動，又能期待它產生多少正面的效應？我在此代表殺手界，表示嚴正的抗議。」

原本正牌貓胎人拿著電話醞釀等一下的發言，此時卻看著電視上的畫面愣愣發呆。

這是什麼意思？有人膽敢冒名頂替他？為什麼有人要做這種事！

「原來如此，那可以請問貓胎人先生是否能夠代表整個殺手界？未來將以什麼樣的方式表達你的嚴正抗議？」主持人鄭弘義做著筆記，時而抬頭。

其他的特別來賓面無表情地低聲交談，完全沒有將這通電話放在眼裡。

「說來話長，總之我相信其他的殺手也會贊同我力挺殺手月的立場。還有，為了表示我的立場，我將採取繼續犯罪的行動與施明德爭搶報紙版面，削弱媒體對他的注意力。另外，我也有捐款公視轉播大聯盟賽事，請大家一起為王建民加油！」

「原來如此，謝謝來自宜蘭貓胎人的電話。我們繼續接聽來自……台北，台北貓胎人貓先生的電話，貓先生請說。」

電話切換。

「……我是貓胎人，重複一遍，請不要掛我的電話。」

貓胎人看著電視，腳底下躺著一個呼吸逐漸細微的未婚懷孕少女。

他的忍耐限度已經完全瓦解，也不管電話的撥打時間過久可能被警方鎖定。

「不好意思，你已經是本週第四個自稱貓胎人的聽眾。」主持人鄭弘義神色自若地抄著筆記，抬頭時也不正對著鏡頭看。

「我才是正牌的貓胎人，剛剛那個明顯是假貨，難道你們都聽不出來嗎？什麼力挺殺手月？殺手月根本比不上我！你們怎麼可以讓冒牌貨打電話進節目？」

「我重複一遍喔，你已經是本週第四個自稱貓胎人的電視觀眾了，如果加上本節目過濾掉的其他電話，那更不計其數。我們希望打電話進來的觀眾都能注意禮貌，不要增加節目製作的困擾。又如果你是真正的貓胎人，也請你不要打電話進來，而是打電話給警方自首。」主持人一臉正經，處之泰然。

「自首？自首？我有沒有聽錯？你們新聞媒體果然是腦殘嗎？瘋了嗎？」

「請這位觀眾自重。」

「好！我們現在一起把帳算清，那個許純美跟邱品叡分手那種狗屁倒灶的爛新聞，也配跟我爭版面？王建民？王建民拿到最新勝投又算什麼？伸卡球？伸卡球可以殺人嗎？跟我連環殺人卻沒被警方逮到比起來，他根本就很普通！比起來我的殺人防禦率可是零，他還降不到三以下！」

「請這位觀眾不要太激動，我們現在不是在討論許純美或王建民，而是前民黨主席施明德發起的……」

「不要再提王建民！等王建民拿到賽揚獎再來跟我相提並論！」

「關於台灣之光王建民……」

「停！不要再問我奇怪的新聞了！扣扣扣，有人在家嗎？我才是重點！應該是你們跑去問施明德關於貓胎人狂暴殺人的看法，而不是倒過來……懂不懂！會不會做新聞啊！第一天印報紙啊！你們最好保證，我今晚最新殺掉的這個孕婦可以登上明天報紙的頭條！我要整個版面！否則我就連續殺掉兩個人當作報復，直到全台灣的孕婦都被我殺光了為止！」

「謝謝你的意見。不過報紙頭條是什麼我們節目並不能夠決定，在這裡也請貓先生尊重報紙的言論自由權，畢竟言論自由是民主價值裡最寶貴的果實喔。我們繼續接聽來自……」

嘟嘟嘟嘟嘟嘟……

貓胎人感覺到握住話筒的手在發抖。

憤怒地發抖。

「老大，這樣真的可以嗎？」

丞閔站在節目製作人身旁，看著坐在椅子上，悠閒用薯條沾可樂吃的川哥。川哥聳聳肩，像個完全置身事外的第三人。

「老大？」

「老弟，只要媒體站在我們這邊，就沒有什麼不可以。」川哥無所謂地微笑：「貓胎人絕對無法忍受冒名頂替這種事，幼稚到極點的他肯定會不顧一切犯案，想辦法證明自己的真正身分。至於媒體……他們非常樂在其中，不是嗎？」

「哎，我總覺得好可怕。」丞閔苦笑。

他一向崇拜川哥，但這次川哥也未免玩得太大。

川哥主張，對付這次的殺人魔不能用太精細的計算去對付，而是正好反過來。既然對方擺明了是個硬要殺人出名的無賴，那麼，最好的整治手段，就是徹底將他當作是吵著要糖吃的臭小鬼——用最極端的遊戲方式，將他繩之以法。

「發什麼呆？快去準備我們的餌吧。」

「是。」

16

深夜新聞，警方慎重其事開了一場記者會，針對貓胎人連日的犯案做出說明。川哥與丞閔站在記者人群裡，看著這場秀的進行。

一位大腹便便的女檢察官笑容可掬，站在鏡頭前說明案情。

「今天下午警方會同美國FBI來的犯罪專家研究貓胎人一案，非常肯定貓胎人的行兇，不單純是模仿大量好萊塢犯罪電影後的產物，更可能的是貓胎人的精神方面有問題，所以往後的辦案必須加入精神疾病的方向，與其說是追捕罪犯，說是追捕有暴力傾向的精神病人更為適切。」她說，一手抱著肚子。

鎂光燈此起彼落。

「精神方面有問題？請問是什麼疾病？」中國時報的記者提問。

「很抱歉，精確的病名我們必須保密，因為這牽涉到偵查的方向。不過目前已知貓胎人在性別認知上有嚴重的焦慮，才會產生無法分辨被害人的性別、男女皆殺的窘境。專業醫生指出，這種無法辨別性別的症狀，有可能是肇因於貓胎人小時候長期被暴力性侵害，而且很可能是同時遭到兩種性別的性侵害所致。」

「為什麼貓胎人會堅持採取殺胎換貓的行兇方式，警方有最新的推論嗎？」自由時報的記者舉手。

是啊，為什麼？女檢察官的說法連川哥也很好奇。

「貓胎人可能在嗑藥後產生嚴重的幻覺，因此會有特定行為的強迫症產生。不過精神科醫生在參考FBI提供的國外類似犯罪個案後，認為更可能的事實是，貓胎人從小就希望自己是一隻貓，自由的貓，想藉此逃避不斷遭受性侵害的童年。所以貓胎人才會在孕育生命的子宮裡將胎兒取出、縫進貓，象徵自己希望透過手術儀式，成為一隻貨真價實的貓……這點在國外也有非常多的精神疾病案例。」

川哥在記者群中聽了女檢察官的說辭，忍不住笑了出來。

丞閔找來為檢察官說辭操刀的作家，真不愧是胡說八道的高手。

「那麼逮捕貓胎人後會因為他的精神失常，給予減刑嗎？」記者也笑了。

「現在還言之過早。」女檢察官摸著肚子，和顏悅色說。

「還有什麼可以透露的嗎？民眾可以幫上什麼忙？」麥克風齊上。

「有的，我們已經側寫出貓胎人的性格與特徵輪廓，請民眾密切注意周遭國小教育程度、口吃，以及陰陽人扮裝的古怪陌生人，例如穿著高跟鞋與窄裙走路的男子。如果發現這些特徵，請民眾不要驚慌，緊急撥打一一〇報警就可以了。」

「不好意思，能不能說明一下國小的教育程度是怎麼回事？」

「是的，貓胎人在犯罪現場留下的種種訊息顯示，貓胎人的表達能力嚴重不足，所以才會抄襲許多犯罪電影的語言當作與警方溝通的方式，表達能力的不足也可能導致貓胎人在口語表達上的不清晰。」

「請問警方認為今天call in進大話新聞的貓胎人，是真的貓胎人嗎？」

「我們並不認為，因為電話裡的貓胎人顯然沒有口吃。謝謝，我們的記者會就到此結束，希望警民合作下能早日將兇手繩之以法，回復社會安寧。」女檢察官一鞠躬。

攝影機同時垂下，麥克風很有默契地一齊往後收回。

沒有記者繼續追上搶問，沒有多餘的鎂光燈，從來沒有一場重大事件的記者會像今天這樣乾淨俐落地落幕。

眼看每個記者離開時對自己報以默契的一笑，川哥都回以讓人信賴的微笑。對這些媒體來說，川哥絕對是他們見過最上道的警官了。

「別忘了我們的交易啊。」一個報社社論主筆，吆喝拍拍川哥的肩膀。

「到時候我被迫辭職，你們可要挺我啊。」川哥笑笑。

「那有什麼問題，一定挺川哥。」該記者哈哈一笑，寫他的稿去。

現在，女檢察官的家裡鐵定已經佈置好了由媒體設置的針孔攝影機，以及躲在側房裡、三組二十四小時輪流待命的特勤小組。就等幼稚不堪、兼又被激怒到失去理智的貓胎人踏進陷阱，然後一舉成擒。

這就是交易的內容——媒體可以用針孔全程偷拍警方擒兇的聳動畫面，川哥並允諾各家合作的媒體各三個小時的時間採訪兇嫌，以滿足「大眾知的權利」。

「如果貓胎人沒有那麼幼稚，老大，你的計畫就不可能實現。」丞閔實在是很擔憂，不管成與不成，川哥的位子都坐不穩。

「那樣也不賴啊。」川哥點了根菸，淡淡笑道：「當差的，終其一生能這樣擺弄媒體一次，提早退休也是很有前途，到時候你打開電視就可以看見我上遍各家談話性節目混飯吃了。」

17

雨很大。

下一陣，歇一陣。

這兩天大雨似乎都沒有真正停過，隨著天氣預報裡的颱風圖像逼近台灣，雨的勢頭也越來越兇悍。如果這麼連續來上一百天，最大，也是最後一件新聞，就是台灣直接沉進海裡吧。

大雨將民眾困在家裡跟電視四目相接。而電視上，懷孕的女檢察官針對貓胎人召開的記者會內容，不斷又不斷地重複播放，造成一股奇異的氛圍。

許多談話性節目都邀請女檢察官擔任特別來賓，女檢察官也不避嫌，大大方方在節目裡高談闊論。某個有線台的綜藝節目別出心裁，邀請將虐待小貓咪的過程拍下來、放在網路上流傳引起公憤的方姓人渣，與參與辦案的女檢察官來場針鋒相對的對談。

最後方姓人渣受不了女檢察官近乎訕笑的「精神病攻擊」，在眾目睽睽下大哭失禁，承認了自己的潛意識根本就是性別混亂的陰陽人。

該節目瞬間收視率竟然衝破了八，重播時更一舉攻到了十四。

「由此可見，貓胎人的心理其實也是非常脆弱的，在犯案時極可能是一邊失禁一邊動手，在羞恥的邊緣進行犯罪手術的。」女檢察官笑笑看著鏡頭，下了這樣的結論。

「那麼，警方有這方面的因應措施嗎？」主持人利晶好奇眨眼。

「是的，我們已經準備了一打成人紙尿褲，在逮捕貓胎人的時候一定用的上。」女檢察官此話一出，忙著丟臉的方姓人渣立刻又尿了出來。

有誰想得到，殺人如麻的貓胎人鑽進了媒體的高頂帽，蹦地跳出來後，卻成了一個人人捧腹的大笑話。

這樣對嗎？

一點都不奇怪嗎？

許多對女檢察官這樣的作風懷有疑慮、或是對貓胎人根本就非常恐懼的民眾不斷投書給媒體，希望媒體自律，卻通通沒有得到像樣的回應。

表面上，這個社會正在激烈地消費貓胎人精神病徵似的血腥犯罪。

事實上，這個表面也正在成真。

電視台對民眾的反應置之不理，報紙直接燒掉讀者的來信，所謂的民意被徹底的掩埋。倒是在網路上塞爆了關於貓胎人的討論，儼然成為地下文化的黑暗指標。然而只要主流媒體統一口徑不搭貓胎人的腔，貓胎人就只能是一個鬼鬼祟祟的犯罪者，而不是一個令人髮指的殺人魔。

今天，雨卻出奇地變小了。

取而代之的，是呼嘯不止的十七級狂風。

桌上收音機傳來了最新的颱風消息：「泰利颱風行徑詭譎多變，因為地形阻撓，結構遭破壞，颱風分裂為兩個中心，低層中心早上七點半已經從宜蘭花蓮之間登陸，不過，結構遭到破壞成了熱帶低氣壓，高層中心在台中外海，形成副低氣壓中心持續朝西北前進，預計要到傍晚過後，台灣才會逐漸脫離暴風圈。泰利狂掃台灣一整夜，上午的台北雨勢減弱，不過，陣陣強風還沒有減緩的趨勢……」

零零碎碎的雨珠，在狂風的吹襲下變成一顆顆高速飛行的子彈，一發發命中在刑事局重案組的窗戶玻璃上，乒乓著可怕的聲響。

川哥、丞閔與兩個刑事組的老鳥圍桌打大老二，隨興消磨時間。

「好怪的颱風，就這麼被中央山脈切對半，結果風還這麼大。」胖胖的長官叼著菸，牢騷道：「如果一開始就直著來，台北的屋頂哪有不給掀開的。J一對。」

「這兩天貓胎人都沒有動靜，有點不尋常喔，說不定是颱風制住了他。」老督察瞪著牌，他已兩手都pass了：「再極端地說，靠，說不定貓胎人已經改過自新了。」

「說不定貓胎人沒有這麼幼稚，多半料到我們會在大肚婆家裡對付他，所以就暫時靜觀其變吧？」丞閔笑笑出牌：「老K一對。」

「老二一對。」川哥吐著菸，渾不在意地說：「不管他是不是看穿了我們的激將法，反正，如果貓胎人一直不敢對我們的大肚婆下手，那就表示他輸了。我可不認為他嚥得下這口氣。」

其餘三人同時敲桌pass。

「七八九十J，順子，拉。」

其餘三人無奈將手中剩牌摔在桌上。

「有你的，你最好運氣真的這麼好！」

「跟長官打牌竟敢贏這麼多，不想升了啊？臭小子。」

「老大太邪門了，晚上讓你請吃飯消災啊！」

這已是川哥第十七次把桌上的錢收走了。他們一共也不過玩了二十一把。

川哥只是笑笑，收牌，整牌，洗牌。

然後又重啟牌局。

沒有人注意到川哥背脊上浸透的冷汗。

上一次這麼狂贏，可不是什麼吉利的徵候。一起值勤的夥伴，在牌局後跟川哥到汽車旅館與調查毒品的線人密談，原本只是簡單的行動，川哥的夥伴竟被線人神智不清的女友開槍命中，當場就翹毛。

不知不覺，川哥又收走了桌上的鈔票。

連著十把。

其餘三人面面相覷，然後看著川哥，不知道該不該繼續。

當差當久了，對這種事情的忌諱可多著。

「丞閔，出去喝個咖啡吧。」川哥把牌放在桌上，若無其事地看著窗外。

「這種天氣？」丞閔皺眉。

「這種天氣。」川哥伸了個懶腰。

18

風一小，忠孝東路上的雨又大了起來。

這種該死的天氣，正常人無論如何是不會想出門的。

台北市最有名的私人精神科診所，卻來了一位不辭風雨的不速之客。

連續多日沒睡覺的貓胎人，此時正坐在舒服的等候房裡，勉強翻著櫃子裡的雜誌，但視線始終無法精準地對焦，所有的字飄浮在反光的紙頁上，一下子變成一堆單調的黑色形狀。

柔軟的沙發正一點一滴削弱貓胎人的精神，隨時會將他埋在裡頭似的。

但他還不能睡。

沒有時間睡。

剛剛在來到這裡的路上，貓胎人在計程車的小電視看到南迴搞軌案的嫌犯李泰岸，竟在自家遭到蛇吻死亡的消息。這個離奇的案子竟以如此離奇的結局收場，舉國譁然，媒體瘋狂地報導，連不相干的通靈人士都自動到了十幾個，每個都聲稱看到李泰岸的亡魂、並積極與亡魂溝通真實死因中。

靠犯罪博版面，真的是一件非常辛苦的事業。隨時都可能被取代，隨時都不是最變態，隨時，被媒體棄養。

不能等了。

絕對要向警方討回一個公道。

溼掉的褲管跟鞋子早乾了，貓胎人漸漸失去耐心。

「小姐，我等了快兩個小時。」貓胎人走到櫃檯前，壓抑心中的不滿。

「先生不好意思，上一個先生預約了三個小時，現在還有半小時的治療時間，還請您等一等，請先喝點茶，稍坐一下。」櫃檯小姐露出和煦的笑容，沖了一杯熱茶遞給貓胎人。

「……」貓胎人默默接過熱茶，回到沙發上。

貓胎人心中幻想著等一下該怎麼把這個櫃檯小姐剖開肚子，然後把登山揹包裡的大肥貓縫進她的身體裡……剛剛確認了不少次，為了保護病患的隱私，這間診所並沒有裝設攝影機。這樣很好，省得自己還得去把錄影帶找出來銷毀。

捧著熱茶，百般聊賴的貓胎人用茶水上的熱氣，蒸著過度疲倦的雙眼。

此時，唯一的看診間終於打開了門。

一位穿著風衣的中年男子精神抖擻地從裡頭走出來，腳步非常輕鬆。

「嗨。」那男子笑笑地看了他一眼，走到櫃檯旁拿傘。

「……」貓胎人刻意低下頭，不讓男子看清楚他的臉。

男子與櫃檯小姐寒暄，似乎頗有話聊。

不等櫃檯小姐招呼，貓胎人果斷起身，拉起揹包快步走進了看診間。

19

看診間很大，但不是讓人無所適從的空曠。

陽台外是個生氣盎然的花圃，那些細莖植物在風雨的吹打下更為鮮綠。

在寸土寸金的台北市，這間以治療憂鬱症為主打的診所能夠在最精華地區擁有這麼傲人的坪數，意味著台北人在精神失常上擁有極傲人的「成就」。

中規中矩的辦公桌前，放了一張讓人一眼瞧見就會愛上的褐色沙發。辦公桌與沙發之間的距離恰到好處，沒有步步進逼的壓力，也沒有冷然的疏離。

牆上掛著一幅達利的仿畫，從沙發的角度抬頭看上去正好恰恰貼合，超現實的魔幻筆法可以用最潛移默化的方式將病患心裡的話掏將出來，不知不覺。

從小細節就可以看出，這位醫生的成功並非偶然。

「吃點東西？」醫生笑笑，打開辦公桌後面的櫃子，拿出一疊吐司。

「好。」貓胎人隨口應道。

極其自然的，貓胎人走到褐色沙發上一坐，完美地融入診間。

「以前沒有看過你，不過很明顯你有長期失眠的症狀。」醫生將吐司放進烤麵包機裡，按下開關：「你想從這裡說起嗎？」

「最近是睡不好。」貓胎人此時卻打了個呵欠。

診間有種淡淡的精香，鬆弛著貓胎人肺裡的空氣。

「醫生，你常看電視嗎？」貓胎人看著烤麵包機。

「偶而會看一點，畢竟有時要跟病患討論劇情啊。」醫生雙手靠在烤麵包機旁，藉著機器的溫度暖手。

這個小動作，出奇地博得貓胎人的好感。

「你有沒有覺得最近的新聞怪怪的？」貓胎人忍不住將鞋子脫下。

「例如呢？」

「例如該報的新聞不報，不該報的新聞一直報一直報！」

「你說的沒錯。」醫生想了想，笑笑說：「不過新聞就是這樣，媒體想要加深民眾對特定事件的印象，就不斷重複某種話題，這種手法司空見慣。」

烤麵包機彈出四片吐司。

「那麼……」烤吐司的香氣讓貓胎人的鼻子抽動：「你覺得最近有個瘋婆子檢察官，一直在鏡頭前分析貓胎人的精神狀態，說什麼陰陽人、性別錯亂、或是什麼只有國小程度，依你的專業怎麼看？」

「當然是一派胡言。」醫生直截了當，拿起刀子在吐司上塗抹巧克力醬。

貓胎人霍然挺起腰桿，呼吸極為通暢。

「那些偏激的用語很明顯是想誘導貓胎人去尋仇，我猜警方已經在女檢察官的家裡佈置好了陷阱，那個貓胎人如果真的去找女檢察官報復，那就太蠢太蠢了。」醫生輕鬆回答，慢條斯理地塗著巧克力醬，每一刀的份量都很均勻。

「我想也是。」貓胎人一凜。

這個可能他的確有想過，但依照他的犯罪計畫，那個女檢察官絕對是必死無疑，否則不能平復他的憤怒。事實上，貓胎人這兩天簡直快氣瘋了。

「怎麼？你是貓胎人的支持者？」醫生失笑。

「也不盡然，我只是覺得……覺得那個女檢察官一直這樣毀謗貓胎人，誰都會感到不舒服。是吧？醫生？那個女檢察官亂用你們精神病的權威，你也覺得很惡劣吧？」貓胎人頗有期待地看著醫生。

醫生將塗好的吐司拿給貓胎人。

「給你。」

「謝謝。」

醫生自己也吃了起來。

「我無所謂，反正精神病的教科書裡面，多的是一廂情願的胡說八道。」

「是嗎？」貓胎人笑了出來。

這個醫生給人的感覺蠻好的嘛……本來這一趟是專程來殺精神科醫生洩憤，順便向藉用一大堆精神病名詞惡搞他的警察示威，勒令他們停止。

現在計畫稍微變動一下也沒關係。先好好聊個天，再殺掉他也不遲。

「別只是提貓胎人了，還是盡量說說你自己吧，別以為我會將吃吐司的時間給扣掉。」醫生笑笑，吃著巧克力吐司：「如果不曉得自己該說什麼，沒關係儘管天馬行空地聊，回到貓胎人身上也可以。畢竟很少人會察覺到讓自己不快樂的是什麼病，我們這些當精神科醫生的，就像家庭醫學科，自然會從你的談話裡慢慢幫你找出來。」

「是嗎？那樣的話我就不客氣了。」

貓胎人著手中的半片吐司，這還是他最近一週裡，唯一觸動味覺的食物。

「我常常頭痛。」

「嗯。」

「非常可怕的頭痛，相信我，那不是阿斯匹靈或普拿疼可以解決的痛苦。絕對不是。」

「我相信。」

「怎麼說呢？這種頭痛。後來我去照了台大醫院的核磁共振，醫院說我的腦袋裡面沒有腫瘤，沒有病變，沒有任何異狀。測了腦波圖也沒有發現什麼不對。」

「科學本來就不能解釋一切。」

「我也是這麼想。不過，我大概知道是什麼原因。」貓胎人頓了頓，像是下定決心般說道：「醫生，你能夠保密嗎？」

「別的我不敢說，關於保護病人的隱私，是我絕對奉行的職業道德。」

算了，這也是多此一問——死人是最好的守密者。

「我的媽媽，是個賤人。」貓胎人眼睛瞇成一條線：「不過算了。」

「喔？怎麼個賤法？」醫生的表情倒沒有特殊的變化。

「我媽以前是個到日本賣春的妓女，歌舞伎町裡的每個男人差不多都上過我媽，不過這也算了。真的，這也算了。」

「每個人都得討生活。」醫生聳聳肩：「我的職業告訴我要聽一堆廢話，然後想辦法講出更多的廢話，而且還要儘可能擺出非常優雅的樣子。某種程度來說，我也挺賤的。」

「醫生，你不一樣。我媽是真的很賤。」

「願聞其詳。」

「她在日本賣春的時候，不小心懷了我，理所當然父不詳。不過這還是算了，不要緊，我又不是非得知道自己的爸爸不可，是吧？算了，forget it! 只不過是精蟲一條。」

「嗯。」

「不過我媽賤就賤在，她竟然在懷胎第九個月的時候去拍A片！」

醫生愣了一下，完全接不上話。

「賤吧？就是色情網站上在賣的那種大肚子孕婦拍的A片，操，我媽那賤人為了錢竟然連我也出賣。這件事原本我是不知道，不過有一天我在逛色情網站時隨便下載了那類的老A片，看著看著，居然看見年輕時候的我媽，你知道我的打擊有多大嗎？喂！我媽竟然捧著大肚子跟那些臭男人嘻嘻笑笑，讓他們的肉棒隨便插進陰道，完全不管還在肚子裡的我的立場！這樣是不是很賤？」

貓胎人開始激動起來。

「有沒有可能是認錯了？」醫生小心翼翼地問，吃完最後一口吐司。

「認錯？我媽還在片子裡講中文咧！她這賤人到日本賣春那麼多年，連日語都不肯好好學！竟然只會那幾句很痛、很爽、不要了、快進來……操，真的是賤到骨頭裡了！」

貓胎人一想到這件事就有氣，頭又開始痛了起來。

啪啪啪啪啪啪啪啪地，像是有棒子類的東西猛烈敲在他臉頰上的胎記上，火燙的觸覺幾乎要將他的腦袋給砸裂。暈眩。一種極度羞恥、無處閃躲的恐懼感從胎記深處，重擊了貓胎人的中樞神經。

「你看過那種變態片嗎？那些男人擠著我媽的漲奶，像瘋子一樣舔著母乳，我媽只會傻笑，還裝出非常享受的表情，我看了就噁心。那些臭男人鬼上身，輪流猛操我媽，一下子我媽在上面，一下子我媽在下面，一下子我媽要一次服務兩個人，我真想吐！真想吐！你能想像那種醜陋的東西塞進子宮裡，猛敲胎兒腦袋的畫面嗎？能嗎？趴搭趴搭趴搭！趴搭趴搭趴搭！」

貓胎人張牙舞爪地配音，青筋像蚯蚓一樣盤纏在額頭上。

「他們還射在陰道裡面！射在我的臉上！」他的臉上，全是憤怒的淚水。

「……」醫生遺憾地嘆氣。

好不容易靜下來，貓胎人用顫抖的手指指著臉上的青色胎記，瞪著醫生說：「醫生，實話告訴你，我這個爛胎記百分之一億，就是在那個時候被他們的肉棒揍到瘀青的，很丟臉吧？我的頭痛，一定跟那個時候留下來的衝擊有關，像腦震盪，一痛起來就快瘋掉，就像被灌了鉛的陰莖給掃到，操！你知道我有多不想承認嗎！」

真的是，非常難以啟齒的羞辱。

「有沒有考慮過動美容手術把胎記消掉？」

「我從來沒想過要去做雷射手術消掉，一次念頭都沒有。」

「怎麼說？」

「消掉他，不就等於承認臉上的胎記讓我白卑了嗎？」

醫生點點頭，似乎很能接受這樣的思惟。

「你有問過你媽這件事嗎？說不定你媽那個時候非常缺錢，難免……」

「沒有，我直接把她給殺了。」

「原來如此，要是我說不定也會忍不住動手。」

這次換貓胎人愣了一下。

「我說我把她殺了。」他慎重其事。

「每個人都會這麼做的。」醫生兩手一攤。

貓胎人點點頭，他想醫生一定以為他只是精神不正常。

既然連這種事都說了，不如快點進入主題。

「話說回來，你是什麼時候開始頭痛的？」但醫生好像還有話說。

「大概是三年前吧。」

「那你是什麼時候發現那支網路A片的？」

「也差不多是那個時候。」

「在那之前沒有像這樣頭痛過？」

「……」

貓胎人無語，醫生也保持沉默，兩人靜靜吃著冷掉的巧克力吐司。

許久。

「醫生，我知道你在想什麼。你在想，我的頭痛是心理作用。」

「我可沒這麼說，不過我可以開給你處方藥，對治療創傷型頭痛非常有效。每天吃三次，飯後配白開水。」

「別騙我了，那只是普通的維他命吧？電影裡看多了。」貓胎人瞪眼。

「是嗎？想一直痛下去的話，我也無所謂。」醫生吃掉了最後一口吐司。

……並不討厭。

貓胎人仔細打量眼前的醫生。

他的身上有股讓人信賴的特質，在短短十幾分鐘內就在貓胎人的心中建立起獨特的地位。不是朋友，也不是醫病關係，而是一種氣味上的認可。

「醫生，你在業界很有名吧。」

「小有名氣而已。」

「有名的感覺怎麼樣？」

「基本上我是一個低調的人，因為只有真正低調的人才可以安安靜靜享受一切。國稅局不大查我的帳，也沒有狗仔隊偷拍我跟誰約會，我覺得這樣挺好。」醫生莞爾，轉身倒了兩杯水，反問：「你呢？想出名嗎？」

貓胎人接過水。

「我非常想要出名，想要的程度不是你們這些出了名的人可以想像的。」

「從什麼時候開始有這樣的想法？」

「無從考證，反正從小我就想當一個非常非常有名的人。」

「普普藝術大師安迪沃荷曾經說過，在未來，每個人都會有十五分鐘的成名時間。預言裡的未來已經跟著媒體的進步提前到了，就是現在。不過你為什麼想要出名呢？想當明星？」

「這年頭，誰不想出名？如果我可以當明星我早當了，都是這個胎記限制了我的演藝發展。算了，反正我可以想點別的辦法。」貓胎人喝了一大口水，慢慢說道：「幾年前網路剛發達時，我看到一則國外的新聞，說是有人把額頭放在拍賣網站當商品，最後賣給廣告公司當宣傳看板一個月，賣了新台幣二十萬！我簡直傻眼，那個人的額頭根本沒有什麼了不起，但因為他的鬼點子有噱頭，所以就讓他賺到了錢，更賺到了名氣。」

「嗯，後來還有女人把胸部賣給廣告公司寫標語，看來是一股跟風。」

「那些新奇新聞讓我很喪氣，為什麼他們可以想到，我卻想不到？不，如果我認真想，說不定會讓我也想到，但回頭後悔有什麼用呢？沒有用。他們終究佔了先機。我如果學他們賣額頭、賣胸部、賣屁股，一定不會有人理我。」

「你有你的尊嚴。」

「正是尊嚴。」

「不過你可以慢慢想辦法啊，這種事常常是急不得的。」

「張曼娟說，成名要趁早。她都這麼說了，我當然也有成名的壓力！」

「是張愛玲。」醫生莞爾，喝了口水說：「是張愛玲說的。」

「都好，其實我也明白成名有各種辦法，例如去應徵許純美的新男朋友啊，也是一種爆紅的捷徑。但這種爆紅的方式可以長久嗎？不能，絕不可能長久。既然要成名，就要把成名當作長遠的事業來經營，一出名，就要長長久久。」

「很好，很踏實的想法。」醫生點點頭，咬了一口吐司，說：「柯賜海老是在進出法院的名人後面舉牌抗議，大叫馬英九還我牛來。法院不會倒，名人也不會少，柯賜海舉牌抗議的機會永遠都在，你要不要參考一下。」

「那是小丑。」

「喔？」

「後來我殺了我那賤人媽媽以後，我就想到，既然我人都殺了，我就靠殺人成名吧。至少殺人是毫無爭議的出名手段，是吧醫生？」

「是啊。」

貓胎人血紅的眼睛籠罩住醫生所有的表情、舉動，只要一有異樣，全都逃不過他神經質的觀察。但醫生泰然自若，並沒有一絲一毫的驚訝。他的身上，也嗅不出恐懼的味道。

這個醫生，肯定是以為他瘋了，畢竟聽瘋子說故事，正是精神科醫生的職責所在——這個想法讓貓胎人覺得很不爽。非常非常的不爽。

「後來呢？我不記得在報紙上看過你啊。」

「後來我根據A片上的資料，查到當初拍攝那支A片的製作公司，跟那時操翻我媽的三個男優和導演的名字。」貓胎人瞇起眼睛，醞釀著某種氣氛，陰惻惻說道：「我在日本待了兩個多月，確認其中一個男優因為吸毒過量死掉，另一個男優在黑道火拼中被掛掉，所以我就鎖定還活著的男優跟導演，逮到機會跟蹤他們到家裡，活活用鐵棒把他們的頭打成稀巴爛。」

「頭爛了，自然也就死了。」

「……是的，都死了。」

這像是，醫生看診時說的話嗎？

「用殺人當作出名的手段，你也真是用心良苦。」

「不過，連我自己都知道，那樣的殺人方式非常的膚淺，如果我就這麼走進警局自首，一定不會大紅大紫，頂多只上兩天的社會新聞罷了。」貓胎人皺眉，無法置信地看著醫生，說：「所以我開始大量看電影，想要抓出靠殺人遺臭萬年的精髓。」

「那你研究出來了嗎？」醫生興致勃勃的表情，讓貓胎人的眉毛更皺了。

「答案就是——無因果，無動機，純粹邪惡的法則性殺人。所以最後我決定，一定要成為台灣第一個儀式性犯罪的殺人魔。」貓胎人果決地說。

「很有見地。」

「醫生。」

「嗯？」

「我就是貓胎人。」

「所以揹包裡裝的是貓吧？活的？還是佈偶？」

貓胎人不動聲色地看著醫生，像是看著絕種的奇妙生物。

……非常可怕的人。

難道他隨時將生死置於度外嗎？

還是，他並不覺得自己會死？

貓胎人微微曲起身子，醫生吞下最後一口巧克力吐司。

很怪，醫生手中的吐司怎麼好像永遠都吃不完似的。

「是貓，我用安眠藥讓牠睡了一下。」

「原來如此。」

「……原來如此？」

「那麼，想討論你的犯罪嗎？」醫生坐在辦公桌上，隨興得很。

「好，那就討論我的犯罪。」

貓胎人猜不透醫生的心思，不過他並不覺得醫生能夠對他產生什麼威脅。截至目前為止，也只有這位醫生能夠在他揭露身分後還心平氣和跟他說話，說不定他能夠提供自己一些思考上的幫助。

「我猜，你是一個人犯罪的吧？」醫生眨眨眼。

「沒錯，醫生是從哪一點確認的呢？」

「如果是雙人組，成名了還要分給對方一半的光采，你應該辦不到吧。」

貓胎人用微笑承認，他感覺這次的談話相當的愉快。

「醫生，既然電視上都是引我上當的鬼扯，那麼從真正精神病學的角度，是怎麼看我的犯罪模式呢？」貓胎人頗有虛心。

「羞恥。」

「……」貓胎人瞪大眼睛。

「但丁在神曲裡說，地獄最底層佈滿了冰，而不是火，就是這麼個意思。」醫生不疾不徐解釋：「你不是看了很多犯罪電影，那麼也該看過紅龍吧？西方人有句話說：羞恥存在人的眼中，電影裡面的兔唇殺人魔將被害者的眼珠子全都挖了出來，劇中的FBI警探分析道，消滅了屍體的眼睛，就象徵消滅掉兇手的羞恥感，就是這個道理——這個解釋也呼應了兇手是個顏面殘缺者，從小就遭到歧視的扭曲心理。」

「我是將嬰兒活生生從子宮裡取出來，縫進貓，工程複雜多了。」

「八〇年代，墨西哥有個連環殺人魔，在殺掉被害人時也一併將對方的舌頭割掉，他作案三年，一共割掉十四隻舌頭。這代表什麼？舌頭代表閒言閒語，會轉述眼睛所看到的東西，所以放在這位割舌魔的儀式名單裡。」醫生不置可否，說：「後來他落網的時候承認，從小他就痛恨同儕到處製造關於他與姊姊通姦的謠言，積壓已久後開始殺人，他在筆錄裡像個娘們大哭，說什麼消滅了那些臭嘴巴裡的舌頭，他們就不會再說我壞話，對我百般嘲諷與羞辱。」

「好，那你說說我破壞子宮是什麼心態？」貓胎人的呼吸開始灼熱。

「犯罪心理學：羞恥感會激起人想要隱藏、不想被人看見的慾望。」醫生似乎對貓胎人的不悅視而不見，用一貫輕鬆的語調說：「你老是破壞子宮，連你自己都知道會被解釋成，你的羞恥感是從還沒正式出生就已經開始了，塞進貓，會被解釋成你有自我異化的傾向……一種連人都不想當的痛苦。」

「這種言論根本就是──毀謗！」

「別生氣，我只是轉述精神病學的部份觀點，我還沒說我的看法。」醫生喝了口水，笑笑繼續他的治療：「就我來看，你主要並不是在表現你的羞恥，而是想要別人跟你一樣充滿羞恥感，想一想，一個嬰兒被活生生取出來，換縫一隻貓進去的準媽媽，她的遭遇被放在報章雜誌跟電視上，她會有多丟臉？你用點滴延長準媽媽的生命，就是想讓她們在斷氣前有時間感到丟臉，是不是？即使最後準媽媽用死逃過了丟臉，她的家人呢？你想想這個畫面，殯儀館的代表尷尬地問家屬：不好意思，請問是不是要連那隻貓一起火葬？或是一群記者圍著家屬問，請問你太太肚子裡被縫了一隻貓，你有何感想？如果被害人還有別的小孩，他要怎麼回答學校裡的同學媽媽的死因。你在笑了，我說的對吧？」

「我喜歡這個理論。」貓胎人笑得很燦爛：「原來我也蠻有深度的嘛。」

「別急，其實你比這個深度還要有深度。」醫生微笑：「因為你的報復對象從頭到尾只有一個人，就是你的賤人媽媽。」

貓胎人像是遭到了重擊，腦袋一片空白。

「你的媽媽很賤。」醫生喝了口水。

「不准說我媽賤！」貓胎人失控大叫。

「你剛剛自己也說了啊，你媽真的很賤，很賤，非常的賤。」

「不准說！再說我立刻殺了你！」貓胎人咆哮，猛然從口袋抽出手術刀。

「哈哈，別激動，你應該感謝你的賤人媽媽，因為你的賤人媽媽正是拉你一把，幫你成為經典殺人魔的經典元素。」

此話一出，神效地解除了貓胎人排山倒海的憤怒。

貓胎人原本已經準備撲上去，現在卻不由自主坐回沙發。

「隨便拿幾部殺人魔電影來說好了。水晶湖傑森為什麼成為砍不死的變態？因為他有個更變態的媽媽。驚魂記的主角為什麼會瘋掉？因為他有個控制欲過盛的變態媽媽。紅龍裡的兔唇殺手，也有一個擅長虐待跟臭嘴巴的媽媽。一個女人在修道院被一群精神病跟流浪漢輪姦後生了一個孽種，就是大名鼎鼎的佛萊迪。恐怖蠟像館又是怎麼回事？雙胞胎主角有個興趣怪異兼虐待狂的媽媽。人皮客棧裡的鉤子巨人為什麼暴走？因為他有個濫用宗教語言的變態媽媽。」

歪著頭，貓胎人簡直說不出話來。

「每個連環殺人魔的背後，都有一個賤人媽媽。」醫生慢慢彎下腰，雙眼炯炯有神看著貓胎人的眼睛，說：「這是經典的血統，任何作案風格都假造不出來的家族歷史。」

貓胎人流淚了。

原來他臉上的胎記，果然不是巧合。

而是魔鬼引領他進入地獄名人堂的VIP門票。

他從來不曉得自己可以這麼經典。

「你媽媽很賤。」

「你說得沒錯，我媽真的非常的賤。」貓胎人一直哭，一直哭，說道：「如果不是她這麼賤，怎麼會有今天這麼經典的我？我有今天也不是我願意的，完全都是惡魔的命運啊……」

醫生滿意地點點頭，翹著腳，側身為自己與貓胎人各倒了一杯水。

「所以說，你成為經典是勢不可免了。」

「過獎。」貓胎人嘆氣：「不過我並不打算被警察抓到，或是白癡到去自首，畢竟保持神秘感也是成為經典的要素。不過如果我的本尊不現身，社會大眾又怎麼知道神祕的貓胎人背後的故事，竟是如此的經典呢？」

「有想法，你有今天絕對不是偶然。」

聽到醫生這麼說，貓胎人忍不住把坐姿調整了一下。

「我有個主意，多少可以補強這一點。」

「請你務必給我支持與指教。」

「首先是量的問題，沒有一個經典是隨便殺幾個人交差了事的。你知道台灣連環殺人史上，最高紀錄是多少受害者嗎？」

「不知道，多少？」貓胎人愣了一下。

「七個。」醫生想了想，幫貓胎人計算了一下：「救護車臨盆孕婦、大安區獨居孕婦、名嘴葉教授、板橋倒楣夫婦、電梯小姐孕婦、三重未婚懷孕少女，你目前共殺了七個人。應該是七個吧？恭喜你，平紀錄了。」

「其實不只。記得嗎？我第一次殺人是在日本，一共殺了兩個人，加上我媽媽，加起來我已經打破了紀錄。」貓胎人正經八百地糾正。

「那不算。」

「不算？怎麼不算？」

「就兩種意義上都不能算數，第一，那不是貓胎人的手法；第二，媒體不知道的犯罪，當然不能夠併入計算……你不打算把你的過去公諸於世不是嗎？」

「反正我繼續殺就是了。我有的是時間創造紀錄。」貓胎人有些洩氣。

「除了殺多一點人，更重要的是犯罪訊息的改良。」醫生老實不客氣道：「坦白說，你是很有殺人的熱情，但在研究怎麼傳遞訊息上並沒有下過苦心，只是隨便從電影裡抄一堆爛貨下來吧？」

「這……」貓胎人冷汗直流。

「雖然不一定要有犯罪訊息，你也可以只當個普通等級的殺人犯，不過我想你志向不僅於此吧。身為台灣第一個儀式性犯罪的開山祖師，如果被看成普通的罪犯，台灣也會蒙羞的。」

「是，沒有錯。」貓胎人正襟危坐：「醫生，你有什麼好建議嗎？」

「問我怎麼對？那是你的犯罪，不是我的。」

「話雖如此，不過其實我自認為，自己好像沒有什麼東西可以對這個社會說的。」貓胎人擦著冷汗，誠惶誠恐說：「但是醫生，我相信你一定可以協助我發掘更深處、更有內涵的我。」

「賓果。」醫生露出笑容，說：「不然我收錢做什麼呢？」

貓胎人趕緊從揹包裡抽出沾了貓毛的筆記本，聚精會神聽著。

「太陽底下沒有新鮮事，但如果可以盡量獨一無二，我們何必屈就老套的語言呢？」醫生斷然說：「西方的惡魔圖騰？納粹〡字？東方的鬼畫符？易經？塔羅牌占卜？通通都是被一用再用的陳腔濫調，撕掉。」

貓胎人想也不想，找出筆記本裡的圖騰抄錄頁，全數撕掉。

「我們可以想想，現在的潮流是什麼？」

「政黨惡鬥，藍綠對決。」貓胎人不加思索。

「怎麼，你希望特定的政治族群站在你那邊嗎？」

「我不介意，只要能成功製造出話題就行了。」

「錯，那樣的結果只會造成民眾對貓胎人的誤解跟偏見，時間一久，貓胎人的犯罪就會變成政黨惡鬥的邊緣產物，失去了本身的主體性。」

貓胎人似懂非懂，但「邊緣」跟「失去」兩大關鍵字讓他猛點頭。

「再想想，儀式性犯罪的迷人之處在哪？」

「一致性，很快的建立品牌。」

「還有呢？為什麼要儀式？光是殺人不可以嗎？儀式為什麼要用貓？你的訊息跟貓做了什麼連結嗎？如果殺人歸殺人，縫貓歸縫貓，訊息歸訊息，那麼你的形象就會被切割成三個零散的區塊，而且彼此還不相湊。你能想像有三塊理所當然咬在一起的拼圖卻怎麼也兜不起來的困窘嗎？」

「……」貓胎人瞠目結舌，不知道該怎麼辦。

原來這些問題這麼大，早知道就提早來看診了。

幸好現在補救還來得及。

「別慌，你為什麼要用貓？」

「我只是覺得把大家隨處可見的貓或狗縫在人的肚子裡，很噁心。我小時候養過狗，所以基本上我不想縫狗，而且流浪狗的體積常常太大，貓就瘦小多了。」貓胎人應答時的神情，就像是面試第一份工作般慎重。

「很多人在用『只是覺得』這四個字的時候，其實都有背後的潛意識作祟，不是表面上看起來這麼簡單。」醫生點點頭，接著道：「在選擇貓或狗的時候，你其實並沒有忽略掉貓的象徵意義。」

「是，象徵意義。我喜歡象徵意義。」貓胎人吃著草莓吐司。

等等。

貓胎人看著手中吃到一半的草莓吐司，有點狐疑。

什麼事情不對勁，他也說不上來。

「三千五百年前的埃及，貓因為牠的神祕特質被奉為神明的化身，所以在陪葬時常常可以見到貓屍體製成的木乃伊。貓很特別，他的眼睛會隨著光線而有不同的色澤變化，在黑暗中依然炯炯有神，於是貓眼也被認為可以儲存太陽能，具有驅鬼的能力。所以貓同時代表兩種埃及神祇：月亮女神，跟太陽神，這兩種神祇都是貓頭人身。」

貓胎人將吐司含在嘴裡細嚼，不敢插話，生怕打斷醫生探索他深沉內涵的節奏。

「其中，月亮女神巴斯特的職司，就是生育。」醫生微笑。

「掌管生育！」貓胎人血紅的眼睛一亮。

「經典吧？這麼一來什麼都串起來了，賤人媽媽，加上埃及的古神話，這都是你今天為何變成殺人魔，跟為什麼用這樣的犯行註記的兩大元素。你殘忍，你變態，但你很豐富，一切都是命運的產物。」

答案很清晰了。

貓胎人接著應該做的，就是去圖書館翻翻關於古埃及的圖騰與象形文字，最好能夠做出一個翻譯意義的對照表，然後在殺人縫貓後把一些埃及象形文字抄在屍體旁。不過要小心的是，這種比北極還要冷的書最好是把整本偷出圖書館，不要用借的或買的，免得著了痕跡。

「醫生，你真的非常非常……值得信賴！」貓胎人非常的激動，有些哽咽。

醫生只是笑笑，沒有再說些什麼。

但醫生的視線，停在他手上的錶。

時間到。

兩個小時的看診時間竟然這麼快就消耗掉了。

「醫生，你真的很叫人敬佩。」貓胎人整理心情。

「喔?從何說起?」醫生還是看著錶，提醒貓胎人應該走了。

「你已經知道自己將被我殺死，還能這麼平常地跟我說話，並大方給我非常專業的意見，實在是出類拔萃的好醫生。比起那個什麼犯罪專家葉教授，你實在很……很優雅。」貓胎人慢慢拿起放在沙發上的手術刀，惋惜地看著醫生。

真的是，非常不想動手。

不過，如果動不了手，自己就只是一個普通的殺人魔。

那可不行。

「沒的事，我只是收錢替人看病，你付了錢掛號，我當然就得替你看診。」醫生沒有動怒，也沒有流露出半分畏懼，笑說：「至於你要不要殺我，那就是另一回事了。」

「真明理。」貓胎人緩緩起身，反手握著手術刀，靜靜地說：「你這麼上道，讓我開始覺得殺掉你是件很難為情的事。不過，你明白的。」

貓胎人與醫生中間，只有一個箭步的距離。

「不必介意，反正你殺不了我。」醫生莞爾，轉身倒了杯水。

竟然在這種時刻背對著他。

……是覺悟了嗎？還是徹底看不起自己？

貓胎人的頭，又開始痛了。

醫生轉頭，透過玻璃水杯，用彎曲的金魚眼看著自己。

「對了，你看過蟬堡嗎？」

「那是什麼？」貓胎人露出陰狠的眼神。

「沒有，好奇而已。」醫生一笑。

帶著同情的，輕蔑的一笑。

這一笑，撩起了貓胎人心中的怒火。

「不必祈禱了。」

貓胎人面目猙獰：「今天，上帝不在這裡！」

20

太多關於雨的描述，太多關於風的修辭。

其實，不過就是風大雨大，然後天特別黑罷了。

雨刷撥掃著淒厲的雨水，丞閔開著車在市區兜圈，尋找像樣的咖啡店。星巴克、西雅圖、壹咖啡、85度C等連鎖咖啡店看來都很照顧員工，沒一間還耍白目營業的。

川哥倒是輕鬆，一個人躺在後座翻著報紙。

報紙頭條用腥紅大字告訴大家，施明德發起的靜坐倒扁活動，已經突破了一億元的捐款。一場關於政治的風暴，將在這十七級的狂風後接手襲台。

「丞閔，你有捐一百塊嗎？」川哥的鞋子頂著車窗。

「沒。」

「為什麼？」

「不知道耶。老大，你要我捐嗎？」

「沒這個意思，我只是發點老人的牢騷。」

「仔細想想，如果要說不捐的話還是有原因的啦。老大，當初馬英九跟宋楚瑜在發動罷免總統時，施明德在哪裡？」丞閔迴轉方向盤，心不在焉說道：「我說啊，那些政治人物就是這樣，每個人都想出風頭，都想一個人揮大旗，只有當聚光燈放在他一個人身上的時候，他才會挺、身、而、出，要他們當配角，門都沒有。」

「有意思。」川哥笑了出來：「大家都想上台演講，就是沒人肯負責拍手。」

雨很大，雨刷怎麼快也快不過雨水打在玻璃蓋的速度。

丞閔不得不把視線往前貼，好看清楚前後左右。所幸這種鬼天氣還願意上街的人車都刻意放慢了速度，比平常還安全得多。

「其實，貓胎人也是這樣吧，幼稚到以為出名就很爽，媽的把我們這些警察搞得團團轉，又亂殺人。說不定貓胎人畢生最大的心願，只是可以登上維基百科吧。」

「哈哈哈，這個有笑點。」川哥哈哈大笑，頭一次覺得這小子有幽默感。

的確如此。

川哥心中認定，如果媒體全面不報導貓胎人的犯罪，那幼稚的傢伙終究會意興闌珊。若媒體越燒越旺，那幼稚鬼就會樂不可支，殺了一個又一個。

紅燈。

「老大，你相信這個世界，有真正的正義嗎？」丞閔打了個呵欠。

「幹了十幾年的刑事，信不信都無所謂。如果有，你不信，它還是存在啊。如果沒有，難道你自己就是？」川哥看著報紙上，施明德用正義當作反貪腐的口號，高高舉起倒豎的拇指，說：「反正有人亂殺人，我就想辦法抓他，就這麼簡單。」

「老大，我會幫你，你放心。」

「謝謝喔。」

川哥覺得很好笑，也有點感動。

自己多半會因為跟媒體亂搞抬面下交易，最後被踢出警局，只能靠亂上談話性節目賺回退休金。而這個小夥伴，好像還蠻崇拜自己的。真是笨蛋。

「不過我說老大啊，如果萬一，我是說萬一。」丞閔無聊地等著紅燈轉綠，滿不在意地說：「萬一最後我們沒有抓到貓胎人怎麼辦，他惡搞了這麼多人，如果還可以逃過法律的制裁，那些人豈不是死得很冤？」

「我說小老弟啊，如果真有，我是說如果。」川哥隨口模仿丞閔的語氣，說：「如果真有正義，那麼，正義也未必要在我們的手中完成啊。」

「啊？」

川哥把報紙捲了起來，手指著天。

「天會收。」

丞閔瞪著後視鏡裡的川哥。

「……老大真是高深莫測。」

始終不綠的紅燈讓丞閔感到厭煩。

需要等這麼久嗎？這機器是不是壞啦？

此時丞閔發現，在下一個街口隱隱約約有個咖啡店招牌。

「老大，你看看那一間是不是還開著？」

「哪裡？」

川哥的視線順著丞閔的手指，穿透風雨。

穿透風雨。

黑壓壓的天空突然被撕開一條大溝，數億萬條光從溝裡狂洩而下。

那猛烈的光瀑布了整個城市，透明了，銳利了所有的線條。

每一滴雨都異常清晰，完全停格在化為橫向水彈的瞬間。

每一道狂風都為此嘎然而止，震懾在光的面前。

這個極靜態的城市，只剩下一個渺小的動詞。

一個微小的黑影從高空彎身墜落，從上而下，速度越來越快。

越來越清晰。

這城市唯一僅剩的一道狂風將那黑影斜斜掐住，讓黑影以迫不及待衝入地獄的氣勢，一口氣削開停格的無限雨幕，重重砸在一輛行駛中的黑色轎車上。

！

無法用任何狀聲詞形容的可怕巨響，毫無疑問崩裂了黑色轎車。車玻璃碎成無數片兇器往四面八方掃射。割裂空氣。割裂雨。割裂風。

就像劈哩啪啦摔成碎片的驚歎號。

咻。

啪。

其中一枚破碎的驚歎號，直接命中擋風玻璃，川哥的視線深處。

川哥的瞳孔縮到極致，不敢呼吸。

終於，雷聲駕到。

雷聲巨大卻非常悅耳，像是撫慰飽受驚嚇的大地般，喚醒了川哥與丞閔。

黑雲密佈，雷聲遠去，大雨回復奔騰猖狂。

遠處傳來長鳴的車笛聲。

「去看看。」川哥深呼吸，通體舒泰。

「……這個時候，應該打給一一〇吧。」丞閔勉強回神。

「我們就是一一〇。」

川哥拍拍丞閔的肩膀。

21

實際上不曾存在的英國文學家阿茲克卡曾說，每一個人的人生都是由一百萬個巧合所構成。每個人的人生，都可以說是離奇的故事。

這個城市裡，有兩百六十萬人的故事，就有二十六兆個巧合綿綿密密地疊擠在一起。這個城市之外又有許多的城市。這個國家之外有很多的國家。

不可計數的巧合，拼雜了整個世界。

「媽的，他好像還沒死……」丞閔撐著傘，呆呆地看著車頂上的男人。

瞪大雙眼，彷彿不敢相信自由落體原來是這麼刺激，自殺的男人還想要發表感言。但他嘴裡含著模糊細碎的血泡，肋骨往兩旁剝開穿出，肺部爆炸，完全無法言語。

「能夠死，就不忙說話，」川哥淋著大雨，在他的耳朵邊大叫。

安息吧。

這位從三十五層樓高的辦公大樓自殺的死者，有一個普通到極點的名字，毫無特色的庸碌人生。唯一勉強與眾不同的特徵就是他臉上的青色胎記，他原本無人關心的肉醬屍體，卻因為迫使另一個人的人生提前走到終點，而聲名大噪。

版圖不斷朝全世界擴張的鴻塑集團，領袖王董事長，當時就坐在那輛黑色轎車裡，被從天而降的自殺狂一舉壓扁。據說，當時王董的屍體就像一顆柳丁，一顆汁水擠出黃皮的柳丁。一直到救護車趕到現場時，都還發出吱吱吱的聲音。

沒有人知道像王董那樣的大人物，為什麼在這風雨交加的爛天氣出門的理由，就如同沒有人理解那名自殺狂為什麼要挑這種天氣結束生命一樣。

無法解釋。只能說，這兩個人背負的巧合，就像隨風飄浮在偌大城市裡的兩條蜘蛛線，最後還是柔軟無力地搭在一起，發出驚人的撞擊聲。

那禮拜，所有媒體都塞爆了關於這場悲劇的一切。穿鑿附會，似真似假。

一個禮拜後，颱風變成了一堆沒有名字的熱帶低氣壓。

……再沒有人關心那場可有可無的巧合。

畢竟在這光怪陸離的城市裡，最不欠缺的就是炙手可熱的大新聞。

一個有綁票、竊盜前科的通緝犯，潛進了負責偵辦貓胎人案件的女檢察官家，正要動手行兇的時候被埋伏已久的警察齊上逮捕。所有的案發過程，都被媒體偷偷安裝的針孔攝影機給拍攝下來，全台灣的民眾嗑藥似守在電視機前通宵不眠，盯著一次又一次的重播。

祕密安排媒體交易的川哥沒有被迫離職，甚至沒有挨罵，反而因功升了一級。理由無他，因為火熱的媒體將他捧成了足智多謀的大英雄，全台灣一致鼓掌通過。全國孕婦互助聯盟送了一塊「功在子宮」的大匾額給刑事局，每個年底要投入選舉的候選人都想盡辦法頒個獎給川哥，好在報紙上佔點版面。

但川哥自己，可是非常的困惑。

「我怎麼看，就是不覺得他是真正的貓胎人。不過很奇怪的是，我也不覺得他是完全的無辜。」川哥看著偵訊室裡，被燈光照得睜不開眼的通緝犯。

通緝犯害怕得全身發抖，沒有一句話是說得清楚的。

「每一次貓胎人作案的時間，他通通都提不出像樣的不在場證明，如果有例外就算了，偏偏他全部都交代不清……如果他不是貓胎人，那誰是啊？」丞閔拍拍川哥的肩膀，說：「老大，正義是不會認錯人的，你就安心升你的官吧。」

最後，該名通緝犯被以「貓胎人」的代稱與罪行，遭警方起訴。

那又是，另一個驚異非常的傳奇了[2]。

[2] 敬請期待九把刀電影院系列，《罪神》。

刀老大，《殺手，夙興夜寐的犯罪》幕後座談會

問：刀老大，先向讀者們打聲招呼！

答：大家好，大家左乳，我乃九把刀是也。

問：這次的書名命名為「夙興夜寐的犯罪」，夙興夜寐這四個字好像不常用？據了解，很多讀者對這個成語並不是很熟悉？

答：這不關我的事，這是他們的國文老師經常請假。

問：由於許多年輕的讀者對成語的使用長期受到獵命師的荼毒，變得只會亂七八糟用成語的草莓族，所以有沒有考慮未來改版成「焚膏繼晷的犯罪」或「日以繼夜的犯罪」或「夙夜匪懈的犯罪」或「努力不懈的犯罪」，比較親民點呢？

答：乾脆改成「一直一直的犯罪」，這樣大家都能滿意吧，靠。

問：九把刀，在殺手系列裡有許多殺手的故事，各自有不同的主題，而這次的「殺手，九十九」與「殺手，貓胎人」是想表達什麼呢？

答：好大一塊的問題（會不會問問題啊！），簡單說就是正義，與媒體。

問：從功夫那一句經典對白「有一種東西叫正義，正義需要高強功夫」開始，然後是「殺手月，風華絕代的正義」，再到殺手九十九裡的王董，你似乎對正義這個主題有相當濃厚的興趣。

答：是，正義與愛情是人類最感興趣的兩大議題，愛情是人類心裡最柔軟的地方，正義則是我們得以剛強的嚮往。

問：那，什麼是正義呢？

答：通常我很喜歡精準地對特定事物抓出一組巧妙的定義，訓練自己的思考能力（好的排他性定義，可以幫助事物的討論）；但對於「正義」這種表面上大家口徑一致，但背後卻充滿奇怪辯解與行為的大題目，我認為單單給個解釋是非常籠統的做法，我喜歡旁敲側擊，用各種方式去推敲正義應該是什麼樣子——以及，大家喜歡正義用什麼方式展現出來。

問：這麼說正義涵蓋很多層面，能舉個例嗎？

答：隨便舉例吧，對美國那個講究自由民主的國家來說，正義是一種公平，是一種社會對廣大民眾補償心理的滿足，比方，如果有兩名智商、學經歷相等的白人與黑人同時申請哈佛，黑人入學的機會比白人大。這樣的機制，表面上是不公平，但若對照黑人在美國歷史中所受到的壓迫、社經結構中的屈居弱勢，哈佛給黑人的入學優惠便成了人們所期待的結果。在台灣，這種社會正義就是弱勢團體在各項考試時的加分。

這只是舉例，在殺手的故事裡，我討論的是更極端的正義，也就是以正義之名決定一個人生死的狀況。

問：還有沒有比這個狀況更極端的呢？

答：你是腦殘嗎？比決定一個人生死更極端的，當然是決定一堆人生死的情況啊，也就是以正義為名掀起的戰爭！

問：能不能說，如果一個人的死亡，可以讓整個社會鬆了一口氣，或拍手叫好，就能夠說是正義呢？

答：不見得吧，在少數的阿拉伯國家裡婦女如果通姦可是會遭亂石打死，群眾在驚恐的通姦婦女旁大叫大笑，一邊丟擲石頭的樣子，我可不覺得跟正義有什麼相干，不過就是讓死亡成為該社會繼續囚禁女權意識的手段。也就是說，當我們對一個事件的處理滿足了社會的期待，有可能是正義得售，也可能只是滿足多數暴力，或是集體愚昧的官能性快感罷了。

問：在「殺手，月」裡，提到月架設的獵頭網站，月列出一串他希望制裁的名單，由大家的捐款是否達到「殺死目標」的額度決定動手與否，非常有趣。那麼，殺手月用多數人的意志為正義的背書，是不是讓他的正義更有力量？

答：我一樣沒有標準答案，讀者可以隨自己高興解讀角色。

問：拜託說一下啦。

答：好吧，我能有什麼辦法？用民意在正義的支票上蓋章背書，有可能是非常軟弱的表現，當你自認在做一件對的事，何必需要其他人的認可？勇往直前不就好了？不過在尋求民意支持這一點，我想殺手月是謙虛的，因為月並非需要民意背書，而是想隨時藉著群眾的認可與不認可，去壓制他可能會因為掌握生殺大權、而不自覺膨脹起來的驕傲自大。如果有一天月的正義走偏了，變成一個人的喜好，民意的不授會提醒他進行反省。

問：比起月，許多讀者都認為王董的正義非常自以為是，是不是就是王董走偏了正義，所以讀者才會賭爛他？

答：我不認為王董的正義有什麼偏頗。如果把王董想殺的人印成名單，交給民調公司訪談一百位宅男宅女，我想認同的一定至少超過五十個。

問：癥結在哪裡？

答：曾經聽李敖說過：「如果我說的話是對的，你管我態度如何！」那份文人的猖狂我一度相當傾倒，但等我在這個宇宙磨了好幾年後，我覺得「態度」才是影響「人的觀感」的最要件。懷大志要幹大事的人，在態度上多能保持很大的謙卑，因為為大事者知道他們的成功必須說服眾人追隨他們的論點——如果能夠好好說話，為什麼一定要用拍桌子的聲音當背景節奏？

王董就是囂張過了頭，我想把正義頤指氣使的人，應該很少人看得順眼。如果要給王董一個綽號，賞他一個「正義的暴君」應很貼切。

問：所以王董所執行的正義，跟月其實很接近，只是王董的態度不佳？

答：拿月比，不如拿出小說《功夫》裡的師父黃駿。黃駿的經典名言就是：「要求正義，就要有奪取他人性命的覺悟。」然後就興沖沖跑去殺人了。這個台詞我也藉著王董的話說了出來，眼尖的讀者會發現我讓兩個截然不同的角色，用同一套邏輯行事，就是想試探大家心中到底關注的是正義，還是……別的東西？

黃駿師父受到大家的熱烈歡迎，但王董的行事卻非常有爭議，兩個人幾乎一樣專斷，也都有毫不猶豫送掉壞人性命的狠勁，但為什麼讀者的觀感有如此大的差異？大多數人認可的，恐怕不是抽象的正義準則，而是非常血肉的角色。

問：也就是說，讀者是笨蛋？

答：（擦汗）讀者是我的衣食父母。「做對的事」還不夠，還得要「對的人去做對的事」，才能得到如雷掌聲。如果是好人不小心做了壞事，我們給予同情，如果壞人做了好事，我們給予動機上的質疑，說白話文，就是你只准你喜歡的人做一些好事。

問：那就是說，你覺得王董受到的非議很不公道囉？

答：不，我自己也不認為爛人做好事，就要給他認同的掌聲（但王董是不是爛人？我不想給予評論，見仁見智，九十九都說了，每個人心中都有一把很硬的尺）。

比方貪污成性的政黨要求貪污的總統下台，我就覺得很沒正當性。強姦犯大聲疾呼尊重女權，我也覺得可笑。槍擊要犯硬是捐了一億元給慈善機構，我也認為必須思考他的目的在哪？是想藉由「改過自新」的名目獲得減刑或提前假釋的機會，還是他真的悔過？

我們必須完整地去觀察整個事件的來龍去脈，如果做的事是好的，但動機是糟糕的，我為什麼要認同？如果做的事是好的，動手的人是個爛人，我能昧著良心說，我的內心深處不會對整件好事打折扣嗎？我誠實地詰問我自己，並把這種糾結放在王董的身上——事實上，王董想殺的人，也是我祈禱他們能早日從地球表面消失的名單。

問：你是怎麼決定王董想殺的人。

答：逛bbs站，看看大家最近在不爽那些人，大家不爽的人我常常也很不爽，尤其是那些亂強姦同學的死小孩，對我來說用氮氣噴他們的睪丸是最低程度的懲罰。

問：那不是很草率嗎？

答：反正又不是真的動手，想一想又不會死。

問：「殺手，九十九」裡提到漫畫《死亡筆記本》，是不是也是你構思題材的來源？《死亡筆記本》裡的夜神月利用奇異的能力殺死罪犯，是不是一種正義呢？

答：沒錯。我比較注意的地方有兩點。第一，瞬間殺死一個罪犯，是不是意味著「人的悔改空間，是無法被信任的」。

問：從何說起？

答：我引述小說《功夫》裡，師徒重要的對白橋段：

我也拉下臉，說：「為什麼不多觀察他兩天？到時再殺不遲！」

師父一掌拍在大佛的腦心，斥聲道：「等他再犯！你知道那代表什麼意思？！在你原宥他的期間，他所傷害的每一個人你都有責任！到時候再去結果他，不嫌太晚麼！」

師父動了怒，我卻只是大叫：「但要是他真心真意要改過，你就是錯殺一個好人！」

師父紅著臉，大叫：「我管他以後改不改！我殺他的時候，他是個該殺的壞蛋就夠了！」

我粗著嗓子叫道：「你殺了一個可能改過的壞人！」

師父的聲音更大，喊道：「他沒可能改過！我殺了他，他還改什麼！」

我生氣道：「那是因為你不讓他改！」

師父抓狂道：「大混蛋根本不會改！」

我大吼：「你不可理喻！」

師父長嘯：「你姑息養奸！」

這個殺與不殺之間的大矛盾，其實就是現代國家對死刑是否適當的爭議關鍵，一個人之所以會變成人見人殺的大壞蛋，社會難道沒有責任嗎？如果有責任，社會不該負責把他導回正軌嗎（監獄裡有很多更生人的再教育課程）？如果只有透過死刑才能確保惡的消滅，社會不就等同冷冷拋棄自己生產的劣質品，並消滅掉將來可能的善嗎？

問：那麼第二點呢？

答：第二，如果一個窮凶惡極的人必須死，那麼用死亡筆記本殺他，跟用電椅殺他，跟用槍決殺他，有什麼不一樣？如果一個人的罪惡大到公認的必須死，那麼用亂石打死他，跟用法律制裁他，有什麼分別？

問：是啊，有什麼分別？

答：我們設想一個狀況，如果一個壞心的毒販必須死，那麼由一個好警察在槍戰中開槍打死他，跟由一個黑社會混混在毒品交易中黑吃黑宰了他，跟該毒販落網接受審判，長達十年的案件發回與再上訴，最後才被槍斃。快問快答，以上三種狀況，哪一種彰顯了正義？

問：最不能彰顯正義的，應該是被黑吃黑殺掉吧？另外兩個都能接受。

答：為什麼當壞人殺死壞人的時候，沒有好人幹掉壞人讓你覺得更舒暢呢？為什麼壞人偶而也想替天行道，我們卻覺得彆扭？哈哈。

問：那九把刀你的答案呢？

答：我沒有標準的答案，但我一向樂於提供複選題。

人類可愛的地方在於，在宣洩忿忿不平的情緒時，我們也很講究讓罪犯心服口服的「制度性正義」。但其實，制度對穩定社會比較有用，對懲罰壞人卻沒有什麼大幫助。當你有機會親手殺掉壞人時，我想你也會把槍放下，將壞人交給司法審判。為什麼？因為要我們扣扳機抹掉另一個人的呼吸，不管他有多壞，我們都很難在事後平復那種「我殺了人」的不安，所以交給制度，說是制度殺死了壞人，我們才能安心。

某種程度我很佩服可以賭上自己的靈魂，親身去實踐正義的那些大俠、英雄，或所謂王董一流的正義獨裁者，雖然他們都是危險的體制外份子。

問：所以你對正義的形態並沒有特殊的堅持？

答：每個人都有一套正義，我也是，但我隨時準備包容別人的。

問：對於死亡筆記本裡的夜神月，與神探L，你是支持哪一方的？

答：我支持前期的夜神月，但後期的夜神月透露出他殺掉所有的大壞蛋之後，接著就想要殺掉對社會毫無貢獻的懶惰蟲，好打造一個新社會——我就覺得太超過了，說不定我的很多宅友都會這樣可憐又無害地死去。總結來說，夜神月那種洗滌社會的思想是很危險的，所以死亡筆記本還是交給我保管好了（笑）。

問：如果你真有那本死亡筆記本，你會……？

答：留著再說。「國產零零漆」裡說得好：「就算是一張衛生紙或一口痰，對國家社會也能有貢獻的。」反正交給我保管就對了。

問：如果有一個壞蛋對你的家人做出殘忍可怕的事，你會不會親手殺了他？

答：不會。我認為會有「殺了那個人，以解決自己的仇恨」是一種不大有自信的想法，身為小說家，我想一定可以想出讓對方活著比死了還要難受百倍的方法，讓一個人終日活在極端的恐懼裡，不是很有意思的報復嗎？

問：例如呢？

答：沒有例如，至今我很慶幸不需要認真思考那種辦法。

問：你是否從真正的殺手中取材呢？

答：這個答案我永遠不會告訴你。

問：那你看過真正的槍嗎？

答：不只看過，我還打它。

問：那麼，可以告訴讀者貓胎人的靈感是怎麼來的呢？

答：我的腦子裡有五花八門凌虐人的遊戲，貓胎人只是其中之一。硬要說靈感來源的話，那就是在寫《獵命師傳奇》的時候，烏霆殲一開始獵殺一堆懷了怪胎的孕婦，被媒體稱為「殺胎人」，我覺得謀殺孕婦並誅及胎兒的犯罪很可怕，誰都不可能認同，於是就這麼決定了。

問：你私底下是個變態嗎？

答：不是，我是個很善良的人。親近恐怖只是我個人小小的興趣。

問：你確定嗎？「殺手，貓胎人」中有許多變態的情節，你自己真的不是變態嗎？如果不是變態，怎麼會寫出這麼變態的犯罪手法？

答：討論人性有很多種方式，我可以學慈濟大愛台開宗明義就告訴你人性真美好，那樣就像在大太陽底下討論「光的存在」。但，我也可以選擇在伸手不見五指的黑暗裡，點上一根蠟燭，然後鬼鬼祟祟討論「光的存在」——這是我擅長的方式，也是我喜愛的方式。

問：所以你其實是個喜歡討論光的變態？

答：靠，你是一定要問到我承認就是了？告訴你我不會就範的。如果寫犯罪小說就要親自去犯罪的話，我身上早就揹了一萬條人命了。如果寫愛情小說就是愛情王子，那我也寫了六、七本啦！為什麼不叫我「愛情尤達大師」咧！

問：據說你會拿芳香劑噴小強，然後拿電擊拍狂電，直到小強全身起火為止？

答：（擦汗）表面上，是的，但其實這是一場誤會。我這麼做絕不是我變態，而是因為我篤信這個世界上一定有「傳說中的超級小強」的存在，那種小強不怕殺蟲劑是理所當然，而且也不怕電擊，最厲害甚至可以不怕藍白拖，一百年才會出現一隻。為了找出這種超級小強，我自然是要做很多殘酷的努力。

問：……找出來以後呢？

答：放進果汁機裡，倒入洗馬桶用的鹽酸，然後按下Power鍵。

問：挖，哩金變態。

答：（羞赧）你這樣誇我我一點都不會高興。

問：在貓胎人故事裡所舉的擲筊新聞裡，提到連續八次擲出聖筊的機率是六千五百分之一，但根據剛剛學會基本機率的北一女中的恰北北同學表示，這個答案是錯誤的。她說：

筊左	正	正	反	反
筊右	正	反	正	反
俗稱	笑筊	聖筊	聖筊	陰筊
機率	1/4	1/4	1/4	1/4

所以擲出聖筊的機率是二分之一，連續擲出八次就是二分之一的八次方，也就是兩百五十六分之一才對。九把刀，你的數學老師是否經常請假？

答：我知道啊，可這是我直接使用的真實新聞報導，所以在寫小說時，我也一併將記者的數學失誤的部份收納進去了。對了，我在這兩篇殺手裡取用的新聞敘述幾乎都是真實的報紙稿，在此說明並感謝。

問：話說貓胎人的身世非常可憐，是不是從A片中得來的靈感？

答：是，所以看A片對我來說是情非得已的取材，為了把故事寫好我只好常常看各式各樣的A片，以防我跟社會脫節。

問：你說在「殺手，貓胎人」中想表達的主題是「媒體」，能否具體說明？

答：自己看故事就能了解了。

問：既然貓胎人沒看過蟬堡，為什麼還用「殺手，貓胎人」當作故事標題？

答：我高興。

問：讀者詢問，由貓胎人被川哥與媒體著手設計的情況裡，是不是控制媒體，就等於控制老百姓？

答：一向都是如此，這個社會多的是把電視新聞當飯吃，把政論名嘴的論點當人生信仰在膜拜的愚民。想要掙脫媒體，獨立擁有自己分析事物的觀點與立場，變成非常難能可貴的事。

問：貓胎人一心一意想出名，是不是也反應了這個社會很多人的心態？

答：我覺得故事裡的貓胎人，身為一個成名狂，他的許多做法都是值得再思考的。為了成名，為了屌，很多人都把自己過度神化，或是乾脆變成一團醒目的垃圾。

問：是不是一心想成名，就意味著過度的虛榮呢？

答：一心巴望著成名、成名後沾沾自喜也沒什麼不好，或者說，沒有什麼大害。我想小時候很多人都有上台領獎，然後在掌聲中聽見劇烈心跳的興奮感吧。但這種人一旦多到媒體塞不下，那就是值得注意的社會現象了——尤其是越來越多人完全不管傳統的「沽名釣譽」，而是「不計好名惡名一律乾逞過癮」。

問：這次你的故事裡，透露出非常多對政治不滿的想法？

答：沒錯。不過，對政治滿意的人又可曾多了？很多政客只有藉著眾人的目光聚焦到自己身上的時候，才會變得強壯、果敢、偉大，我相信很多政客在幹他們口中所謂的正義之事時，內心也是相信自己是偉大的。但這是一種集體力量帶給政客的美好催眠罷了。我很崇拜那些單純信仰著自己認為對的事，即使不被注意也認真幹到底的人。那是真正的強悍。

問：這次加了很多時事在故事中，那些時事都是怎麼蒐集的？

答：嗯，那些時事不算什麼，大家都會注意。比較有趣的反而是貓胎人會注意的「平凡人出名的新聞」，我平常都有用手機拍下報紙趣聞的習慣，此時正是派上用場的時候。

問：這麼多時事，會不會擔心故事因此有時效性？

答：所以精挑細選保存期限較久的時事是很重要的。反正如果不用真實的新聞事件，我也得虛構一些假新聞事件去支撐故事，但真實新聞能讓大家更能感同身受，當然就用真實的事件啦。畢竟正義如果只是一組抽象的定義就很疏離了，我想讓大家的體內流動著貨真價實的激動，就要拿點像樣的東西出來燒。至於時事發生的時間點太過接近，那便是我的貪心了，我想濃縮各個新聞點的距離去豐富故事，反正就像你問的一樣，時間一久，大家只會記得發生過什麼事，卻不會記得那些事件靠得多鬆或多緊。

問：用離奇的兩個死亡，當作對故事裡惡的終結，是不是反應對現實的無奈？

答：是無奈，也是信仰。我沒有殺手月的超級行動力與決心，但我至少擁有「惡必滅」的祈禱。電影「大隻佬」裡說：萬般帶不走，唯有業隨身；我覺得是很好的註解。

問：殺手三大法則，與三大職業道德，是怎麼想出來的呢？

答：是殺手漢堡人告訴我的，不過你別想從我這裡問出他的真實身分。

問：如果你是一個殺手，你會怎麼制約你的引退呢？

答：雖然我常常強調努力的重要，但殺手這種在生死之間擺渡的職業，必定充滿了很多儀式上的迷信，我想我不會選擇「達成了什麼目標」這樣的制約，而會是「上天藉著什麼方式告訴我該退出了」的徵兆，例如……當我有一天打開窗戶的時候，正好看見三隻鴿子停在陽台欄杆上。諸如此類。

問：殺手藍調爵士跟傳說中最強的殺手G，一旦對決，誰會贏呢？

答：這種強弱的問題實在讓我渾身虛弱。

問：到底誰會贏？

答：下一個問題。

問：接下來殺手系列還有什麼計畫？

答：無三不成系列，無五不成經典，當然還會繼續寫下去。有別於這次濃厚的正義與媒體兩大主題，下一次的殺手故事集，會以都市奇幻的顏料為小說套色，我想將是由多個走輕鬆路線的殺手當作主要角色吧。

問：預計什麼時候會出版殺手系列的下一部曲呢？

答：我明年就會去當兵了，所以殺手系列會緩上一緩，這次的兩個殺手故事花了我思考上很大的力氣，正好給我一個喘息的時間。我想一年一本殺手的故事，是非常棒的節奏，也可從中看到我一年一次的風格轉換，與成長。

問：請問在「殺手，九十九」的故事裡，提到了天橋下的紙箱國，請問那是什麼東西？是預告嗎？

答：那是我創造出來的夢世界，關於天橋下的紙箱國，我也在中國時報的三少四壯專欄裡不厭其煩寫過好幾次，在未來的殺手系列四裡，愛看電影的殺手「不夜橙」同時也是一個非常喜歡到紙箱國買夢的怪人，當然還請期待啦。

問：蟬堡是否真有其物？

答：是。

問：我們應該尋什麼途徑才能取得蟬堡？

答：當殺手，或是……嗯，到telnet://wretch.twbbs.org，也就是無名小站裡的Giddens板去向網友懇求郵寄的影印蟬堡。懶惰的話，就直接在各大bbs站裡的story版發文徵徵看吧，被幹的話我也沒辦法。

問：預告裡提到的《罪神》，是什麼樣的故事？

答：罪神的故事已經構想完整，但還有很多故事的機關有待設計，希望我在當兵服替代役的時候，能夠用早睡早起的清晰思路好整以暇地對付它。我猜想，罪神或許是一個突破二十萬字的超級大長篇吧，因為身為二〇〇七年我最重要的作品，它值得。

問：最後想跟讀者說些什麼？

答：我們來玩個遊戲。看看是我先放棄寫作，還是你先放棄閱讀？準備好一個大書櫃，我們來玩一輩子的賭賽。罪神見。

見鬼了，竟然巧得如此恐怖！

一個老是挑在貓胎人犯案時，偷偷亂搞大哥情婦的小混混，

現在麻煩可大了！

原本只是想偷點首飾，不料卻偷到重兵埋伏的檢察官住所，被控連續殺人！

如果和盤托出亂幹大哥女人的不在場證明，經查證屬實，

一被釋放就會被處以極刑，家中老小一起人頭落地，

但要承認這種無中生有的滔天罪行，戴上貓胎人的帽子，他又怎能吞得下去？

鐵窗下，小混混開始真誠祈禱、正牌的貓胎人可以繼續犯罪。

一次，再一次就可以了！

2007，九把刀年度大作

《罪神》敬請期待！

國家圖書館出版品預行編目資料

殺手：夙興夜寐的犯罪／九把刀著．-- 初版，
— 臺北市：春天出版國際，2006［民 95］
面；　公分．—（九把刀電影院；5）
ISBN　978-986-6899-03-4（平裝）
857.7

九把刀電影院　5

殺手，夙興夜寐的犯罪

作　　者◎九把刀
作家經紀／活 洽詢◎群星瑞智藝能有限公司（02-55565900）
企劃主編◎莊宜勳
封面設計◎聶永真
內文編排◎陳偉哲

發 行 人◎蘇彥誠
出 版 者◎春天出版國際文化有限公司
地　　址◎台北市信義路四段 458 號 3 樓
電　　話◎ 02-7718-0898
傳　　真◎ 02-7718-2388
E-mail ◎ frank.spring @ msa.hinet.net
郵政帳號◎ 19705538
戶　　名◎春天出版國際文化有限公司
法律顧問◎蕭顯忠律師事務所
出版日期◎二〇〇六年十二月初版一刷
出版日期◎二〇一七年七月初版一百〇一刷
定　　價◎ 260 元

總 經 銷◎楨德圖書事業有限公司
地　　址◎新北市新店區寶興路 45 巷 6 弄 6 號 5 樓
電　　話◎ 02-8919-3186
傳　　真◎ 02-8914-5524
印 刷 所◎鴻霖印刷傳媒股份有限公司

版權所有・翻印必究
本書如有缺頁破損，敬請寄回更換，謝謝。
ISBN　986-6899-03-9
ISBN　978-986-6899-03-4
Printed in Taiwan

S P R I N G

每一本好書都是一顆種子，
春天播種在你的心田夢土上。

Spring

S P R I N G

每一本好書都是一顆種子，
春天播種在你的心田夢土上。

Spring